# ममता सिंह

16 नवम्बर को धुबरी, असम में जन्मी ममता सिंह इलाहाबाद विश्वविद्यालय से संस्कृत में एम.ए. और रूसी भाषा में डिप्लोमा प्राप्त हैं। वे प्रयाग संगीत समिति से प्रभाकर हैं।

उनकी तीन पुस्तकें प्रकाशित हो चुकी हैं—'राग मारवा', 'किरकिरी' (कहानी-संग्रह); 'अलाव पर कोख' (उपन्यास)। प्रतिष्ठित पत्र-पत्रिकाओं में कहानियाँ, संस्मरण और लेख प्रकाशित होते रहे हैं।

अपने ऑडियो ब्लॉग 'कॉफी हाउस' के जरिये वे मशहूर लेखकों की कहानियों और 'बतकही' ब्लॉग के जरिये अपनी कहानियों का वाचन करती हैं।

उन्हें साहित्यिक-सांस्कृतिक कार्यक्रमों के मंच-संचालन और नाटकों में अभिनय का विशेष अनुभव है। वे मुम्बई के पहले हिन्दी सांध्य दैनिक 'निर्भय पथ' में उप-सम्पादक रह चुकी हैं। एक हिन्दी वार्षिक कैलेंडर का सम्पादन भी किया है।

पहले कहानी-संग्रह 'राग मारवा' के लिए वे महाराष्ट्र राज्य साहित्य अकादमी के पुरस्कार और मध्य प्रदेश हिन्दी साहित्य सम्मेलन के 'वागीश्वरी सम्मान' से सम्मानित हैं। उन्हें आकाशवाणी की सर्वश्रेष्ठ उद्‍घोषिका का 'राष्ट्रीय पुरस्कार' भी मिल चुका है।

वर्तमान में विविध भारती में उद्‍घोषिका हैं और 'रेडियो-सखी' के नाम से मशहूर हैं।

ई-मेल : radiosakhi@gmail.com

# किरकिरी

ममता सिंह

राधाकृष्ण पेपरबैक्स में
**पहला संस्करण :** 2023



---

**राधाकृष्ण पेपरबैक्स :** उत्कृष्ट साहित्य के जनसुलभ संस्करण

---

राधाकृष्ण प्रकाशन प्रा.लि.
जी-17, जगतपुरी
दिल्ली-110 051
द्वारा प्रकाशित

**शाखाएँ :** अशोक राजपथ, साइंस कॉलेज के सामने, पटना-800 006
पहली मंजिल, दरबारी बिल्डिंग, महात्मा गांधी मार्ग, प्रयागराज-211 001
वेबसाइट : www.radhakrishnaprakashan.com
ई-मेल : info@radhakrishnaprakashan.com

बी.के. ऑफसेट
नवीन शाहदरा, दिल्ली-110 032
द्वारा मुद्रित

**मूल्य :** ₹199

KIRKIRI
*Stories* by Mamta Singh

ISBN : 978-81-961487-4-4

जादू के नाम

# क्रम

# हथेली पर पिघलता चाँद

बड़ा मुश्किल होता है खुद की ईमानदारी और इनसानियत के बारे में कैफियत देना। अपनी नस्ल और रंग का प्रमाण-पत्र भला कोई कैसे दे सकता है, पर देना पड़ता है। उसे अपनी लियाकत और वतनपरस्ती का सर्टिफिकेट हर वक्त झोले में टाँगे रहना पड़ता है, इसलिए ये शहर कई बार अजूबा लगता है।

अपना प्रदेश छोड़कर जब अल्ताफ वानी ने तबादले के बाद बनारस की ओर रुख किया तो साथ में ख्वाबों की बड़ी-सी पोटली थी और कुछ नया कर डालने का जज्बा। सुन्दर पहाड़ी कस्बे से एक बड़े शहर की चकाचौंध में खुद को एकाकार करना था। पहलगाम की खूबसूरत वादियाँ, लिद्दर नदी का ठंडा पानी, चक्करदार खेत, हरियाली का कारवाँ छूट जाने की पीड़ा थी, पर प्रमोशन का लालच भी था। लालच या छोटे सपने से बड़े सपने को पाने की चाहत! चाहता तो प्रमोशन ठुकराकर उस ठहरे हुए कस्बे में ताजिन्दगी ठहरा रहता। कुदरत की हरियाली के साथ दिल भी हरा और आबाद रहता।

एक रोज नीली बस में सवार हुए और खूबसूरत फिजाओं की नरमी छूट गई, ठंडी, सुकूनदेह जिन्दगी लू के थपेड़ों से भरी, चिलचिलाती धूप भरी और तेज रफ्तार हो गई।

नए शहर में अपने पैर जमाने के लिए अपनी चाल-ढाल बदलनी पड़ती है, पर अल्ताफ वानी के भीतर की कश्मीरी बर्फ उत्तर प्रदेश की गर्मी से न पिघलती। सीधी-सपाट सड़कों पर चलते हुए पहलगाम की टेढ़ी-मेढ़ी पगडंडी याद आती और बीते दिनों की याद हरारत की तरह महसूस करते।

अल्ताफ वानी ने स्टाफ-रूम में घुसने से पहले गर्मी और पसीने से साँवले पड़ते अपने लाल टमाटर सरीखे चेहरे को हरे रंग के रूमाल से पोंछा। पहलगाम से आते समय ये रूमाल उनकी शरीक-ए-हयात अदीबा ने अपने हाथों से कशीदे काढ़ कर दिया था। कशीदे वाले रूमाल का फैशन कब का पुराना हो गया, लेकिन अदीबा ने मुहब्बत की रूह-अफ्जा से तर-बतर करके दिया है, सो उसे ये हर वक्त अपने पास रखते हैं।

स्टाफ-रूम की आयताकार लम्बी मीटिंग-टेबल पर पंखे की हवा से दो-तीन पन्नों का एक आदेश-पत्र फड़फड़ा रहा था, उसने उठाकर देखा तो ये आदेश-पत्र उसी के नाम था। सरकारी भाषा में लिखे उस लम्बे दस्तावेज में उनके काम की बात इतनी ही थी कि दिल्ली में आयोजित 5 दिन के बाल-महोत्सव में उन्हें अपने स्कूल की नाटक-टोली लेकर जाना है। बाल-महोत्सव में देश के कई प्रान्तों के स्टूडेंट्स आएँगे।

ओह...बरस बीत गया, पिछले बरस इन्हीं दिनों तो हुआ था बाल-महोत्सव। आँखों की पुतलियों में बसा है वो लम्हा और ये गुफ्तगू...

"मुबारक हो वानी जी, आखिरकार जीत ही गया कश्मीरी।" समोसे और लड्डू की ट्रे सामने बढ़ाते हुए अमरप्रीत बोला था।

"उसका नाम है--साहिल बख्शी।"

"कुछ भी हो, है तो कश्मीरी न...और आप भी वहीं के मूल निवासी हैं। आपको तो ज्यादा ही प्रसन्नता होगी।"

अल्ताफ वानी के विचलन और दिमाग झनझना उठने के लिए ये वाक्य काफी था। सेंट्रल स्कूल के बड़े फलक पर बौद्धिक-जामे के पीछे विचारों की तंगदिली उन्हें यहाँ खूब दिखाई दे रही थी।

मुझे साहिल बख्शी की जीत की खुशी से ज्यादा मोनिका खुराना के हारने का दुःख है, क्योंकि उसने जो कहानी लिखी थी उसकी तरकीब मैंने बताई थी और उसने बेइन्तिहा मेहनत की थी।

नाटक और अदाकारी की बेहतरीन समझ तो फहीम और साहिल बख्शी में ही है, श्वेता भी अच्छा निभा लेती है। पर इस बार भी तोहमत ही लगेगी, फहीम या साहिल को अहम किरदार दिया तो ये तोहमत कि ये कश्मीरी हैं, श्वेता को दिया

तो कहा जाएगा, देखा, खुद को पाक-साफ साबित करने के लिए श्वेता को चुना। खैर किसी की बेबुनियाद तोहमत से बचने के लिए वो अपने स्कूल का नाम रोशन करने से पीछे नहीं हटेगा।

कोलकाता में ऐसा ही तो हुआ था...वहाँ वानी की पोस्टिंग से बखेड़ा खड़ा हो गया था, तीन-चार लोगों ने हड़ताल कर दी थी—'हमारा हक एक कश्मीरी ले रहा है।'

संस्कृत तो कोई विद्वान ही सिखा सकता है, ऐसा व्यक्ति जिसमें भाषा का संस्कार हो, जिसे उपनिषद, वेद, पुराणों का ज्ञान हो। चाँद की इबादत करने वाला भला क्या जाने सूरज का तेज! आखिरकार अल्ताफ वानी का तबादला कश्मीर कर दिया गया था।

खयालों के तूफान से बचने के लिए अल्ताफ वानी ने किताब के पन्नों में खुद को उलझा लिया।

रवि चौबे किसी से फोन पर बतियाते हुए स्टाफ-रूम में आकर आरामकुर्सी पर बैठ गए। 'तुष्टिकरण की नीति के चक्कर में कई बार हमारा हक छिन जाता है। कभी अल्पसंख्यक, कभी आरक्षण के फेर में हम पीछे धकेल दिए जाते हैं। आखिर कब तक हम अपने अधिकारों से वंचित किये जाते रहेंगे।'

रवि चौबे के इन अल्फाज से अल्ताफ वानी के दिल में हलचल मची पर चेहरा झील का शान्त पानी बना रहा।

"वानी साहेब, नाटक का रिहर्सल शुरू हो गया?"

"किस नाटक की बात आप कर रहे हैं?"

"ज्यादा बनिये मत, सामने छप्पन भोग रखा है औ आप भूखे बइठे हैं।" हो-हो करके हँसते हुए चौबे जी ने पान मसाले की पीक पिच्च से कचरे के डब्बे में थूक दिए।

"आप यूथ फेस्टिवल वाले नाटक की बात कर रहे हैं?"

"जी हाँ, आदेश-पत्र तो आपको मिल ही गया न? ऊ क्या रखा है सामने।"

"वैसे आपकी ज्यादा दिलचस्पी हो तो आप ही ले लीजिए ये जिम्मेदारी।" अल्ताफ वानी खीजते हुए बोले।

"कउन नहीं इच्छुक होगा, हवाई जहाज की यात्रा, फाइव स्टार होटल में

निवास, लेकिन जब तक चयनकर्ता की टीम में जनाब इकबाल अहमद हैं, तब तक कश्मीर का नाम रोशन होता रहेगा। हम सब का पत्ता साफ ही रहेगा। पिछली प्रतियोगिता में भी आप ही गए थे।" ईर्ष्या और पीड़ा का भाव चौबे के चेहरे पर साफ झलक रहा था।

"जी...छात्रों की टीम के साथ।"

"चौबे जी! आप मेरी लियाकत पर सवाल उठा रहे हैं।"

"अरे वानी जी! आप त बुरा मान गए, हम त आपके मित्र हैं। दरअसल ये बात सेंट्रल स्कूल की हवा में उड़ रही है, और इसी बात का घंटा बज रहा है।"

"इस बात को स्कूल की घंटी में बजाने वाले या तो आप हैं या फिर अमरप्रीत खुराना।"

"देखिए वानी जी, हमने तो इन सबों को कितना समझाया कि धारा 370 हटाए जाने के बाद कश्मीर भी हमारा हो गया है। अब तो लगन-वगन करके बिरादरी भी एकै हो जाएगी, इस तरह आप हमारे अपने हुए भाई।" कहते हुए चौबे जी मुँह में पान का बीड़ा ठूँसकर चप-चप करने लगे।

अल्ताफ वानी की आँखों के आगे वो दृश्य ठहर गया जब रेडियो-टेलीविजन में खबर आई थी कि कश्मीर से धारा 370 हटा दी गई है। स्टाफ-रूम में चाय-समोसे की पार्टी हुई थी, आठवीं क्लास के छात्रों को बरामदे में एकत्रित कर यू ट्यूब पर गाना 'कितनी खूबसूरत ये तस्वीर है, ये कश्मीर है' बजा कर, कुछ महिला टीचर्स ने डांस भी किया था।

"आप अपना दिल न छोटा कीजिए," कहते हुए मधु शर्मा ने स्टाफ-रूम के कोने में बैठे अल्ताफ वानी के सामने समोसे की प्लेट बढ़ा दी थी, "लीजिए, चाय भी लीजिए, आज तो जश्न का दिन है।"

"मधु जी, दिल को समझने के लिए तंगदिल दिमाग नहीं बल्कि आसमान जैसा खुला दिल चाहिए।"

"हुँह, हमेशा शायराना अन्दाज में ही चाँटा मारता है।" सैंडल खट-खट करती हुई मधु शर्मा स्टाफ-रूम से निकलकर बरामदे में छात्रों के बीच गुम हो गई।

इनमें से किसी को नहीं मालूम कि अल्ताफ वानी बचपन में अमन पंडित अंकल के घर रोज शाम पूजा की आरती करते और माता के जगराता में 'जय माता दी' का जयकारा लगाते हुए प्रभात-फेरियाँ करते थे। उनके घर में जब पंडित अंकल और रैना आंटी पूजा पर बैठते तो हवन के लिए अम्मीजान समिधा तैयार करतीं और 21 आहुतियाँ खुद भी हवन कुंड में डालतीं। रैना आंटी बड़े प्यार से सबको प्रसाद खिलातीं। अम्मीजान रोज कुरान पढ़तीं और अपने बच्चों से यही कहतीं, दुनिया में एक ही मजहब है, इनसानियत का। जब भी इबादत करो, दुनिया में अमन-चैन की दुआ करो। कभी-कभी वे उपनिषद और महाभारत के किस्से भी सुनातीं। उन्हें संस्कृत का भी इल्म था। अल्ताफ वानी को जितना नमाज पढ़कर सुकून मिलता उतना ही पूजा-आरती करके।

किसी के भीतर गहराई से धँसी बात को काटना या बदल पाना बरसाती नदी पार करने जैसा मुश्किल है और इस मुश्किल का सामना अल्ताफ वानी को रोज करना पड़ता है, उन्हें खुद की इनसानियत और वफादारी का इम्तिहान रोज देना पड़ता है। लोगों के शक की धुंध से खुद को बचा पाना कितना मुश्किल है, ये वही समझ सकता है, जो दिन-रात इससे गुजरता रहा हो।

और तो और...स्कूल के प्रिंसिपल को भी लगता है कि अल्ताफ वानी किसी रोज बखेड़ा खड़ा करेगा। नाहक इसने किसी एक टीचर की जगह हड़प ली है। उस रोज नाटक की रिहर्सल के दौरान प्रिंसिपल राठौड़ साहब ने प्यून से सन्देश भेजा, 'साहेब ने अर्जेंट बुलाया है।'

"चाय पियोगे या कॉफी?" राठौड़ साहब ने मुस्कुराकर पूछा।

"जी, कॉफी।"

"ओ हाँ, आपके यहाँ तो कहवा पिया जाता है न?"

"जी, चाय और कॉफी भी।"

कॉफी आई—एक मग काला, एक सफेद चित्तीदार। काला मग वानी के सामने बढ़ाकर राठौड़ साहब खुद खिड़की के पास खड़े होकर कॉफी पीने लगे।

राठौड़ साहब ने घंटी बजाई और चपरासी हाजिर हुआ।

"ये वाला मग धोकर बाहर की अलमारी में अलग से रख देना। वानी जी के लिए। ये खास कश्मीरी हैं।" कहते हुए मुस्कुरा दिए।

"देखिए वानी जी, हम कितना भी समता और समन्वय की पालकी सजा लें पर दो प्रदेशों को, दो संस्कृतियों को एक करना बड़ा मुश्किल है। आप खाने के बाद नमाज पढ़ते हैं, हम खाने से पहले पूजा करते हैं। आप तर्जनी उँगली से माला जपते हैं, हम अनामिका से।"

"जी, पर मकसद दोनों का एक ही है, इबादत, नेकी का पैगाम। रब का शुक्रिया अदा करना।"

"ये देखिए, आप 'इबादत' कहते हैं, हम 'पूजा'। भई, हमारे हिसाब से सारी नदियों का पानी एक जैसा कैसे हो सकता है। खैर, आपकी सलाहियत के हम कायल हैं। ये शब्द हम सही बोले न?"

"जी। सर! आपने हमें बुलाया था।"

"अरे हाँ, नाटक मंडली में छात्रों का चयन जरा समझदारी से कीजिएगा, क्योंकि प्रतियोगिता जहाँ आयोजित है वहाँ भी गंगा-जमुनी तहजीब तो है पर दोनों नदियों की महत्ता अलग-अलग है। दो नदियों के मिलन से सारा पानी एक नहीं हो जाता। आब-ए-जमजम और गंगाजल को एक नहीं किया जा सकता। जमजम मक्का-मदीना का पवित्र पानी है, हमारे देश का नहीं, हमारी गंगा नदी माँ समान हैं। हमारे यहाँ गंगाजल से शुद्धीकरण होता है। इसलिए छात्रों के चयन में नाम-वाम का विशेष खयाल रखिएगा। साहिल बख्शी पिछली बार भी आपके मुख्य कलाकार थे। बाकी आप खुदै समझदार हैं।"

बोझिल मन से अल्ताफ वानी प्रिंसिपल राठौड़ साहब के कमरे से निकले तो उनके भीतर ऊहापोह का तूफान था। छात्रों को उनकी काबिलियत के मुताबिक नाटक के रोल दे दिए हैं, फहीम, साहिल बख्शी और श्वेता इन तीनों छात्रों को नाटक के अहम किरदार दिए हैं। अब रोल बदलकर नए सिरे से रिहर्सल करवाने का वक्त भी नहीं, लेकिन प्रिंसिपल साहब का इशारा साफ था। फहीम या साहिल दोनों में से एक को ही शामिल किया जाए। वो भी इन्हें अहम किरदार न दिया जाए।

आखिरकार अल्ताफ वानी को अपने दिल पर पत्थर रखकर साहिल बख्शी को नाटक टोली से निकालना पड़ा।

"सर, हमसे क्या खता हुई?"

"प्रिंसिपल साहेब का आदेश है।"

"सर।"

साहिल की पलकें झुकी थीं लेकिन उसकी पलकों में टूटे ख्वाब की पंखुड़ियाँ साफ दिख रही थीं।

"कुछ कहना चाहते हो?"

"सर! सिर्फ मेरे लिए ही क्यों—श्वेता, आरुषि पांडे? मेरी जगह पर नीलाभ को रखा गया, उसने तो कभी नाटक किया ही नहीं। सब समझ गया सर।" कहते हुए साहिल का चेहरा तमतमा गया था, वो तेज कदमों से बाहर हो गया।

साहिल कमरे से बाहर चला गया लेकिन अल्ताफ वानी के लिए मायूसी और दर्द का सागर छोड़ गया। अल्ताफ वानी उसे क्या समझाएँ कि साहिल को टीम में वो खुद रखना चाहते हैं।

मानी साहिल को भी पता है नीलाभ शहर के सांसद का बेटा है। निश्चय ही साहिल के भीतर अफसोस का ग्लेशियर पिघला होगा। उसकी ख्वाहिश की किरचें बिखरी होंगी, वो मन से टूटा होगा।

अल्ताफ वानी को बचपन के वे दिन याद आ गए जब हर घर की दीवारें अपनी थीं, हर रसोई मुहब्बत की चाशनी से पकती थी। जब अम्मीज़ान सर पर दुपट्टा ओढ़ जॉब करने जातीं तो अल्ताफ और उसकी बहन को अमन पंडित अंकल के घर छोड़ देतीं। उनके यहाँ दिन गुलजार रहता। वो पढ़ाई-लिखाई से लेकर खेल-कूद सब करवाते। कश्मीर के पहाड़ों और नदियों के किस्से सुनाते, वो सब एक फिल्म की तरह लगते। जब वो घाटी के टेंशन की खौफनाक घटनाएँ बताते तो थोड़े उदास हो जाते। उनकी उदासी के माने अल्ताफ को अब समझ में आए हैं। अम्मीजान शाम को लौटतीं तो रैना आंटी के साथ मन्दिर जातीं, शाम की आरती और प्रसाद लेकर आतीं, हम सबको देतीं फिर अपने घर आकर शाम की नमाज अदा करतीं। अल्ताफ वानी और उनके भाई-बहनों को पूजा और नमाज में कोई फर्क नहीं नजर आता था। ये बातें अल्ताफ वानी को विरासत में मिली थीं। रैना आंटी भी अपने बच्चे और अल्ताफ वानी में कोई फर्क न करतीं, कई बार तो एक ही थाली में खाना दे देतीं।

अल्ताफ वानी ने खुद को बचपन की यादों के बियाबान से बाहर निकाला। नाटक की स्क्रिप्ट लेकर तयशुदा किरदारों में रद्दोबदल करने लगा। साहिल की जगह नीलाभ का नाम लिखा। उसके पूरे के पूरे संवाद कई जगह बदलने पड़े, क्योंकि नीलाभ उर्दू जबान बोलने में एकदम कच्चा है। उसके तलफ्फुज ठीक नहीं हैं, नुक्ते तक नहीं निभा पाता, जबकि नीलाभ का किरदार उर्दूदाँ है।

स्क्रिप्ट से मशक्कत कर ही रहा था तभी 'वूमन कश्मीर कॉलिंग' टेबल के बीचोबीच रखे मोबाइल के स्क्रीन पर चमका। 'राजी' फिल्म के गाने 'बचस्से खान मेज कूर' की रिंग टोन बज उठी। मधु शर्मा उचककर मोबाइल में झाँकने लगीं। जब तक अल्ताफ वानी मोबाइल हाथ में लें तब तक मधु शर्मा ने स्क्रीन में पढ़ा—'वूमन कश्मीर कॉलिंग' मधु जी के कान खड़े हो गए। सोचने के लिए मसाला मिल गया 'वूमन कश्मीर' आखिर किसी औरत के नाम की बजाय 'वूमन' के नाम से नम्बर क्यों सेव किया इसने? लगता है इसका किसी से नाजायज रिश्ता है, सोचते हुए वे अल्ताफ को मोबाइल पर बात करते अपलक देखती रहीं। अल्ताफ वानी कश्मीरी जबान बोल रहे थे। मधु शर्मा अल्ताफ के चेहरे के उतार-चढ़ाव को देखकर भाँपने की कोशिश कर रही थीं। 'पश्तो मुशी पुशी' आखिर ये बातें क्या कर रहा है, कोई रूमानियत का भाव तो चेहरे पर नजर नहीं आ रहा। आखिर इस औरत से इसके किस तरह के रिश्ते होंगे। लाख कान और दिमाग लगाने पर भी मधु शर्मा को समझ में कुछ नहीं आया।

"दुआओं में याद रखिएगा," कहते हुए अल्ताफ ने फोन रख दिया।

'हो गया राजफाश,' एक मर्द हमेशा औरत से दुआओं की उम्मीद करता है। प्रपंच की इस मरीचिका में मधु शर्मा ये भी भूल गईं कि 12 बजे उन्हें खत्री की क्लास लेनी थी। दीवार पर टँगी घड़ी ने टन्न का घंटा बजाया तो मधु अपनी आँखों में कौतूहल का दरिया लिये, टेबल पर बिखरे कागजों का बंडल हाथ में उठाकर, साड़ी का पल्लू सँभालती हुई क्लास-रूम की ओर भागीं।

मधु शर्मा क्लास लेकर लौटीं तो उन्हें चाय की बेहद तलब लगी हुई थी, उन्होंने अल्ताफ वानी से भी औपचारिकता में पूछ लिया। समय के पाबन्द अल्ताफ का ये लंच का समय था, सो उन्होंने बैग से थोड़ा आड़ की और लंच बॉक्स खोल लिया। दोनों हथेली जोड़कर अल्लाह से गुफ्तगू की, दुआ पढ़कर खाने लगे।

मधु अपनी चाय का प्याला लेकर बहाने से अल्ताफ की टेबल की ओर झाँकने लगीं, 'लगता है ये नॉनवेज खा रहा है, जबकि स्कूल में अलाउड नहीं है।'

"बड़ी जल्दी लंच ले रहे हैं, सुना है आपके यहाँ त्योहारों पर भी नॉनवेज बनता है? वाजवान और जाने क्या-क्या? हमारे यहाँ तो भगवान वाले दिन जैसे मंगल, शनि और गुरु को नॉनवेज तो क्या अंडा भी नहीं बनता।" खुले हुए टिफिन बॉक्स की तरफ आँखें गड़ाती हुई मधु शर्मा बोलीं।

"जी बिलकुल बनता है, पर मैं नॉनवेज नहीं खाता। एक बात बताइए, आपके हसबैंड और बच्चे तो नॉनवेज खाते ही होंगे ना? आपको आता है बनाना?" कहते हुए अल्ताफ वानी मन-ही-मन भगवान वाले दिन के मानी खोजने लगे, गो कि भगवान वाले दिन सात में तीन ही कैसे?

"झूठा कहीं का।" हिकारत से देखते हुए, जिस बैग से अल्ताफ वानी ने आड़ की हुई थी, झटके से उसे दूर हटा दिया। टिफिन में बची हुई पूरी थी, आलूगोभी की सब्जी और खीर मधु शर्मा की आँखें अचरज से इतनी चौड़ी हो गईं कि देखने वाला उनकी आँखों में पूरी दुनिया देख ले। मधु शर्मा अपने इन्हीं प्रपंचों की वजह से कूपमंडूक कहलातीं। पर अगर उनके सामने इस तरह की बात का जो इजहार-ए-हाल कर दे तो बस सीधा वूमन सेल में शिकायत की धमकी से भाग खड़ा हो। अल्ताफ वानी ने मोबाइल में तारीख देखी—'नाटक' के रिहर्सल के लिए वक्त बहुत कम है।

श्वेता, आरुषि पांडे, फहीम और नीलाभ—नाटक की इस टीम में सबसे कच्चा कलाकार नीलाभ था, वो भी देर से शामिल हुआ। उसे नाटक की एक-एक लाइन बोल-बोल कर रिहर्सल करवानी पड़ रही थी। सांसद का बेटा होने का एक सुपीरिऑरिटी कॉम्प्लेक्स वो हमेशा साथ लिये रहता।

नीलाभ के लिए अल्ताफ वानी ने कई डायलॉग बदल दिए। रातों को ख्वाब में भी अल्ताफ अपनी टीम के साथ नाटक तैयार कर रहे होते।

"मैंने कितनी बार तुम्हें मना किया है, जरूरत से ज्यादा चीजों से घर मत भरो। टेक्नोलॉजी से इतना ज्यादा जुड़ोगे तो खुद एक मशीन में तब्दील हो जाओगे।" आरुषि पांडे ने अपना संवाद बोला।

"इनसान को मशीन तो बनना ही पड़ेगा, अब साँस भी नकली है। यानी सिलेंडर से मिल रही है। दुनिया तेज रफ्तार से भाग रही है।"

नीलाभ के इस डायलॉग पर अल्ताफ वानी ने तल्खी से देखा और बोले, "तेज नहीं तेज नुक्ता लगेगा।

नीलाभ को भी अन्दाजा लग रहा था कि उसका परफॉर्मेंस एक्सेलेंट नहीं है और सर को अब खीज हो रही है।

"सर, एक चान्स और दीजिए।"

असल में सिफारिश के बल पर किसी के भीतर कला का बीज नहीं रोपा जा सकता। आसमान से कई बार जमीन पर पटके गए अल्ताफ वानी बेचारे करें क्या, उन्हें तो खामोश रहकर बहती हवा में, बिना मिट्टी के फूल खिलाना है, बीज में चाहे दम हो या न हो। उन्हें नीलाभ को बेस्ट ऑफ दि बेस्ट दिलवाना है और नाटक प्रतियोगिता में तमगा भी लाना है।

प्रिंसिपल साहब की ये बात याद है, "भारतरत्न उस्ताद बिस्मिल्लाह खाँ को मिला, इसका ये मतलब नहीं कि देश में और किसी कलाकार के पास इतनी प्रतिभा नहीं है, मतलब पर जरा गौर कीजिएगा—जरूरी नहीं कि साहिल बख्शी के बल पर ही हर प्रतियोगिता जीती जाए। मानता हूँ वो खरा सोना है पर आप अपनी ऊर्जा भी तो लगाइए। अरे, पीतल को सोना बनाइए तब जानें।"

इस तरह की बाध्यता का बोझ लिये अल्ताफ वानी रोज रिहर्सल में जी-जान से जुटे थे। अगर इस बार प्रतियोगिता में टीम अव्वल नहीं आई तो तोहमत भी मढ़ दी जाएगी।

साहिल बख्शी से अल्ताफ का खासा नाता था, नाटक से हटाए जाने के बाद उसने प्रतियोगिता में दिलचस्पी नहीं ली। अल्ताफ वानी के लिए वो रात सबसे लम्बी रात थी जिसकी अगली शाम प्रतियोगिता के लिए निकलना था। उन्होंने स्कूल के लिए रवाना होने से पहले ही अपना बैग तैयार करके रख लिया, क्योंकि स्कूल में फाइनल रिहर्सल के कारण देर हो सकती थी। स्कूल जाते समय अल्ताफ वानी ने खुद को बड़ा हल्का और सुकून से भरा पाया।

ऊँची पहाड़ी के करीब आते ही इनसान की थकान कम होने लगती है। कच्ची

मिट्टी को खूबसूरत साँचे में ढालकर कुम्हार को सुकून मिलता है और ये सुकून मिला अल्ताफ वानी को नीलाभ को नाटक का उम्दा किरदार बनाकर। आरुषि, फहीम और श्वेता तो पहले से ही बेस्ट परफॉर्म ही कर रहे थे। अब नीलाभ भी तकरीबन मँजा हुआ कलाकार बन गया था। स्टाफ-रूम से लगे बरामदे में ये चारों कलाकार अपने अल्ताफ सर का इन्तजार कर रहे थे। उन्हें देखते ही उत्साह और खुशी से उछल पड़े, "सर ये आपके लिए।"

फूलों से सजे एक गुलदस्ते में रंगीन ग्रीटिंग कार्ड अटकाया हुआ था, जिस पर लिखे हुए अक्षर देखने के लिए उन्हें कार्ड गुलदस्ते से निकालने की जरूरत नहीं पड़ी, "चाँद को हम हथेली पर सजाएँगे, सूरज को हम अपने माथे पर चमकाएँगे।"

"आमीन, जिस मेहनत और लगन से तुम लोग सफीने पर सवार हुए हो, सागर पार जरूर करोगे। हमारी जानिब से तुम लोग अलाएँ-बलाएँ भगाकर नजर उतरवा लेना कामयाबी तुम लोगों के कदम चूमे।"

अल्ताफ वानी की आँखों में उस वक्त खूबसूरत ख्वाब पूरा होने की चमक है। वे रेशम की डोरियों वाले झूले में झूल रहे हैं। हॉल में बैठे कुछ लोगों की आवाजें आ रही हैं—'आसमाँ कैसे-कैसे' नाटक को प्रथम पुरस्कार मिलना चाहिए। और फिर मंच पर उद्घोषणा होती है—'राही' ग्रुप को मिला नाटक का सर्वश्रेष्ठ प्रथम पुरस्कार। आरुषि, श्वेता, फहीम और नीलाभ डांस करते हुए अल्ताफ वानी की ओर आ रहे हैं। 'राही' समूह को मंत्री जी के हाथों अवार्ड से नवाजा जा रहा है। मंत्री जी रेशमी कुर्ते-पाजामे में माशाअल्लाह खूब जँच रहे हैं। तभी टन-टन-टन स्कूल का घंटा बज उठा। रीसेस हो गई, अल्ताफ वानी खयालों के पहाड़ से धम्म से नीचे आ गिरे और तभी प्रिंसिपल साहब के बुलावे का पैगाम लिये चपरासी खड़ा था।

"वानी जी! कॉफी पिएँगे न? हम जान गए हैं आपकी पसन्द।" कहते हुए प्रिंसिपल साहब ने चपरासी को इशारा किया, उसने काले वाले कप में कॉफी वानी जी के सामने रख दी।

"शुक्रिया सर!"

"आप बड़े अदब वाले हैं भाई। कई बार हमें लगता है हम आपसे आपका अदब सीख लें।"

"सर! ये आपकी जर्रा-नवाजी है।"

"आप हमारे स्कूल के बहुत मेहनती और प्रतिभाशाली टीचर हैं। आज तक किसी छात्र की ओर से आपके लिए कोई शिकायत नहीं आई लेकिन..."

"सर, लेकिन क्या?" अल्ताफ वानी समझने की कोशिश कर रहे थे कि प्रिंसिपल साहब आखिर कहना क्या चाहते हैं।

"एक बड़ी समस्या आन पड़ी है। ऊपर से आदेश आया है, हमें भी अचरज हो रहा है। नाटक की टीम के साथ आपकी जगह पर चौबे जी को भेजा जाएगा। आपका नाम निरस्त कर दिया गया है।"

प्रिंसिपल साहब अल्ताफ वानी की प्रतिक्रिया का इन्तजार करते हुए बोले, "हम समझ सकते हैं आपका दर्द। आपने इतनी मेहनत की है नाटक की तैयारी में। छात्रों से ज्यादा आपने लगन और परिश्रम दिखाया है।"

"लेकिन सर, आप अपनी तरफ से कह सकते हैं।"

"भई हमने कहा न, आदेश ऊपर से है, हमारे हाथ बँधे हैं। चौबे जी इंचार्ज होंगे पर हम आपके लिए इतना जरूर कर सकते हैं कि आप टीम के साथ जाइए, मौज-मस्ती कीजिए। एक ठीक-ठाक होटल में ठहरने की व्यवस्था करवा देंगे। स्कूल के लिए तो फाइव-स्टार होटल में रुकने का प्रबन्ध हो चुका है। बच्चों को आपका मोरल-सपोर्ट भी मिल जाएगा।"

"सर! क्या हमसे कोई चूक हुई है? हमने नाटक की तैयारी में कोई कोर-कसर नहीं छोड़ी है, बच्चों की लगन और लियाकत देखकर हम हैरतजदा हैं। हम ममनून हैं कि हमें इतना बड़ा मौका आपने दिया, आखिर फिर हुआ क्या जो हमें प्रतियोगिता से महरूम किया जा रहा है?" वानी जी ने नफीस होते हुए आखिरी कोशिश की।

"देखिए वानी जी, हमने पहले ही कह दिया, हमारे हाथ में कुछ नहीं है। विशेष बात यह है कि इकबाल अहमद जी भी कुछ नहीं कर सके, जबकि हम तो आपको पहले ही बोले थे कि हर किसी को मौका मिलना चाहिए।"

अल्ताफ वानी प्रिंसिपल साहब के कमरे से उठे और बोझिल कदमों से चल पड़े। उन्हें पता नहीं था वे किधर जा रहे हैं, जैसे किसी ने उन्हें अचानक धक्का देकर ऊँची पहाड़ी से खाई में धकेल दिया हो। बेखयाली में चलते-चलते वे मैदान तक जा पहुँचे और हरी घास पर निढाल होकर बिखर गए। अनगिनत सवाल अल्ताफ वानी का पीछा कर रहे हैं, 'क्या ये प्री-प्लांड था?', 'क्या प्रिंसिपल साहब जो कह रहे थे वही सच था या इस प्लान में वे खुद शामिल थे?', 'किसी को आसमान से गिराना ही फर्ज-शिनासी है?' कश्मीर को जन्नत मानकर लोग घूमने जाते हैं पर वहाँ के इनसान के लिए दिल में इतनी सारी दरारें? 'नाम और प्रदेश इनसान से ज्यादा अहम है ये मैंने पहले क्यों नहीं समझ लिया। मैंने स्कूल के हर टीचर से घुलने-मिलने की कोशिश की लेकिन सबने एक दूरी बनाकर रखी।'

अल्ताफ वानी की आँखों के आगे वो दिन तैर गया जब ईद के अगले दिन सभी टीचर्स के लिए बड़े प्यार से सिवइयाँ, जर्दा और वेज बिरयानी लेकर गया। नितिन और पद्मा को छोड़कर सबने कोई न कोई बहाना बना दिया न खाने का। कश्मीर की ईद उस रोज खूब याद आई थी, जब पंडित अंकल और रैना आंटी सुबह से घर में आ जाते। रसोई की जिम्मेदारी रैना आंटी सँभालतीं। अम्मीजान मेहमानों की आवभगत में लगी रहतीं। मेहमानों में हर मजहब के लोग आते। मेहमानों की गुफ्तगू और ठहाकों में सिर्फ इखलाक का राग होता। सबसे मजेदार बात तो ये थी कि मोहिन्दर अंकल...अब्बू जान को पंडित जी बोलते और अब्बू जान उन्हें हाजी साहब कहते। मोहिन्दर अंकल अब्बू जान के इतने करीब थे कि बहुत बड़े होने के बाद अल्ताफ वानी ने जाना कि वे पंजाबी हिन्दू थे। अल्ताफ वानी की आँखों के आगे वो काला कप घूम गया।

'ये वाला कप वानी जी के लिए स्पेशल रख दो।' जब भी उनके कमरे में वानी जी गए उन्हें एक ही कप में हर बार चाय मिली।

आँखों में धुंध, चौबे जी, मधु शर्मा, मैनेजर सभी के चेहरे आँखों के सामने पहेली की तरह ठहर गए हैं। अल्ताफ को इस वक्त साहिल बख्शी के दर्द का एहसास फिर से बड़ी शिदद्त से हुआ। अल्ताफ वानी की हथेली पर पेड़ से एक सूखा पत्ता गिरता है, उसे हाथ से चौड़ा करके देखते हैं।

पेड़ से टूटे हुए पत्ते की नियति सूखना ही है। अल्ताफ वानी एक झरते हुए चिनार में तब्दील हो गए हैं। कभी जहाँ लाल पत्तों की आग दहकती थी—वहाँ अब बस ठूँठ बचे रह गए हैं। और रह गया है अगली बहार का इन्तजार। उन्हें पहलगाम के पहाड़ी रास्ते और कतारबद्ध देवदार, चिनार के पेड़, फूलों वाली घाटी याद आती है। अल्ताफ वानी को खबर ही नहीं लगी कि वो तेज बारिश में पूरी तरह भीग चुके हैं।

# तूझी मी वाट पाहते

हर इनसान के भीतर स्मृतियों की बड़ी दुनिया होती है। किसी के पास स्मृतियों का कँटीला जंगल होता है। किसी की स्मृतियों में फूल और काँटों का मिला-जुला झुरमुट होता है, जिसके सहारे जीवन का सफर तय होता है। किसी के पास अतीत और वर्तमान की ऐसी क्यारी होती है, जिसमें घटनाओं की नुकीली ईंटें गहराई तक धँसती चली जाती हैं, अतीत की क्यारी में रोपे हुए कुछ ही पौधे लहलहाते हैं, ज्यादातर वक्त की तेज आँधी में मुरझा जाते हैं।

खिड़की पर बैठे काँव-काँव की रट लगाए कौवे को रोटी खिलाकर वे फिर स्मृतियों के जंगल में दाखिल होने ही जा रही थीं कि तमतमाई हुई अभिधा सामने उसके बेडरूम के दरवाजे बन्द होने की खटाक से आवाज हुई। खिड़की का ग्लास जैसे हवा ने जोर से हिला दिया हो, उनके पैर के पास नोटबुक और किताब के पन्ने फड़फड़ा उठे, वे झुकीं—

"अरे, यह क्या?"

अभिधा का चेहरा लाल, माथे से पसीना चुहचुहाया हुआ। नई पीढ़ी, नया खून, गुस्से का तरीका भी नया। वे अभिधा के पास पहुँचें इससे पहले ही अभिधा के शब्दों के ओले उनके कान में चोट पहुँचाने लगे—"बहुत सुन ली तुम्हारी, बस अब नहीं, अब the end" कहते हुए अभिधा ने मोबाइल दीवान पर लगभग पटक दिया। मोबाइल चोटिल नहीं हुआ लेकिन उनके जख्मों की जड़ें नम हो गईं।

"किससे कह रही हो? मत कहो 'the end'। कहने से पहले 'beginning' याद कर लो, रिश्तों की बिगिनिंग का सिरा थाम लो, बस the end वहीं end हो

जाएगा। कभी-कभी जुला से निकले अल्फाज सच हो जाते हैं और इनसान पछताता रह जाता है।"

अतुल तो बात-बात में कहता है—'ये हमारी जिन्दगी का आखिरी पन्ना है' अभिधा बुदबुदाई। अभिधा के कहे 'The End' से वे अपने जीवन की बिगिनिंग में पहुँच गईं। वैसे भी ज्यादातर वक्त वे स्मृतियों की सैर में ही बिताती हैं। उनकी आँखें दूर आसमान पर टिक गईं और वे अब यहाँ इस घर में होकर भी नहीं हैं।

"दादी आपने कुछ कहा?"

"अं...हाँ...न, नहीं तो"

वे बोलीं लेकिन उनका बोलना जैसे समन्दर की लहरों के शोर में विलीन होते शब्द हों, जो कानों में बड़े मद्धम-से सुनाई देते हैं। वे खुद भी समन्दर ही हैं, दरअसल हर स्त्री समन्दर होती है। स्त्री के भीतर सरोकारों की दुनिया, उसकी पीड़ा, पीड़ा की अथाह जलराशि होती है जिसका ओर-छोर नहीं होता। उनके भीतर भी तेज लहरों का आवागमन होता रहता है—इसकी खबर उनके अपनों को नहीं होती।

"दादी बारिश तेज हो गई है। भीतर आइए। मौसम विभाग वालों की चेतावनी है कि आगामी 48 घंटों तक तेज बारिश होगी।"

"मेरे भीतर की बारिश से कम है ये बारिश।"

"मतलब?"

"मतलब समझने के लिए तुम्हें मेरा मन पढ़ना होगा, जो बहुत कठिन है। मेरे मन के भीतर भी बारिश है, अथाह जल है, समुद्र है, जिसकी सतह नहीं दिखती।"

"आप क्या कहना चाहती हैं दादी? कोई फंतासी रच रही हैं क्या?"

"स्त्री फंतासी ही तो होती है। स्त्री के मन की बारिश सिर्फ वह देख सकती है, उसके भीतर की बारिश में कभी इंद्रधनुष नहीं निकलता, सिर्फ काली घटाएँ होती हैं।" कहती हुई वे लैपटॉप के की-बोर्ड को अपनी उँगलियों से धीरे-धीरे छूने लगीं। IRCTC की वेबसाइट पर लॉग-इन कर खेड़ के टिकट की उपलब्धता चेक करने लगीं। उम्र की आखिरी दहलीज पर अकसर ही कामकाज में सुस्ती आ जाती है लेकिन वे आज भी वक्त की सीढ़ियाँ फटाफट चढ़ती हैं।

"दादी, इस तेज बारिश में दापोली जाना ठीक नहीं, हम अगले महीने चलेंगे।"

"नहीं, तब तारीख, दिन और महीना बदल जाएगा, कुछ तारीखें ही खास होती हैं, जिन्हें हम तावीज की तरह अपने गले में पहने रहते हैं।"

"दादाजी से जुड़ी कोई खास याद है?"

"पहले खेड़ का टिकट बुक कर, फिर बताऊँगी।"

"पिछले बरस आप इतनी बीमार थीं डॉक्टर ने सफर करने को मना किया था फिर भी नहीं मानीं, आखिर वजह क्या है?"

उनके लिए उस रोज वाली बारिश के सामने सारी बारिशें फीकी थीं। वे राघव के साथ पिकनिक पर गई थीं, घर से निकलीं तो बूँदाबाँदी थी लेकिन घंटे भर में काले डरावने बादल समन्दर में डुबकियाँ लगाने लगे थे, दूर तक कहीं कोई किनारा नहीं नजर आ रहा था। मूसलाधार बारिश में बिजली कड़कती तो लगता जैसे समन्दर की लहरों में आग लग जाएगी। बचपन से ही बेलौस मिजाज की वे उफनते समन्दर के पानी में गड़गड़ाती बिजली को पकड़ने दौड़ीं। लहरों के बीच दौड़ना मतलब खुद को गिराना, लहरों की चपेट में बुरी तरह गिरीं, पर राघव ने कश्ती बन उन्हें बचा लिया। दापोली का करडे बीच हरहराता उफनता समन्दर का फेनिल पानी और चंद मछुआरे और दो-चार साहसी लोग ही दिखाई दे रहे थे।

बादलों ने धूप का अस्तित्व मिटा संध्या का धुँधलका फैला दिया था। धुँधली रोशनी में चारों ओर पानी ही पानी नजर आ रहा था। बारिश की बूँदों की लड़ियों को हवा उड़ाकर बालों पर मोती धर रही थी। सर्द बदन पर राघव की गरम हथेलियाँ किसी बिजली से कम नहीं थीं। दोनों की आँखों में आग और पानी घुल-मिल गए थे।

ताज्जुब की बात है पानी में चिंगारी ज्यादा सुलगती है। मानो पानी आग लगाता भी है और बुझाता भी है। उस रोज जब वे समन्दर और राघव के शोलों यानी प्यार के ताप से नहाई अपने घर पहुँचीं तो उससे पहले ही सवालों का काफिला पहुँच चुका था। 'आई' की डाँट के ओलों ने उनके बारिश वाले दिन के मखमली अहसास को रौंद डाला था। समन्दर के किनारे की तेज हवाएँ सिसकियाँ लेने लगी थीं। तरह-तरह के जख्मों के जरिये उनके भीतर राघव के लिए नफरत के बीज बोए जाने लगे। लेकिन कहाँ? प्रेम का अंकुर एक बार फूटने पर पौधा लहलहाता

ही है। जख्मों से उनके मन के कपाट भीतर और भीतर खुलते गए जिस पर राघव की अनंत छवियाँ कब्जा करती गईं।

"दादी, हम बीच पर जाने की वजह आज रिजोर्ट में ही रहें।" खेड़ स्टेशन से बाहर आकर टैक्सी में बैठती हुई अभिधा बोली। वह चिहुँककर अपनी पीठ सहलाने लगी। दर्द-सा महसूस हुआ, कई खरोंचें लहूलुहान हो गईं, गुँथी हुई लम्बी-पतली चोटी को आगे कर खींचकर देखा सलामत हैं बाल। बाबा की दी वो चोटें हरी हो गईं।

आँखों में उतरे समुद्र को रोकना उनके लिए मुमकिन नहीं रहा। उनकी स्मृतियों का यह चौरस्ता बहुत ही बीहड़ है। अपनी आँखों की लहरों पर काबू पाती हुई वे बोलीं—"आज करडे बीच और लाडघर भी चलेंगे।"

"आपको दादाजी की याद आ रही है? आप उदास हैं?"

"यादों का झरना है भूचाल है लेकिन..."

"लेकिन क्या?"

"..."

अभिधा अपनी दादी की इस मन:स्थिति से बेचैन होकर उन्हें बहलाने की कोशिश करने लगी। वो अपने कॉलेज की बातें बताने लगी। पर वे अपने कॉलेज के दिनों में पहुँच गईं, कृषि-अर्थशास्त्र राघव को बोरिंग लगता तो उस पीरियड में राघव उनके नाम चिट्ठियाँ लिखा करता।

खेड़ से दापोली का रास्ता अब थोड़ा ही बचा है। कोंकण के इस इलाके में कहीं-कहीं सड़क और समुद्र एक-दूसरे का हाथ थामे चलते हैं। अभिधा के लिए ऐसा खूबसूरत नजारा तिलिस्मी है। गाड़ी के साथ-साथ चलते पेड़-पौधे, उसके साथ-साथ चलता समुद्र...समुद्र तटों पर जहाँ बारिश नहीं हुई है वहाँ मछलियाँ रेत पर सुखाई जा रही हैं। मछलियों की वजह से यह पूरा इलाका दुर्गंध से भरा है। समुद्र के आँचल में बसे ये छोटे-छोटे गाँव, पानी में भीगी काली रेत, रेत पर चमकती सीपियाँ, दूर कतार में खड़े नारियल के दरख्त, दूसरी तरफ झूमते हुए हापुस आम के पेड़, कहीं ऊँचाई पर पानी से भरे खेत, खेतों में इठलाती फसलें, सागर किनारे का ऐसा सजा-सँवरा अलौकिक रूप अभिधा पहली बार देख रही है। वह मन-ही-मन अपने दोस्तों की टोली के साथ दापोली पिकनिक का प्लान बना रही है। और मुरुड बीच की काली रेत पर पैर के अँगूठे और एड़ी को गोल

घुमाकर गोला बना रही है। उसमें उसने तर्जनी उँगली से अपने दोस्तों के नाम लिख डाले हैं।

छोटी पुलिया से गुजरकर तिर्यक रास्ता हरणे गाँव की ओर जाता है। सागर की लहरों के सामने बिखरे छोटे ठिये और दुकानों के बीच एक रेस्तराँ में रुककर अभिधा और उन्होंने भाखरी (चावल की रोटी) और अंडा करी खाई। भाखरी खाते वक्त उनके चेहरे पर मुस्कान की तेज किरण चमकी पर फिर तुरन्त ही बदली में तब्दील हो गई। अभिधा ने उनकी आँखों के नीचे अटकी खुशी की किरण को बाकायदा देखा और परखा। अभिधा सोचने लगी, हर वर्ष 5 जुलाई को दादी का दापोली आना, उनकी किताब का कोई अहम पन्ना है जो वह पढ़ नहीं पा रही है पर कभी न कभी पढ़कर रहेगी। करडे बीच, लाडघर बीच और भी कई बीच वे गईं। अभिधा उनकी छाया बनकर साथ-साथ चलती रही।

रिजोर्ट पहुँचकर वे शावर के नीचे देर तक खारे पानी का नमक बदन से छुड़ाती रहीं। गुनगुने पानी से नहाकर उनकी थकान उतर गई। अभिधा ने रेस्टोरेंट से दोनों के लिए ब्लैक कॉफी के साथ भुनी हुई फिश फ्राइ मँगवाई। वनमाली रिजोर्ट बारिश से नहाकर और निखर आया है। लैंप पोस्ट की रोशनी में झिलमिलाते हरसिंगार और गुलमोहर झूम रहे हैं। गुलमोहर के नर्म-नाजुक फूल बारिश की बूँदों को सह पाने में असमर्थ झरकर जमीन पर लाली बिखेर रहे हैं। बालकनी के झूले पर अभिधा कुदरत के इस नजारे को अपने मन के एलबम में चिपका रही है। वे झींगुरों की तेज सीटीदार समूह गान के साथ कोई उदास गीत गुनगुना रही हैं। दो लताएँ आपस में गलबहियाँ डाले प्रेम में लिप्त हैं। ठूँठ जैसे बाँस के दो पेड़ एक-दूसरे को छूते हुए सरसरा रहे हैं। रुकी हुई बारिश फिर शोर करने लगी है। सामने हरहराते समन्दर की लहरें इतनी ऊँची उठ रही हैं कि जैसे अभी उड़कर कमरे के भीतर आकर उन्हें बहा ले जाएँगी। पानी के बारीक-बारीक फाहे हवा के कणों में नमक घोल रहे हैं। होंठों पर जीभ फिराते ही मुँह का स्वाद नमकीन हो रहा है। उनकी झुर्रीदार आँखों में अतीत का सैलाब उमड़ आया है।

एक दिन जब वह अपने आई-बाबा के साथ समुद्र में डॉल्फिन देखने गई थीं, पानी की सतह पर तैरते हुए डॉल्फिन के समूह पर सूरज ने अपनी किरणें बिखेर

पानी में नीला रंग घोल दिया था। समुद्र तट से काफी दूर, वहाँ कई कश्तियाँ तैर रही थीं सामने की बोट में राघव था। और वे आँखों की कोरों से राघव को देख रही थीं। उन दिनों उन पर आई-बाबा का पहरा था, लेकिन प्रेम में पड़ी स्त्री के लिए पहरे का किला भी बौना हो जाता है। शायद इसीलिए घरवालों और समाज के तमाम नियम-कानून के बावजूद ठोक-बजाकर प्रेम नहीं किया जाता, प्रेम बस हो जाता है।

"दादी, आप भीग रही हैं। तबीयत खराब हो जाएगी," कहते हुए अभिधा ने उन्हें हाथ का सहारा दिया लेकिन वह जड़वत बैठी रहीं। उनके गालों पर कुछ नमकीन बूँदें झर गईं। जिन्दगी में नमक जरूरी है लेकिन बिना मिठास के नमक ज्यादा ही खारा लगता है। दादी, इनसान दुनिया से जाकर सितारा बन जाता है। वह आसमान से अपनों को देखता है, दादाजी भी आपको बादलों की ओट से देखते होंगे।"

"पर मैंने कभी उन्हें भर आँखों देखा ही नहीं, उन्हें देखते ही मन में विद्रोह की आग जलती।" कहते हुए ठंड से काँपते हाथों को हवा में फैलाकर उन्होंने स्ट्रेच किया, टूटती आवाज को सहारा दे वे 'पिच' को थोड़ा और ऊपर उठाते हुए फिर बोलने लगीं। अपनी आवाज जितनी 'हाई पिच' की ओर ले जातीं, थकी आवाज उतनी ही नीचे गिरकर बेस पर आ जाती।

"मेरे अन्तर्मन के पन्ने को कोई नहीं पढ़ सका।"

"दादी अपने भीतर के ज्वार को बाहर निकाल दीजिए, मैं सुनना चाहती हूँ, पढ़ना चाहती हूँ आपके अन्तर्मन के पन्ने।"

"तुम्हें मैं वह बताती हूँ जिस पर मैं बहुत पहले परदा डाल चुकी थी।"

अभिधा अपनी दोनों हथेलियों में अपना चेहरा टिकाकर प्रश्नवाचक मुद्रा में उनके सामने बैठ गई।

यही वह करडे बीच था जहाँ मैं हर शाम बैठकर उदास आँखों से लहरों का आना-जाना देखती। जिस समन्दर के अलौकिक सौन्दर्य पर मैं अभिभूत रहती। लहरों में इतना खेलती थी कि हाथ-पाँव दुखने लगते। उन्हीं लहरों में मैं वस्तु की तरह घंटों बैठी रहती, लहरें भी मुझे चट्टान मान चुकी थीं इसलिए शायद वे कभी मुझे अपने भीतर बहा ले जाने की कोशिश नहीं करती थीं। शाम ढले तक मैं बीच पर बैठी लहरों का खेल देखती रहती। तट पर रहने वाले लोग मुझे पागल समझने लगे थे।

घर वालों ने दया भाव से मेरा मानसिक इलाज भी शुरू कर दिया था। बहुत देर हो जाने पर कई बार वे जबरन मेरा हाथ पकड़कर घर ले जाते। दरअसल समाज संवेदनशीलता के चरम को पागलपन का नाम देता है।" कहते-कहते उनकी बूढ़ी आवाज कँपकँपाने लगी। इसके बाद कुछ पलों का मौन जो अभिधा के लिए असह्य था, वह एक कथानक की तरह आगे सुनने को आतुर थी। उसके युवा-मन में समानान्तर अटकलों की कहानी भी चल रही है—'लगता है दादा से इनके विवाह में अड़चनें आई होंगी।' उनकी खामोशी अभिधा के लिए एक नई कहानी बुनने की पीठिका बना रही है। उनके चेहरे की झुर्रियों के बीच बारीक-बारीक स्याह पड़ी लकीरों पर अचानक ललाई-सी छा गई, होंठ हल्के से हिले, खुले और बन्द हुए। आँखें चमकीं और उनके कानों में बाबा साहेब कृषि कॉलेज के अन्तिम पीरियड का घंटा टन्न से बज गया। वे फिर अतीत की वादियों में विचरण करने लगीं, उनकी आँखों गुलमोहर और बोगनवेलिया के लाल-गुलाबी रंग से सज गई हैं। उन्हें देखकर इस वक्त कोई भी कह सकता है वह प्रेम के सघन और दिव्य पलों को जी रही हैं। उनका मन उन्हीं पेड़ों की टहनियों में अटक गया है, जिनकी पत्तियों पर ढलते सूरज ने लाल फीता धर दिया था और खुद समुद्र में डुबकी लगाने चल दिया। साथ-साथ चलते हुए राघव और उनके बीच इतना फासला था कि सामने से कोई वाहन आता तो दोनों के कंधे आपस में टकरा जाते और उनका मन बीरबहूटी हो जाता।

अचानक जब राघव ने उनकी हथेली अपने हाथों में ली तो उनके हाथ रेशमी धागे के गोले-सा नरम हो गया था, उनकी हथेली पर उसने अपने होंठ रखे तो रात-रानी की खुशबू हवा में घुल गई, हवा में नमी थी लेकिन उनके माथे पर पसीने की बूँदें चमक रही थीं। उनके पाँव जमीन से उड़ने लगे थे, सड़क और घर का फासला भी भूल चुकी थीं।

बादलों की तेज गड़गड़ाहट और बौछारें अब भीतर आने लगीं। अचानक बिजली की कड़क ने उनकी आँखों पर सर्च लाइट चमका दी। वे चिहुँककर अपने तिलिस्मी खयाल से बाहर आईं।

अभिधा ने उन्हें हुलसकर बाँहों का सहारा देते हुए इसरार किया कि वे चलकर बिस्तर पर आराम करें। बाहर बारिश का शोर पर उनके भीतर गहन सन्नाटा रिजोर्ट के ग्राउंड फ्लोर पर जगह-जगह पानी भर गया था। स्विमिंग पूल पानी से ढक गया

था। वहाँ कोई अनजान आदमी आए और वहाँ के कर्मचारी एहतियात से न बताएँ तो व्यक्ति छपाक से जा गिरे पूल में। अभिधा का मन उनकी बातों से काफी बेचैन था। उसने आखिरकार पूछ ही लिया—

"क्या दादाजी से आपके रिश्ते ठीक नहीं थे?"

"अंजरले और करडे बीच से आपका इतना ज्यादा जुड़ाव क्यों है? कह डालिए वह कहानी जो आपको कचोट रही है।"

"हम और वो कोंकण कृषि विद्यापीठ से निकलते और सड़क पर पैदल साथ-साथ चलते।"

अभिधा की आँखों में सवालों की घटाएँ घिर आई थीं।

"उस रोज मेरा आसमानी दुपट्टा झरते हरसिंगार और अमलतास से भर गया था, मैं लाल पलाश के फूलों से जैसे नहा उठी थी, दूर समन्दर में अस्ताचल को जाता सूरज पानी में लाल और नारंगी रंग घोल रहा था और वह मेरी खूब सारी तस्वीरें खींचते-खींचते अचानक इतने करीब आ गया कि मुझे उसके दिल की धड़कनें सुनाई देने लगीं, उसकी गरम साँसों की ऊष्मा से मैं हड़बड़ा उठी थी, तभी दूर से आते बाबा के दोस्त ने हमें देख लिया। बस उसके बाद मुझे बेड़ियाँ पहना दी गईं। पर बहती हवा को रोकना जरा मुश्किल होता है। उस बरस कृषि कॉलेज में मैंने टॉप किया था। इसी बिना पर 'आई-बाबा' को आगे पढ़ाई जारी रखने के लिए मैं कन्विंस कर पाई थी। इस तरह पढ़ाई और चुपके-चुपके राघव से मिलना भी जारी रहा।"

"राघव? दादाजी का नाम तो राघव नहीं है।" और भी अनगिनत प्रश्नों की बारिश से अभिधा भीग गई, पर दादी की मनःस्थिति को देखते हुए उसने एक भी सवाल पूछने की हिमाकत नहीं की। थोड़े विराम के बाद वे फिर बोलीं—"राघव कभी-कभार नोट्स देने के बहाने से मेरे घर आता। 'आई-बाबा को लगता कि वह पढ़ाई में मदद कर रहा है, उनके मन में ऊहापोह होता। कभी वे राघव से मीठा बर्ताव करते...यहाँ तक कि यदा-कदा मम्मी उसे भाखरी और फिश भी खिलातीं। साथ में हरी पत्ती वाली चाय पिलातीं, लेकिन कभी 'आई-बाबा' उससे बड़ी बेरुखी से पेश आते। इस रिश्ते में वह बड़े कन्फ्यूज थे। दरअसल हरे भरे गाँव की तरह लोगों का मन भी हरा-भरा था लेकिन सभ्यता और विकास की सदी में पहुँचकर

भी हमारे विचार बेहद अविकसित हैं। हमारे सक्ष्य समाज में संवेदनशीलता के जामा में बेहद निर्मम मन छिपा होता है। हमारे घर वाले भी समाज के ठेकेदारों के सम पर अपनी रागिनी छेड़ते।"

"राघव आया था उत्तर प्रदेश के गाँव से।"

"तो तू यूपी के भैया से लगन करेगी?" 'आई', जो खुद जीवन-भर 'सच्चा प्यार' तलाशती रहीं, बोली थीं।

"वह यूपी का भैया है इसलिए बुरा इनसान है?"

'यूपी के भइया' नाम के जातिवाद की एक और शाखा प्रस्फुटित हुई, जिसके बारे में मैंने कभी सोचा ही नहीं था।

"पण ती मराठी माणूस नहीं आहेत न...! कशाला लग्न करणार...?"

"मैंने उस समय 'मराठी थाट' से 'दीपक राग' की उत्पत्ति की तब घर हिंसा और तनाव की ज्वाला से भर गया। 'दीपक राग' गाने से मुझे सफलता नहीं मिली। राघव के मन के तार में मैं इतनी गुँथ गई थी कि उससे अलग होती तो मेरे जीवन का वायलिन टूट जाता, सो राघव नाम की प्रेम की नदी को अपने भीतर बहने दिया, अपना सुर बदल दिया, तार सप्तक से मध्य सप्तक में अपना सुर लाकर मैं सिर्फ 'मेघ-राग' गाने लगी। निरन्तर 'मेघ-राग' गाने से 'आई-बाबा' का मन भी सूखे रेगिस्तान से पहाड़ी नदी में तब्दील होने लगा। राघव के प्रेम का मोरपंख मुझे सहला रहा था, जिसके हौसले से मैं अपने 'आई-बाबा' के मन को धान क खेत बना रही थी जिसमें बेहन लगाने से पहले खूब नरम किया जाता है।"

"उस दिन उफनता समुद्र लहरों से अठखेलियाँ करता उसे अपनी आगोश में भर रहा था, पूनम के दिन की लहरें गजब ढा रही थीं, लहरों के किनारे पर हमने प्रेम लिखा, लहरों ने मिटाया। हमने फिर लिखा। पत्थरों पर खुदे हुए नामों की तस्वीरें खींची, तलछट पर लेटकर लहरों को ओढ़ लिया, फिर छापक-छैया खेला। धीरे-धीरे खिसकती रेत पर अपने पैर की एड़ी गड़ाकर गोलाकार बनाए, मुट्ठी में गीली रेत भरकर एक-दूसरे के चेहरे पर हमने मल दी।" कहते-कहते वह फिर उन लम्हों को जैसे जीने लगीं। उनकी आँखें आसमान की ओर तिरछी उठीं।

अभिधा के दिल की धड़कन थम-सी गई है। वह अपनी अनझिप आँखों से उनके चेहरे पर लिखे अबूझ अफसाने को पढ़ने की कोशिश कर रही है।

उन्हें राघव की साँसों की ऊष्मा अभी भी महसूस हो रही है, राघव के कहे अल्फाज को पहन वे कुछ कह रही हैं, जिसे वे खुद ही सुन पा रही हैं। उनके अतीत की फुलवारी में काँटे ज्यादा फूल कम नजर आ रहे हैं। फिर भी वह इस वक्त कचनार-सी खिल गई हैं, शब्द-दर-शब्द टटोलती वे फिर बोलने लगीं—

"और हम अपनी कार से पानी के तेज छींटे उड़ाते हुए लहरों के किनारे-किनारे दूर तक निकल गए। अचानक ही राघव को महसूस हुआ कि कार मोड़ते हुए गाड़ी के पहिए रेत में फँस रहे हैं, गाड़ी आगे नहीं बढ़ रही है, जैसे-जैसे राघव एक्सिलेटर को दबाते वैसे-वैसे पहिया अन्दर धँसता जाता, हमने तुरन्त वापस लौटने का फैसला किया, लेकिन कार टर्न होने का नाम ही नहीं ले रही थी। रेत के जिस हिस्से पर पहिया घूमता वहाँ रेत गीली हो जाती और गोल गड्ढा हो जाता। हम समुद्र तट के ऐसे निर्जन छोर पर थे, जहाँ सिर्फ विराट समुद्र था। और ऊँची-ऊँची लहरों का तेज-डरावना शोर, समन्दर के विपरीत, ऊँचे टीले और विशालकाय पत्थरों के पीछे नारियल के दरख्तों की कतार थी और था बीहड़ सन्नाटा। डर और घबराहट में हाथ बर्फ हो गए थे। आँखों के आगे समन्दर गोल-गोल घूमने लगा जिसमें आई-बाबा का चेहरा भी यूँ ही काफी देर हो चुकी थी। घर पहुँचने का निर्धारित समय खत्म हो गया था। दूर, बहुत दूर, तट पर कुछ मछुआरे नाव बाँध रहे थे, दूर से वह छोटे बच्चे नजर आ रहे थे। राघव और मैं मिलकर रेत में धँसी कार को बाहर निकालने की नाकाम कोशिश कर रहे थे। मैं भागकर सामने के टीले से एक पत्थर ले आई, कार के पहियों को राघव ने पत्थर के ऊपर चढ़ाने की कोशिश की। मैंने पीछे से 'पुश' करने की कोशिश की लेकिन पहिया टस-से-मस नहीं हुआ। पानी हमारी ओर बढ़ता जा रहा था, हर बार लहरें चिप्स के नए रैपर और पॉलीथीन छोड़ जातीं। लहरों का आवेग इतना ज्यादा था कि लगता अब हम अगले झोंके में बह जाएँगे, लेकिन समुद्र का विराट दिल जल्दी से किसी को लीलता नहीं। आखिर इतनी सारी नदियाँ उसकी आगोश में समाहित होती हैं तो अपना बड़प्पन का उसे भी खयाल रखना पड़ता है। इनसान को कहाँ खयाल रहता है कि कुदरत हमारी हिफाजत कर रही है, इसलिए हम भी उसका सम्मान करें, ऐसे जोखिम उठाने की भला क्या जरूरत यह हमें कहाँ याद रहता है। बार-बार हम खुद को कोस रहे थे कि इस खोखली रेत और ऐसे निर्जन किनारे पर भला क्यों आए। गुदगुदाने वाली

लहरें अब विध्वंसक लगने लगी थीं। राघव गाड़ी के पहियों और रेत के साथ लगातार मशक्कत कर रहा था।

"तुम करडे बीच की ओर जाओ, वहाँ कोई मछुआरा मिल जाए तो बेहतर, एक बार किसी की कार बीच पर पार्क की गई थी, लहरें उसे भिगो रही थीं, एक मछुआरे ने कार स्टार्ट करके सड़क तक ला दी थी। ये लोग यहाँ के एक्सपर्ट होते हैं।" हताश स्वर में कहते हुए राघव और ज्यादा पत्थर इकट्ठे करने लगा। शायद पत्थरों पर गाड़ी का पहिया चढ़े और कार स्टार्ट हो जाए। वहाँ दूर तक कोई मदद करने वाला नहीं था। फिर भी मैं मदद की गुहार करती हुई उलटी दिशा में तलछट में दौड़ने लगी। मेरी साँसों में जैसे उस वक्त मृदंग बज रहा हो और समुद्र तटीय हवा के वेग से भी तेज थी साँसों की गति तभी दिए और तूफान की कहानी की मानिंद वहाँ दिए भर रोशनी जगमगाई, तीन इनसानों की छाया टीले की तरफ से यानी समुद्र की विपरीत दिशा से आती नजर आई। हमारे जैसे साहसी रोमांच के शौकीन लोगों की काया थी ये। तफरीह के अन्दाज में तीनों कदम ताल करते हुए मेरी ओर बढ़े आ रहे थे, मैं उनकी ओर दौड़ी, लेकिन मेरे भीतर संशय की नदी हिलोरें मारने लगी—'पता नहीं यह तीनों व्यक्ति ठीक हैं या नहीं।' पर यह तीनों सचमुच तूफान में तिनके का सहारा निकले। मेरी परेशानी सुनकर बड़े तटस्थ भाव से एक, जो उन दोनों के बीच में चल रहा था बोला—'यहाँ रेत खिसकना आम बात है। एक बार हमारी गाड़ी भी फँस गई थी। पत्थर-वत्थर रखकर रेत में से गाड़ी तो निकाल ली लेकिन पूरी तरह से गाड़ी खड़ंजा हो गई थी।' वे तीनों और मैं आधा किलोमीटर भी नहीं चले होंगे कि बहुत ऊँची वेगवती लहरें आईं और हम चारों को धकेल गईं। अब तक सिर्फ पैर और कमर तक ही हमारी पोशाकें गीली थीं पर लहरें सिर तक भिगो गईं। मुँह में नमकीन पानी घुस गया और दाँतों में रेत किरकिराने लगी। बालों में नमक चिपचिपाने लगा। लहरों का वेग और ऊँचाई बढ़ती जा रही थी और मेरे मन के चलने की रफ्तार घोड़े-सी हो गई थी।

"मेरा मन डर की गहरी घाटी बन गया था, जिसमें एक तरफ रेत की गहरी खाई में गाड़ी फँसी है जिसे बाहर निकालना—खाई में खुद गिरकर वापस पहाड़ी पर चढ़ने जैसा कठिन है, दूसरी तरफ 'आई-बाबा' का खौफ...अब तक घर पहुँच जाना था, जैसे-जैसे देर होगी उनका सामना करना दोपहर के तेज गरम सूरज से

आँखें मिलाने जैसा होगा, खयाल आते ही मैं गीली रेत पर दौड़ने लगी। मेरे पैर हल्के-हल्के रेत में धँस रहे थे, लहरें कभी तेज कभी धीमी गति से हमारी बाईं ओर से आकर भिगोकर लौट जा रही थीं। मेरे पीछे-पीछे वह तीन व्यक्ति भी तेज गति से चलने लगे।

"अचानक मन के कपाट पर फिर एक खयाल ने दस्तक दी, 'कहीं यह तीनों व्यक्ति अच्छे न हों और मेरे अकेलेपन और सुनसान जगह का ये फायदा न उठाएँ।' इस खयाल के अंकुर के साथ ही मेरे हाथ-पाँव जमने लगे, पैर आगे बढ़ाऊँ तो जैसे हवा में लहरा जाए। पीछे मुड़कर देखने का हौसला भी जाता रहा, कनखियों से गर्दन हल्की घुमाकर देखने की कोशिश की कि वह आ रहे हैं और शायद उनका इरादा भी नेक है। ऐसा लग रहा था हम तीनों नजदीक पहुँच रहे हैं। नारियल का बड़ा गाछ जिसके आधे भाग चारों ओर गोलाई से बड़े पत्थरों से घिरे थे, उसी के पीछे दूर एक रिजोर्ट था, यहीं कहीं हमारी गाड़ी फँसी थी, यहीं से मैं राघव को गाड़ी के साथ छोड़कर मदद की गुहार लगाने दौड़ती हुई गई थी पर अब अँधेरे में कुछ नजर नहीं आ रहा था।

"न ही कहीं राघव नजर आ रहा था, हमने राघव को आवाज दी। मेरी आवाज डर और आशंका से टकराकर मेरे ही कानों में गूँज रही थी। अपनी ही आवाज की अनुगूँज से कान झनझना रहे थे। अब पानी इतना बढ़ गया था कि आगे जाना मुमकिन नहीं लग रहा था। ऐसा महसूस हो रहा था कि अब अगली लहर आएगी और हम तीनों को समन्दर के बीचोबीच बहा ले जाएगी।

" 'लगता है वो गाड़ी छोड़कर आगे उस रिजोर्ट की ओर चले गए होंगे, क्योंकि गाड़ी तो कहीं नजर नहीं आ रही।' उनमें से एक युवक बोला था। दूसरे युवक ने हामी भरी—'हाँ, अपने साथ भी यही हुआ था। दरअसल यहाँ की रेत खोखली है, रेत पर पैर रखते ही गहरे से गड्ढे हो जाते हैं और फिर भू-स्खलन।' यह बात सुनते ही मेरे मुँह से चीख निकली—'नहीं प्लीज, अपशकुन वाली बातें न करें, राघव बहुत हिम्मती और समझदार है उसने खुद को बचा लिया होगा।'

" 'अब आगे जाना खतरे से खाली नहीं है। दलदल जैसी है यहाँ की रेत, कभी भी गड्ढा हो सकता है।' पहला युवक जो थोड़ा आगे चल रहा था, बोला, 'हम यहाँ कतई सुरक्षित नहीं हैं, कुछ महीने पहले इसी बीच का कोई हिस्सा

धसक गया था, कई लोगों की जानें गई थीं।' यह कहते हुए वे तीनों युवक उस रिजोर्ट की ओर चल पड़े थे, जिधर कहीं बहुत दूर से मद्धम रोशनी टिमटिमा रही थी। मेरे कदम आगे ही नहीं बढ़ रहे थे। चारों तरफ घूम-घूम कर मैं आगे बढ़ती, फिर पीछे लौटती, फिर राघव को आवाज लगाती। मेरी आँखों के सामने वह दृश्य कौंध गया, जब होली पर पेड़ का बड़ा-सा तना अपने कंधों पर रखकर कुछ युवक डांस कर रहे थे। ये सब होलिका दहन से पहले का जश्न था। उनके हाथ में बोतल थी और वे नशे में थे, कुछ पर शराब का नशा था, कुछ युवकों पर रंग का और कुछ युवक प्रेम के नशे में धुत्त थे। डांस करते-करते उनमें से कुछ युवक मस्ती में पानी में काफी आगे तक निकल गए। पानी में जाते हुए तो वे दिखे पर पौराणिक कथा के चमत्कारी किरदार की तरह थोड़ी देर बाद वे अन्तर्धान हो गए। उनमें से कुछ जो किनारे की ओर थे वे उन्हें बचाने के लिए गोताखोरों की गुहार लगाने लगे। जो तेज लहरों में विलुप्त हुए थे उन्हें गोताखोरों की टीम ढूँढ़ने गई थी, पर यहाँ न तो कोई मछुआरा है न कोई गोताखोर, न ही दूर तक कोई आकृति नजर आ रही थी, न ही कोई कश्ती। मैं 'राघव-राघव' पुकारे जा रही थी पर मेरी आवाज पाम और नारियल के पेड़ के कतार में कहीं गूँज कर विलुप्त हो रही थी। शायद उन दरख्तों में पनाह लिये चिड़ियों ने जरूर सुनी होगी तभी तो टिटहरी की 'टी टी' किसी और चिड़िया का महीन स्वर फिजां में गुंजायमान हुआ था। मेरी आवाज राघव तक नहीं पहुँची, न समन्दर ने सुनी, न ही उसमें रहने वाली डॉल्फिनों ने। हाँ शायद रेत के महीन कणों ने जरूर सुनी होगी, तभी तो मेरे पैरों तले गहरे निशान बने थे और उनमें पानी भर गया था, उस नन्हे गड्ढे में इकट्ठे पानी में एक स्टार-फिश दिखी थी।

"पाम के अलसाए पेड़ तेज हवा पाकर तड़-तड़ की आवाज करके मन में और खौफ पैदा कर रहे थे। चाँद की खूबसूरती शबाब पर थी। चाँद ही तो अपने गुरुत्वाकर्षण से रचता है ज्वार-भाटे का कहर और खेल। शाम रात के आगोश में समा चुकी थी। आसमान से बूँद-बूँद चाँदनी झर रही थी। पूनम की रात समन्दर के साथ गलबहियाँ डालकर और निखर आई थी। पर यह खूबसूरती मेरे ऊपर फब्तियाँ कस रही थी। मेरी आँखों से बहती नमकीन खारी बूँदें होंठों पर ठहरकर पपड़ा गई थीं। आसमान से झरती चाँदनी बदन पर शोले-से बरसा रही थी, मैं 'राघव-राघव'

रटती हुई बिलखने लगी थी। मैं अपनी ही चीत्कार से खौफजदा हो रही थी...अगर हमारी कार यहाँ दिखाई देती तो मैं यही मानती कि राघव ने गाड़ी यहीं छोड़कर खुद को बचा लिया लेकिन गाड़ी का कोई अता-पता नहीं है। पाम और नारियल के दरख्तों के पार चारों ओर अपनी आँखों की पुतलियाँ घुमा-घुमा कर मैं बेचैनी से देख रही थी कि राघव कहीं खड़ा होकर हमारा इन्तजार तो नहीं कर रहा है। ये खयाल आते ही लहरों में डूबता-उतराता पूरे समुद्र में राघव ही राघव नजर आने लगा, मेरा दिमाग सुन्न सा होने लगा।

"दापोली के इन दो-तीन बीच पर भूस्खलन आम बात है, बीच के इस तरफ आना खतरे से खेलना है। अब यहाँ वक्त बर्बाद करने की बजाय हमें किसी गोताखोर को खोजना चाहिए। उधर जहाँ से मुट्ठी भर रोशनी आ रही है वहाँ कोई रिजोर्ट या मछुआरों का घर जरूर होगा, उनसे हमें मदद लेनी चाहिए। तीनों में से एक युवक की कही बात का हर शब्द टूटे हुए काँच की तरह किरच-किरच मुझे चुभ रहा था। मैं पीड़ा के दंश से कराहने लगी थी। मेरी कराह और उम्मीद का गला घोंट दिया था उस शख्स के जवाब ने जो उस मद्धम रोशनी वाले रिजोर्ट से आ रहा था। उसके एक-एक शब्द ने राघव के वहाँ न पहुँचने की मुहर लगा दी थी।

"'वह रिजोर्ट बन्द है, वहाँ कोई व्यक्ति नहीं है'...उसका ये वाक्य सुनते ही मेरी आँखों के सामने राघव का बेबस चेहरा ठहर गया, जो ऊँची लहरों के थपेड़े से चोट खाते हुए जूझ रहा है। खुद को बचाने के लिए उसने पत्थर और टीलों की ओर भागने की कोशिश की होगी। रेत के अन्दर धँसते हुए, पानी के अथाह सागर में बेचैनी से छटपटाते हुए, खुद को बचाने के लिए उसने इधर-उधर हाथ बढ़ाया होगा—शायद कार का दरवाजा या बोनट पकड़ में आ जाए। उसने मुझे आवाज दी होगी, लेकिन उसकी आवाज गले के भीतर ही घुटकर दम तोड़ रही होगी। उसने 'बचाओ बचाओ' की गुहार जरूर की होगी। उसके मुँह और नथुनों में पानी भर गया होगा। उसने अपने घरवालों को याद किया होगा। उसके सामने पूरा ब्रह्मांड घूम गया होगा। उसने अपने भगवान को याद किया होगा। प्रार्थना की होगी अपनी जान बचाने की। खुद को अथाह जल राशि के भीतर पाकर कितना छटपटाया होगा। किस तरह से तड़पा होगा। दम घुटा होगा। उफ-उफ। क्या मेरा नाम वह अन्तिम क्षणों में पूरी तरह से बोल पाया होगा।

रेत का भँवर मेरी आँखों की पुतलियों में गोल-गोल घूमने लगा। मैं राघव को पुकार रही थी लेकिन 'रा' अक्षर के बाद कोई और अक्षर मेरे मुँह से उच्चरित नहीं हो पा रहा था। सिर्फ मुँह खुल रहा था। मेरी आवाज पानी में विलीन हो गई थी। जिस तरह नींद में हम कोई भयावह सपना देखते हैं, और जोर से चीखते हैं—लेकिन मुँह से आवाज नहीं निकलती, अन्दर ही अन्दर गले में घुटती रहती है, ठीक वैसा ही अहसास था उस रोज। मेरे मुँह से निकली वो आखिरी चीख थी शायद। 'राघव' कहने में मैंने इतनी ताकत लगाई कि मेरी साँस घुटने लगी थी। बिलखती हुई मैं छटपटा रही थी। उन तीनों युवकों में से किसी एक के हाथ का सिर्फ स्पर्श याद है मुझे।

"मेरी आँखों के सामने यह दृश्य जीवंत हो उठा था। और मैं जैसे रेत के दलदल में फँसी हूँ। इसके बाद मुझे अपनी सिर्फ चीख याद है। बस उसके बाद क्या हुआ मुझे कुछ नहीं याद, जब होश आया तो मैं अस्पताल में थी। आई-बाबा, रिश्तेदार सब थे मेरे सामने, फिर भी मैं महासागर की अथाह जल राशि में निर्जन एकाकी बेसहारा डूबी जा रही थी।"

अभिधा ने जोर से लम्बी उसाँस भरी तो उसके गालों पर ठहरे आँसू की बूँदों के कण हवा में उड़ गए। बारिश की बूँदें भी मंद हवा का साथ पाकर चारों ओर उड़ने लगीं। मौसम का रंग निखर आया है लेकिन उनके मन के मौसम में अभी काली घटाएँ घिरी हैं। आज भी वे यही मानती हैं कि राघव को लहरें नहीं ले गईं। वो दुनिया में कहीं है। वे अपने मन में आज भी राघव के इन्तजार का चिराग जलाए हुए हैं।

# किरकिरी

"ए छुईमुई! इतनी नाजुक न बनो, वो देखो दीवार पर, देखो जरा क्या लिखा है।"

स्मिता ने धुँधलाई आँखों से देखा और फिर सर झुका लिया।

"अरे ओ मानिनी, देखो, मतलब पढ़ो क्या लिखा है।"

स्मिता ने पलकें निचोड़ीं और टप से दो बूँदें गाल पर ढुलक गईं, पलकों से पानी साफ करके दीवार की ओर उसने देखा।

'सत्य-अहिंसा-सद्भावना से आप हमेशा विजित होंगे।' —महात्मा गांधी

"और उधर देखो—

'खुद से और दूसरों से प्रेम करो। खुद जियो औरों को भी जीने दो, यही सच्ची मानवता है।'

"इसे अच्छी तरह से पढ़ लिया न? ये सिर्फ आगन्तुक के लिए एक तरह का गेट पास है।"

"असल में आज सत्य अहिंसा की नीति महज उपदेशों के लिए ठीक रहती है। आज के दौर के लिए उपयुक्त स्लोगन है—'सत्यं ब्रूयात् प्रियं ब्रूयात्, मा ब्रूयात् सत्यं अप्रियम्'।" कहते हुए रागिनी जी ने स्मिता की ठुड्डी ऊपर उठा दी, "अब तुम भी बदल लो अपनी सोच।"

"क्या करूँ, आप ही बताइए। मेरा क्या कुसूर था? उन्होंने जिस तरह मुझे जलील किया था क्या उसके बाद कोई गुंजाइश बचती है? मैंने इतने कम दिन में एजेंसी में लोगों के कनेक्शन के लिए 25 प्रतिशत पंजीकरण करवाए। एक तरफ मैम काम की डिमांड करती हैं, अगर वो असाइनमेंट पूरा कर दो तो आगबबूला हो

जाती हैं, कहती हैं, दफ्तर की तरह काम करो। घर की तरह दफ्तर से मुहब्बत न करो।" स्मिता अवसाद में डूबने लगती है। उसके भीतर सन्नाटा इतना ज्यादा फैल गया था कि रागिनी जी का बोलना शोर सा लग रहा था।

"स्मिता! आजकल बाजार में बटर की बहुत डिमांड है। ब्रेड पर लगाओ, चाहे रोटी पर, स्वाद उतना ही रहता है। जानेमन, तुम भी बटर लगाना और खिलाना सीख लो तो तुम्हारा भी काम बनने लगेगा।"

"रागिनी जी, जिन्दगी कोई कहानी नहीं, न ही हम कोई किरदार हैं। आपके बोले संवाद कोई निराकरण नहीं लाएँगे।"

"हाँ लेकिन, नैनों में बदरा लिये बैठे रहने की बजाय जिन्दगी का मुकाबला करना चाहिए। नौकरी में जीत और सुकून चाहिए तो शीतल मैम की शीतलता को झुलसाना सीखना होगा। मैम इसी कला में पारंगत हैं तभी ये सबको नाकों चने चबवा लेती हैं।"

"मतलब?"

"ओफ्फो, तुम खुद को मर्यादा के सन्दूक से निकालो, उम्र से बीस बरस पीछे चल रही है तुम्हारे विचारों की गाड़ी। तनी जीवन के समीकरण सीखो, उसका रिटायर पति लोलक-लैया और नम्बर एक का पियक्कड़ है, उसके पीने-खाने पर काहे खर्चेगी? लोग खिला-पिला कर उसकी वन्दना करते हैं और तुम ईंट से ईंट बजाती हो।" कहती हुई रागिनी जी फाटक से बाहर निकल गईं और स्मिता लोलक-लैया शब्द पर अटकी रही, बेध रहा था उसे ये शब्द, वो रागिनी जी को आवाज देती हुई बरामदे में दौड़ी, "रागिनी जी! लोलक-लैया के मायने बताती जाइए।" अच्छी-खासी लम्बी कद-काठी की, सो थोड़ा झुककर स्मिता के कान में फुसफुसाते हुए बोलीं, "जिसके पास कुछ बचा-खुचा न हो, उसकी बीवी दूसरे मर्दों को अगोरने लगती है। यही हाल इसका भी है। ई रोज नई-नई साड़ी अ मैचिंग बाली-बुंदे झमका के आती है ऊ बनर्जी से ऐंवे नहीं हिलगी रहती है।"

स्मिता का सपाट चेहरा देखकर रागिनी जी फिर बोलीं, "यार, तुम शादी कर लो, दुकेली हो जाओगी तो थोड़ी अक्ल तेज चलेगी। कार्यालय में दिल से नहीं दिमाग से काम किया जाता है। यहाँ समीकरण चलता है।"

स्मिता को उस रोज की मीटिंग की बात याद आ गई। हेमेन्द्र तिवारी ने जब साल भर का लेखा-जोखा बताते हुए सिलेंडर का बजट भी पेश किया। विशालकाय कुर्सी पर आसीन, चौड़े लाल बॉर्डर की साड़ी पहने शीतल मैम ने सीने पर चमकता मैचिंग लॉकेट ठीक किया और कमरे में एक उड़ती निगाह डालते हुए बोलीं, उनकी आवाज में तल्खी थी—

"हरियन चक्रवर्ती के बँगलो में सिलेंडर क्यूँ नहीं पहुँचे अब तक?"

"समीकरण मैम"

"मतलब?"

"पहेलियाँ न बुझाइए, साफ बोलिए," इस बार वे पंचम सुर में बोलीं थीं, फिर भी उनकी आवाज में वो तल्खी नहीं थी जो औरों के लिए होती है। ये उनकी बनर्जी के लिए प्यार की चाशनी में पगी मीठी झिड़की थी।

असीम बनर्जी च्युंगम चबाते हुए बड़ी तसल्ली से बोले, "मैम, खुली हवा में समीकरण के माने समझाना मुश्किल है। उनके बँगलो में गैस सिलेंडर न भेजने के क्या फायदे हैं, ये मैं आपको बताऊँगा जब हवा बन्द होगी।"

मैम को कुछ सूझा नहीं तो बाकी लोगों पर बरस पड़ीं।

"तुम लोग मोबाइल में घुसे हो, कम्प्यूटर पर पत्ते खेलते हो, हमें सब पता है, कितने घंटे काम होता है मैं रोज कैमरे में देखती हूँ। सबकी रिपोर्ट आला-अफसरों तक जाती है। स्मिता, आपकी जॉब कोई पक्की नहीं हुई है, आपको सँभलकर काम करना चाहिए।"

उनके माथे पर चिपकी बड़ी-सी गोल बिंदी सुर्ख लाल से काली में तब्दील होने लगी, उनके दिल का श्याम रंग श्वेत चेहरे पर पुतने लगा। स्मिता की आँखों के आगे बचपन की वो कहानी सामने आ गई जो बचपन में माँ सुनाती थीं। एक काली चुड़ैल रात में सफेद और दिन में काला लिबास पहनकर मासूम लोगों को तंग करती, डराती और छोटे बच्चों को खा जाती। वो कहानी सुनकर स्मिता को कई रात नींद नहीं आई थी। कहानी की उस दुनिया में पहुँचते ही स्मिता बचपन वाले डर की दुनिया में पहुँच गई। स्मिता के हाथ में धरा बैग जा गिरा शैलेश जी की कुर्सी के पास। अपना बैग उठाने के लिए वो झुकी तो उसकी आँखों के आगे अँधेरा छा गया था और छाये अँधेरे को आँखों को मिचमिचाकर हटाते हुए वो मैम

और काली लिबास वाली चुड़ैल के बीच अन्तर करने की कोशिश कर रही थी कि उईईई...उसके मुँह से जोर से निकला।

"ये मीटिंग है, यहाँ कोई शिष्टाचार नहीं, आप क्यूँ चिल्लाईं इतनी जोर से?" मैम की ये ऊँची आवाज स्मिता को संयत करने के लिए काफी थी।

"सॉरी मैम, मैं खो गई थी अपने किन्हीं खयालों में।"

"यहाँ खोए हुए व्यक्तियों के लिए कोई जगह नहीं है, आप यहाँ से जा सकती हैं।"

और फिर वो खोए हुए व्यक्तियों से अपने खोए हुए दिनों में पहुँच गईं। उनके उन दिनों में लोटा-गिलास से लेकर मैया, नैया, किशन कन्हैया ठाकुरजी से लेकर अमावस और चाँदनी रात तक के सारे किस्से होते। उनके मौसा जी का माशी माँ से किस बात पर झगड़ा हुआ, माँ किस मौके पर कौन-सी साड़ी पहनतीं, किस पूजा में कौन-सा चढ़ावा चढ़ता है, माछेर झोल बनाने के लिए मसाला कैसे तैयार किया जाता है, बिना प्याज वाला भरवाँ परवल कैसे बनता है, सन् 1980 में कौन सा सिनेमा आया था और रिक्शे पर उसका प्रचार किस तरह से हुआ था। उस फिल्म में हीरोइन ने लॉन्ग फ्रॉक पहना था, पोल्का ड्रेस या साड़ी पहनी थी, और फिर परिवार के सदस्यों ने वो ड्रेस किस हाट से खरीदा था, इसका भी किस्सा उनकी बतकही में होता। इस तरह न जाने कितनी बातों का मोनोलॉग चलता रहता।

ज़िस दिन मीटिंग होती, सब लोग टीवी का ये बोरिंग धारावाहिक देखने को मजबूर होते। न चैनल बदला जा सकता है न इसे म्यूट किया जा सकता है। मानो वो पैंतालीस मिनिट का एक रिकॉर्ड हो जिसे सुनना सबकी मजबूरी हो। इस दौरान कमरे में उपस्थित स्टाफ कभी अपनी घड़ी की ओर देखता है, तो कभी मोबाइल, कभी बोलते हुए उनके चेहरे की ओर। कभी उनकी चमकदार जूलरी पर निगाह टिक जाती, कभी अपनी ऊब और उबासी को दबाने के लिए कोई खिड़की की ओर आँखें टिका देता।

रागिनी जी खिड़की के बाहर बैठी दाना चुगती मैना और दीवार पर फुदकती गिलहरी को देखतीं। कोई कविता बुनतीं, उनके भीतर की कवयित्री मीटिंग के दौरान ही जागती। कई बार तो ठीक उसी वक्त अपने मोबाइल के नोट-पैड पर वो कविता रच लेतीं, मैम के पूछने पर वे हर बार रेडीमेड जवाब जड़ देतीं, 'हसबैंड के अर्जेंट

मैसेज का जवाब दे रही हूँ।' असीम बनर्जी की भेदती आँखों पर अपनी आँखों से ही वार करती हुई बेपरवाही से इधर-उधर देखने लगतीं। मीटिंग के दौरान मैम के उबाऊ पुराण का अन्तिम पन्ना कब और क्या होगा, ये कोई नहीं जान पाता। शीतल मैम की बातों के लम्बे पुलिंदे में स्टाफ के लोग ये भूल जाते कि मीटिंग किसलिए बुलाई गई है। यहाँ तक कि खुद मैम को भी याद नहीं रहता कि जिस मुद्दे पर विचार-विमर्श किया जाना था, उस पर चर्चा हुई या नहीं।

मीटिंग के चार-छह रोज बाद वे जवाब-तलब करतीं, सामने वाले की अनभिज्ञता पर उनका सिंहासन डोलने लगता, वे उसकी इज्जत उसकी हथेली पर रख देतीं। याद दिलाने पर कि उन्होंने न तो किसी मुद्दे का जिक्र किया था, न ही किसी को कोई कार्य सौंपा था, उन्हें याद आ जाता तो भी अनभिज्ञ बनी रहतीं।

यादव टोला में दस सिलेंडर और बनवारी लाल अग्रवाल के घर एक हजार लोगों का भोज है, 20 सिलेंडर माँगे हैं। साथ में नजराना भी देंगे। असीम बनर्जी कहाँ गुम हैं सुन रहे हैं? कैसे होगा मैनेज?"

असीम बैनर्जी जो रात की बकाया नींद की किश्तें पूरी कर रहे थे, चिहुँककर मैम की ओर फिर झेंपते हुए मोबाइल की स्क्रीन पर देखने लगे। मैम समझ गईं, असीम का अभी बात करने का मूड नहीं। वैसे भी असीम से ज्यादातर उनकी बातें बन्द कमरे में होती थीं। एकान्त में दोनों का वार्तालाप सम्पन्न होता। उसके तुरन्त बाद कचनार जैसी खिलीं स्मिता की मैम के कमरे में पुकार लगती और उनके कमरे से लौटने के बाद स्मिता की आँखों में आवेश और अवसाद का तूफान होता।

स्मिता जो कहती, मैम उसका उलटा बोलतीं, अगर स्मिता कस्टमर-केयर का रिकॉर्ड पेश करे तो मैम सिलेंडर की गिनती पूछतीं, वो सिलेंडर के मौजूदा बैलेंस के नोट्स बनाकर ले जाती तो मैम रिलेशन ऑफीसर के पद और कार्यप्रणाली के बारे में या हेड-ऑफिस को भेजे जाने वाले स्टेटमेंट्स के डिटेल की पूछताछ करतीं। पूछताछ के दौरान मैम स्मिता की आँखों की सतह के ठीक नीचे क्या है, प्रतिभा और सपने का कौन-सा रंग बुना जा रहा है, इसकी थाह लेने की कोशिश भी करतीं। मैम का वश चले तो स्मिता के मन के भीतर से खुरचकर उसके सपने तबाह कर डालें। उसके सपने ही उसकी प्रतिभा की बुलंदी हैं, जो उनके लिए खतरे की घंटी हैं।

मैम ने अपनी रिवॉल्विंग चेयर चर्र-चूँ करके घुमाई और किला फतह करने के खास अन्दाज में कंप्यूटर के माउस को अपनी मुट्ठी में कैद कर लिया। ट्रायल एंड इरर से इतना खोज निकाला कि अगले महीने में कितने त्योहार आ रहे हैं और त्योहारों पर कितने अतिरिक्त सिलेंडर की खपत होगी। अचानक गलत क्लिक से कमर्शियल डिपार्टमेंट भी खुल गया। 30 कमर्शियल सिलेंडर भिजवाने थे। मैम की आँखें दीवार पर टँगे कैलेंडर पर, फिर खिड़की के बाहर कहीं गुम हो गईं। शायद कुछ याद करने की कोशिश कर रही हों। गोदौलिया, दाल मंडी और माधोपुर के लिए कमर्शियल सिलेंडर की तादाद कम पड़ेगी। प्रमुख ब्रांच में कब का मेल भेजा है।

सुशान्त मुखोपाध्याय का फोन था, "पार्टी-शार्टी करने के लिए कभी आइए हमारे रिजोर्ट में। स्पेशल व्यवस्था कर देंगे।"

"डिनर लंच के साथ पर-नाइट रेट?"

"आपके लिए फ्री। आप हमारे झिलमिल रिजोर्ट में करीब पचास सिलेंडर भिजवा दीजिए। आदमी भेज रहा हूँ पैसे लेकर। इधर कुछ इलाकों में पाइप-लाइन कनेक्ट हो रही है पर हमारे लिए तो सिलेंडर ही ठीक है। और हाँ मैम, वो दो लिफाफे देगा। आप अपने लिए...।" खुद से उनकी गुफ्तगू चल रही थी।

"शीतल मैम।"

"ये शीतल मैम क्या है। शीतल मुखोपाध्याय मैम बोलो ना।" खोजते हुए बोलीं।

"जी शीतल मुखोपाध्याय मैम, मैं ये कह रहा था कि..." हेमेंद्र तिवारी भी कम घुटे हुए नहीं थे। मैम से एक पद नीचे, पब्लिक रिलेशन ऑफीसर की भी तो कोई साख होती है ना। मैम की कपूर की तरह भभकती निगाहों का हेमेंद्र तिवारी पर कोई खास फर्क नहीं पड़ा। वे अपनी रौ में बोलते रहे—"ज्यादातर घरों में अब पाइप-लाइन आ गई है, धीरे-धीरे सिलेंडर की हो रही विदाई। तो मैडम, ऐसा है कि हम सबकी नौकरी तो है अब खतरे में।"

"आप हमेशा निगेटिव ही बोलते हैं। कल आलाकमान आने वाले हैं। हमें उन्हें पेपर पर दिखाना है कि जितने सिलेंडर आ रहे हैं, सबकी अच्छी खपत है। हमें और सिलेंडर की जरूरत है।"

"स्मिता, इसकी आप ऐसी एक्सेल शीट तैयार कीजिए कि आलाकमान देखकर खुश हो जाएँ। और हाँ, रागिनी जी आप साड़ी-वाड़ी पहनकर अच्छे से तैयार होकर

आइएगा।" अपना निचला होंठ दबाकर उन्होंने गहरी मुस्कान रागिनी जी पर फेंकी। इस संवाद पर उनका गीली लकड़ी-सा सुलगना खत्म हो चुका था।

"जी मैम, मैं चर्चित कवयित्री भी हूँ। ई सब हरजाईपन तुम करो। लाल बिंदी लगाकर मैचिंग सेंटर बनके आना। हमको ई कुल करने का फुरसत नहीं।"

"कुछ कहा रागिनी जी आपने?"

"जी। नहीं मैम। हम सोच रहे थे कि कौन-सी साड़ी पहनेंगे। साड़ी-ओड़ी तैयार करने में टाइम लग जाता है। बिखरी अलमारी खँगालनी होगी। नौकरी की भागदौड़ में हम सजना-सँवरना भूल ही गए हैं।"

रागिनी जी तो क्या, इस दफ्तर के सभी मुलाजिमों को पता है कि देखने में मक्खन की टिक्की-सी शीतल मैम का दिल बरछी-सा धारदार है। मौका पाते ही किसी को तराशने में देर न लगे। जिसने उनसे ईंट बजाई, मुँह की खाई। उनके जारी किए फतवे पर किसी ने उँगली रखी या उनके बर्ताव को आईना दिखाया कि बस, उसका समापन समारोह तय है। आलोक सक्सेना, जो अपनी माँ से ईमानदारी और नैतिकता का पाठ पढ़कर आए थे, बचपन वाले वो पन्ने साथ लिये फिरते थे, एक दिन शीतल मैम को भी सच्चाई और उसूल के पन्ने उसने थमा दिए, वो भी भरी मीटिंग में। दस-बारह लोगों के समक्ष। बस क्या था, अगले दिन निष्ठा और अपनी ईमानदारी की पोटली लिये होंठों पर मुस्कान सजाए दफ्तर के गेट पर पहुँचे तो प्यून ने एक लिफाफा थमा दिया। अगल-बगल की टेबल पर बैठे स्टाफ की आँखें कौतूहल से देख रही थीं कि इस लिफाफे में क्या है। उन्हें नहीं पता था कि इस लिफाफे में इतना बड़ा बम है, उन्होंने छोटी-मोटी चिंगारी का अन्दाजा लगाया था।

आला-अफसरों की शीतल मैम पर सदा दया-दृष्टि रही सो वे सदा विजय पताका फहराती रहीं। कलयुग में सत्य के पीछे छिपा हुआ असत्य रूपी रावण ही विजित होता है। आलोक सक्सेना की शीतल मैम से की गई बहस उन्हें भारी पड़ गई। बिना बुखार या बीमारी के क्वारेंटाइन कर दिए गए। आलोक सक्सेना इस एजेंसी के भले के लिए प्रोजेक्ट बनाकर लाए थे। अगर वो कारगर हो जाता, तो पूरे देश में ये सबसे बड़ी एजेंसी बन सकती थी। जनरल पब्लिक जो हर महीने सिलेंडर के लिए जूझती है, उसे पहली प्राथमिकता मिलनी चाहिए, यही कहना था आलोक का। बाद में रेस्टोरेंट या फाइव स्टार होटलों को। लेकिन रेस्टोरेंट, चाट-चटपटे के ठिये,

इनमें और ऊपर के लोगों के घरों में फायदे के वृक्ष लगाए जाते हैं। सो वे ऐसे पेड़ों को पनपने, पल्लवित-पुष्पित करने के लिए उन तमाम सामान्य लोगों की जरूरतों का गला घोंटते हैं, जिनके घर में सिलेंडर खत्म तो पेट-पूजा निरस्त। ये ऐसे घर तो हैं नहीं कि उनके पास माइक्रोवेव या इंडक्शन स्टोव जैसे उपकरण नहीं होते।

आलोक सक्सेना बादामी रंग के लिफाफे के साथ मिर्जापुर के गाँव मऊ के लिए रवाना कर दिए गए। जाने से पहले कार्यालय में उन्हें विदाई पार्टी के साथ कुछ आत्मीय-जनों की दुआओं की तावीज भी मिल गई। स्मिता ने लमही और गोदौलिया के कैटरर्स की संख्या, उसके पेमेंट की शीट बनाई। उसने जोड़-घटाव करके ऐसे बैलेंस कर सिलेंडर की गणना की कि कैटरर्स को भी सिलेंडर की सप्लाई हो जाए और रिहायशी इलाकों के घरों के बुक्ड सिलेंडर भी नियत समय पर पहुँच जाएँ। डिलिवरी बॉय को समझा दिया गया कि किन-किन तारीखों को कहाँ-कहाँ सिलेंडर पहुँचाने हैं। बड़ी तादाद में गैस सिलेंडर भेजने के लिए मेन ब्रांच के पीआरओ को मेल कर दिया गया। वहाँ से जवाब भी आ गया। स्क्रीन शॉट लेकर, पूरे डेटा की फाइल बनाकर आश्वस्त होकर कि इस तरह के कठिन तप और बेहतर काम से मैम के मन के मैंग्रोव के बीच उगे काँटे कम हो जाएँगे। स्मिता ने टेबल पर कुहनी टिकाकर हथेली से अपना चेहरा टेक कर आँखों को रिलैक्स किया। अपने काम के अति उत्साह की डोर को खींचकर पर्स में रखा और चल पड़ी शीतल मुखोपाध्याय से मिलने।

"हैलो मैम, गुड आफ्टरनून," दरवाजे पर हल्की-सी दस्तक देकर स्मिता सीधा मैम की टेबल के सामने खड़ी हो गई। मैम किसी से फोन पर बात कर रही थीं। चेयर थोड़ा-सा घुमाकर स्मिता को घूरती रहीं। उनकी आँखों में तूफान-सा था जो स्मिता की समझ से परे था। इस तूफान से बचने के लिए स्मिता खिड़की से बाहर इठला रहे पेड़ों की ओर देखने लगी। अमलतास पीले रंग से नहाया हुआ था। मेहँदी की कतार एक-दूसरे में गुँथी हुई थी। केले का झुम्पा जामुनी रंग की खोह में दुबका हुआ था, इसकी बड़ी स्वादिष्ट सब्जी बनती है। गजब, अमरूद की गाछ भी थी। दफ्तर के कम्पाउंड में ही है—पर कभी ध्यान ही नहीं दिया। सिर्फ काम किया। सिर्फ काम।

"आप हमसे पूछे बगैर हमारे कमरे में कैसे घुस आईं।"

स्मिता पेड़ों की हरीतिमा से सटाक से गिरी। मैम की आँखों से आँखें मिलाती हुई बोली, "नीता बेन से पूछा आप फ्री हैं।"

"फ्री? क्या मतलब। क्या मेरे पास कोई काम नहीं है।"

"नहीं मैम। मेरा मतलब ये नहीं है। नीता बेन ने कहा और मैंने दरवाजा नॉक किया, फिर आई।"

"तो? आपको दिखाई नहीं दिया कि मैं फोन पर थी और मैंने आपको अन्दर आने की परमीशन नहीं दी। न ही आपने पूछा।" इस बार मैम का सुर कुछ ऊँचा था।

अन्दर-अन्दर सुलगते रहने से अच्छा होता है लपट बनना, स्मिता ने भी विनम्रता से भभका मारा और उसके भीतर का स्वाभिमान जाग उठा, " सॉरी मैम, मुझे याद नहीं रहा, May I come in जैसे वाक्य दफ्तर में भी पूछे जाते हैं। ये वाक्य तो कॉलेज के साथ ही छूट गया था।"

"जिस तरह बातों, जवाबों के तीर आप चलाती हैं, वही तीर काम में भी चलाया कीजिए तो बेहतर। और हाँ, जवाब देते समय याद रखा कीजिए कि किसे जवाब दे रही हैं। कई बार कुछ जवाब-सवाल बनकर जीवन का पहाड़ बन जाते हैं।" वे और भी कुछ बोलती रहीं।

"जी मैम।" स्मिता ने अपनी नजरें झुकाकर आँखों के पानी को अपनी पलकों की पंखुड़ी से ढक लिया।

लगातार भेदे जा रहे मैम के शब्द-बाण से बचने की गरज से उसने सॉरी कहा और अपने दिल में उठी जज्बात की लहरों को बड़ी कड़ाई से दिल की सतह से वापस लौटाती रही। इस मशक्कत में वो मैम की ओर देखने की बजाय पीछे की दीवार पर देखने का प्रयास करने लगी जहाँ मैम के गुरुजी की तस्वीर लगी थी।

"अगले महीने मैराथन दौड़ है। गोदौलिया, लहुराबीर, कबीर चौरा, नदेसर, दाल मंडी, भेलूपुर...और भी कुछ नाम हैं, इन-इन जगहों से गुजरेगी। हमें स्पॉन्सरशिप भेजनी है। दीवारों पर, डंडों पर, बैनर-पोस्टर सजेंगे। हमारी एजेंसी के नाम के होर्डिंग भी लगेंगे। मैराथन-आयोजकों के दफ्तर में फोन करना है, अपना नाम नहीं, वहाँ मेरा नाम और हमारी एजेंसी का नाम बताना है। आपको पूरा प्रारूप डिजाइन करना है। और हाँ, पुराने सॉफ्टवेयर पर नहीं, नए वाले सॉफ्टवेयर पर...समझ गईं।"

"मैम, नए सॉफ्टवेयर में अभी हाथ रवाँ नहीं हुआ है। पुराने वाले पर आपको दिखा दूँ फिर आप टर्न इन कर देंगी तो मैं नए सॉफ्टवेयर पर अपलोड...।"

वाक्य पूरा होने से पहले ही शीतल मैम का सुर हारमोनियम के काली पाँच तक पहुँच गया—"क्यों नहीं सीख पाईं अब तक?" कहते हुए तार सप्तक के पंचम तक उनका सुर ऊँचा होता गया। स्मिता ने पलकें उठाकर जब देखा तो पाया कि मैम का चेहरा धीरे-धीरे धूसर और फिर काला हो रहा है। बचपन वाली कहानी फिर आँखों के सामने चलचित्र की तरह चलने लगी। उलटे पाँव, काली पोशाक, पीपल का घना डरावना पेड़, उफ...नहीं, आज एकदम अलर्ट रहना है। इनकी कालिमा से भयभीत नहीं होना है।

महत्त्वाकांक्षा और सपने का अंकुर स्मिता के भीतर एक साथ अँखुवाया। महत्त्वाकांक्षा का अंकुर जब वृक्ष का रूप लेगा और उसकी अनेक शाखाएँ यत्र-तत्र फैलेंगी तो हो सकता है कि जल्द ही सामने वाला सिंहासन उसे मिल जाए। पल भर के लिए स्मिता ने खुद को मैम की कुर्सी पर पाया, लेकिन झट सपनों की लुभावनी दुनिया से खुद को बाहर लाकर मैम को लुभाने की कोशिश करने लगी। अचानक उसे याद आया कि बनारस हिन्दू विश्वविद्यालय के संगीत विभाग में हुए कन्सर्ट में स्पॉन्सरशिप के लिए बोर्ड उसका डिजाइन किया हुआ था। मैम! वो स्पॉन्सरशिप कितने बड़े पैमाने पर थी, याद है आपको? विश्वविद्यालय के प्रांगण, गेट पर, पूरे लंका इलाके में सजे बैनर पर मेरा डिजाइन किया गया पोस्टर चमक रहा था। तमाम प्रायोजकों के बीच हमारी एजेंसी का नाम अलग रंग में खिल रहा था। ये सब आपने ही तो करवाया था, मैंने तो स्टेज और वो कन्सर्ट भी देखा था।"

"क्यों? आप वहाँ क्या करने गई थीं? स्पॉन्सर का चेक मिला, बस हमारा काम खत्म।"

स्मिता को तुरन्त समझ में आया कि उसने गलत जगह पर अपनी प्रशंसा का पुल बाँधा। यहाँ अगरबत्ती महकती नहीं सिर्फ जलती है। इस जलन की राख से स्मिता का करियर भी राख हो सकता है। स्मिता को अपना करियर राख होने से बचाना है तो उसे अपनी महत्त्वाकांक्षाओं को जलाना होगा। मैम को जहाँ खुश होना चाहिए वहाँ उनका दिल नफरत की आग से जल रहा था। आखिर एजेंसी

की मशहूरियत शीतल मुखोपाध्याय को भी तो हौसलाअफजाई का तमगा देगी, ये वो क्यों नहीं सोचतीं।

"पद के हिसाब से काम करो। ज्यादा आगे-आगे बढ़कर, दौड़-दौड़ कर किला फतह नहीं करना चाहिए।" कहते हुए मैम काफी विनम्र हो गईं। सीढ़ी-दर-सीढ़ी एक्टो-एक्टो चलिए, कूदकर आखिरी मंजिल तक पहुँचना ठीक नहीं। जो भी काम कीजिए आला-अधिकारियों तक सीधे पहुँचाने की बजाय पहले हमें बताइए। उन तक कोई प्रोजेक्ट डायरेक्ट नहीं पहुँचना चाहिए।"

"लेकिन मैम, मैंने तो किसी अधिकारी..."

"हमें सब खबर रहती है। पिछली बार वाले प्रोजेक्ट के बारे में हमें सब पता है। बेचारे असीम चटर्जी का धाँसू काम नीचे दब गया, उनका प्रोजेक्ट मेरे साइन के चक्कर में दो दिन देर से भेजा गया। उनके नाम पत्र आ गया, जबकि कार्यालय के अधिकांश काम की जिम्मेदारी उनके ही कंधों पर है। वे कभी ध्यान नहीं रखते कि वे किस पद पर कार्यरत हैं या उनके काम का दायरा कितना है। कई बार तो हमें ही कहना पड़ता है कि ये आपका काम नहीं है, अपना खयाल रखा कीजिए आप। वो आपकी खैरख्वाह रागिनी जी भी उचक-उचक कर वाहवाही लूटती हैं। हमें उनके प्रोजेक्ट्स के बारे में शाखा-प्रमुख से जानकारी मिलती है। एकाध बार हम आला-अधिकारियों के सामने उनकी ऐसी धोएँगे कि वे अपनी कवितागिरी भूल जाएँगी। बड़ी आई पोएट्स कविताएँ, वो भी अंग्रेजी में लिखती हैं। हुँह, आगे नाथ न पीछे पगहा, घर में कोई है नहीं। बड़ी आई हैं एक्टिविस्ट... माँ की आँख।"

"तो इन्हें गालियाँ भी आती हैं, काश मोबाइल का रिकॉर्डर ऑन होता।"

"ये सब रागिनी जी से कहें तो बेहतर होगा। मैंने कोई शीट या कोई प्रोजेक्ट किसी आला-अफसर को नहीं भेजा है।"

"आप बहस बहुत करती हैं।" शीतल मैम का स्वर काफी ऊँचा था।

"जी मैम सॉरी।"

"आप कुछ ज्यादा ही तहजीब न दिखाया करिए, हमें चिढ़ होने लगती है।"

स्मिता ने जाने के लिए दरवाजा बन्द करते वक्त मुड़कर नहीं देखा कि कहीं उन्होंने फिर काली पोशाक पहन, काला रंग धारण कर लिया तो।

सामान्य धारणा ये है कि पुरुषवादी समाज में पुरुष स्त्री की प्रगति का बाधक है, जबकि ज्यादातर क्षेत्रों में जहाँ महिलाएँ एक साथ काम करती हैं, वहाँ स्त्री ही स्त्री के लिए स्पीड-ब्रेकर का काम करती है। कभी एक स्त्री का प्रतिभाशाली होना, कभी उसकी खूबसूरती, कभी उसका काम, दूसरी स्त्री के लिए डाह की वजह बन जाती है। सत्ता की पोजीशन में बैठी सशक्त स्त्री दूसरी स्त्री को अपना पालतू बनाना चाहती है या उसे उजाड़ना चाहती है। घर हो या दफ्तर, स्त्रियाँ ही स्त्रियों की दुश्मन होती हैं। बहू के खाते में ससुर का पिता की तरह प्यार भले ही दर्ज हो लेकिन सास का प्यार बेटी की तरह अमूमन नहीं होता।

"मैडम, मुख्यमंत्री कार्यालय से भयानक शिकायती पत्र आया है।"

आपको तो बड़ी खुशी होगी?

"नहीं मैडम, चिन्तित हूँ, जवाब क्या लिखूँ?"

शैलेश कुमार ने कागज टेबल पर बीचोबीच रख दिया।

"हमेशा जैसे ही कोई शिकायती पत्र आता है, आप लपककर हमारे कमरे में आते हैं। वैसे दिन भर आपका कोई अता-पता नहीं होता। फोन करो तो आप उठाते नहीं हैं। लेकिन अभी चिट्ठी नहीं जैसे छेने के रसगुल्ले की हाँड़ी लेकर आए हैं। कस्टमर पेज पर इसको दर्ज कर दीजिए। साथ में इसका जवाब भी अटैच कीजिए। हाँ, पहले हमसे अप्रूव करवा लीजिएगा।"

शैलेश कुमार 'हाँ' में सिर हिलाते हुए कुर्सी से उठने को हुए तभी मैम फिर बोल पड़ी, "शैलेश जी, आपको तो याद ही होगा आपका पदोन्नति ड्यू है। रिलेशनशिप मैनेजर सक्सेना तड़प रहे होंगे इस पद पर आसीन होने का अवसर आपके हाथ में है।"

"जी मैम, मैंने कभी सोचा नहीं।"

"तो अब सोच लीजिए। प्रयास भी किया जा सकता है। वैसे आला-कमान आ रहे हैं। हम चाहें तो, आप कहें तो, लेकिन।"

"लेकिन क्या मैम?"

"इस लेकिन के पीछे बहुत सारी बातें हैं शैलेश जी।" कहते हुए मैम ने गले में पड़ा अपना मैचिंग हार ठीक किया और कान तक चिपके बालों को पीछे की ओर झटका, कंधे तक लटकी ईयरिंग ठीक की और कुर्सी से खड़ी हो गईं।

'पदोन्नति का चाबुक मारकर अपना पालतू खच्चर बनाना चाहती हैं, इन्हें ये पता होना चाहिए कि मैं बनर्जी नहीं हूँ जो इनके कहने पर दिन को रात, रात को दिन मान लूँ।' खुद से गुफ्तगू करते हुए लाल-पीले होते शैलेश कुमार कम्पाउंड में रखे सिलेंडर में उलझ गए। उन्हें अपना काम ईमानदारी से करना है। डिलिवरी बॉय को चाय का पैसा थमाते हुए कस्टमर्स के बुक्ड सिलेंडर की लिस्ट थमा दी। शैलेश कुमार इसलिए परेशान रहते हैं क्योंकि वे हर वक्त अपने सिद्धान्तों का पिटारा सिर पर लिये फिरते हैं, इस चक्कर में वे अकसर ही शीतल मैम से उलझ जाते हैं।

'काम मत कर, काम की फिक्र कर, उससे भी ज्यादा उसका जिक्र कर। कभी किसी जाँच-पड़ताल पर, इन्क्वायरी पर नौकरी सुरक्षित रहे, इसका खयाल हम सबको रखना चाहिए,' शीतल मैम की ये बात शैलेश कुमार को कतई नहीं पचती। उन्हें लगता है कि सिर्फ कागज पर काम पुख्ता होने से ही आला-अफसरों की निगहबानी उन्हें मिलती रहेगी। ये सब शैलेश कुमार के सिद्धान्त के खिलाफ है। ईमानदारी से उत्तम काम करते रहे, जिसे जो समझना है समझता रहे।

"पाँच सौ लोगों के यहाँ आज एक साथ सिलेंडर सप्लाई करवा दिए। दो सौ लोगों के यहाँ सर्विस और बहत्तर लोगों के यहाँ नए कनेक्शन। बोलिए और क्या चाहिए।" कहते हुए शीतल मैम की टेबल के बीचोबीच कुर्सी खिसका कर असीम बनर्जी बैठ गए। सुनियोजित तरीके से अपनी प्रस्तावना मैम के सामने पेश कर दी।

मैम ने कजरारी आँखें चौड़ी करते हुए खास अन्दाज में पूछा, "अरे, इतने कम समय में इतना सारा काम? आप तो आप ही हैं दूजा आप जैसा कोई नहीं।" कहते हुए मैम की आवाज में शोखी आ गई थी। कमरे में घुसते ही बनर्जी ने मनमोहिनी मंतर फेरा और अपनी कर्मठता के राग द्रुत गति में गाने लगे। मैम उन्हें सुनती रहीं और अपनी आँखें आँजती रहीं। जब दोनों की नजरें मिलीं तो खिड़की के बाहर मुंडेर पर बैठी मैना ने कीट-कीट कीईइट का गान किया। तोता सामने बैठ मिट्ठू-मिट्ठू कहकर फिजाँ में मिठास घोलने लगा। दूर कहीं कोयल कूकी। मैम और बनर्जी का मन सावन हो गया, कचनार और अमलतास की बहार आ गई। भरी दोपहरी में रात-रानी महक उठी। मैम सकुचाईं, नजरें झुकाईं। कितनी भी ऊँचाई पर हो स्त्री, पर प्यार के मौसम में सकुचाहट ओढ़, पृथ्वी बन सामने वाले

को आकाश का दर्जा दे देती है और ये गीत गुनगुनाती हैं—'तुम गगन के चन्द्रमा हो, मैं धरा की धूल हूँ।'

उस रोज एजेंसी में बड़ी हलचल थी। तीन-चार सफाई कर्मचारी मिलकर बरांडे, कमरे, खिड़कियाँ साफ कर रहे थे। मेन गेट को कोलिन से पोंछा गया, वहाँ नए मैट लगा दिए गए, बड़ा-सा पौधों वाला गमला रख दिया गया। कॉरिडोर से लगे दरवाजे को धकेलकर अन्दर घुसे तो आप महक से सराबोर हो जाते हैं, वहाँ फूलों का सुन्दर गुलदस्ता सजा दिया गया था। हर टेबल पर रखे कंप्यूटर की गर्द नदारद थी।

शीतल मैम का कमरा तो खैर रोज ही लकदक रहता है। उनके कमरे में तो मक्खी भी पर नहीं मार सकती। फिर भी उनके कमरे में रखे सोफे के कवर बदल दिए गए। ए.सी. रिपेयर करने वाले को बुलाकर सर्विस करवा दी गई। बनर्जी को कमरे में बुलवाकर शीतल मैम फिर मीटिंग में जुट गईं। वे इस बात से आश्वस्त थीं, कि एजेंसी का कोई झोल होगा तो बनर्जी अपनी बातों के जाल में आला-अफसरों को उलझाने में कामयाब रहेंगे और मैम की कुर्सी डगमगाने की बजाय सुरक्षित रहेगी।

बहुत उत्तम कोटि की तैयारी के बाद भी शीतल मैम का चित्त शान्त न था, उनके मन में बराबर डर था कि कहीं उनसे कोई चूक न हो जाए। पाइप-लाइन गैस के आने के बाद वैसे ही गला-काट प्रतियोगिता है, ऊपर से कुछ सिलेंडर का गायब हो जाना, कारोबार डाँवाँडोल हो रहा है। गुंडे दादागिरी से सिलेंडर उठवा लेते हैं। उन्हें क्या पता था कि एक बार रेस्टोरेंट में बीस सिलेंडर एक्स्ट्रा भिजवा देंगी, उसके बदले साठ गायब हो जाएँगे...। सारे डिलिवरी बॉय को बुलवाकर उन्होंने फुसलाया, धमकाया, लेकिन बात नहीं बनी। पेपर पर बहुत बारीक हिसाब करके सब कुछ काले से पीला कर दिया गया। गायब हुए सिलेंडरों में टूट-फूट और खराबी दिखाकर झोल के पोल को ढक दिया गया। कहीं आला-अफसर सिलेंडरों की गणना न करने लगें। नहीं-नहीं, इतने बड़े अफसर...उन्हें कहाँ वक्त होगा इतनी जाँच-पड़ताल करने का। एक जरा-से फायदे के लिए एजेंसी पर इतना बड़ा धब्बा लगवा लिया है। शीतल मैम का मन कचोट रहा है। अपने कारनामों की सिलवटों को ढकने के लिए आला-अफसरों की पाँचों उँगलियाँ घी में डुबोनी होंगी।

इस स्मिता को यहाँ से हटाने के लिए कुछ त्रिया चरित्र खेलना होगा, वरना

ये यहाँ रह गई तो मेरा सिंहासन डोल जाएगा। साली बड़ी घुन्नी है। न जाने कहाँ से इत्ता दिमाग लेकर आई है। हमारी हर योजना में ये अपनी जानकारियों और तकनीक का नया फॉर्मूला भर देती है। गोदौलिया एजेंसी के उद्घाटन समारोह में ये लड़की अपनी योग्यता के जलवे किस तरह दिखा रही थी, जैसे बाकी तो सब निल बटा सन्नाटा हैं।

'इस भरे गुब्बारे को यहाँ से उड़ा दिया होता तो अब तक मेरे नाम की तूती बोल रही होती। मेरे बाबत एक नई एजेंसी खुली होती। पिछले दिनों नेताजी ने फोन पर मुझे कैसी आश्वस्ति दी थी।' मैम के मन में सागर मंथन हो रहा था कि वो समय भी आन पड़ा, राजा प्रवेश द्वार पर पहुँच गए। उनके साथ उनकी रानी और तीन सहयोगी मंत्री भी थे, जो राजा के साथ आने का मौका पा अपने कर्मचारियों से राजा जैसा ही बर्ताव कर रहे थे। शीतल मैम ने अपनी साड़ी का पल्लू कमर के पीछे से लपेटकर आगे कर लिया। सीने पर ठहरे उलटे लॉकेट को सीधा कर अपनी मुंडी नवाकर खड़ी हो गईं। कान तक चिपके छोटे बालों को पीछे की ओर यूँ झटका कि एक लट आँखों पर खेलती रहे। रागिनी जी, जो कपड़ों के मामले में बेहद लापरवाह थीं, उस रोज गुलाबी साड़ी पर कान के गुलाबी बुंदे उन पर खूब फब रहे थे।

देश की इकोनॉमी घट रही है, पर इकोनॉमी अच्छी बताई जा रही है। सिलेंडर से पाइप-लाइन की चुनौती है, लेकिन लोग गैस पाइप-लाइन को ज्यादा प्रेफर कर रहे हैं। इसके कनेक्शन घरों में ज्यादा बढ़ रहे हैं। सिलेंडर की मशक्कत है पर पावर पॉइंट प्रेजेंटेशन में इसका उलटा दिखाना है। इसके पॉजिटिव प्रॉस्पेक्ट्स दिखाए या निगेटिव। गैस सिलेंडर सिर्फ निम्न-मध्यवर्गीय परिवारों का ईंधन बनकर न रह जाए या फिर छोटे शहरों का कस्बों की जरूरत ही न बनकर रह जाए।

आखिरकार यहाँ भी तो पाइप-लाइन का मकड़जाल फैलने वाला है। उज्ज्वला योजना के आने के बाद से सिलेंडरों की माँग काफी बढ़ गई है। अच्छी आय वाले कई परिवारों ने सब्सिडी छोड़ दी है। इसका हम खूब प्रचार भी कर रहे हैं और समर्थ लोगों को सब्सिडी छोड़ने को प्रेरित भी कर रहे हैं ताकि नए कनेक्शन वहाँ पहुँचें जहाँ इसकी सबसे ज्यादा जरूरत है। यानी गरीब परिवारों तक, गाँवों तक और झोंपड़पट्टी तक।

शायद सिगरेट का धुआँ भीतर की उथल-पुथल को जलाता है। मीटिंग शुरू होने से पहले असीम बनर्जी गलियारा पार कर पेड़ों के बीच की खाली जगह में झट से एक कश मार के वापस आ गए। उनकी बेचैनी थोड़ी कम हुई।

शीतल मैम कमरे के बाहर मुँडेर पर बैठी गौरैया और मैना को दाना डालती हैं।

'आज सब भला हो, आज का मुकाबला कोई नई सौगात दे'। इस तरह जिन्दगी के मोल-तौल करती हुई शीतल मैम ने टेबल पर रखे गजरे को अपने बालों में पतली हेयर पिन से अटका लिया। काश आज लम्बे बाल होते, मासी माँ ने कितना कहा था, बाल न कटवाना। दीदी मुनि ने मेरे कटे हुए बाल को अपने पास हिफाजत से रख लिया था। भटकते हुए मन के घोड़े को झप से धौल जमाते हुए मैम ने कमरे में अपने पास वापस लौटा लिया।

जिन्दगी में कामयाबी इतनी जटिल क्यों होती है। 'आज बस एक मुराद पूरी हो जाए, स्मिता का तबादला और मेरा प्रमोशन'। अलग-अलग देवी-देवताओं को मनौती मनाती हुई हाई-हील सैंडल से खटर-खटर करती मैम आला-कमान की अगवानी के लिए दरवाजे पर जा खड़ी हुईं।

लम्बी बड़ी-सी टेबल के बीचोबीच वाली विशाल कुर्सी पर बड़े साहब को ससम्मान विराजमान किया गया। उनके साथी अफसर अगल-बगल छिटककर बैठ गए।

आलाकमान ने कार्यालय की गतिविधियों के बारे में पूछा तो वहाँ तारीफ का झरना फूट पड़ा। मैम टूट पड़ीं अपने काम की लम्बी फेहरिस्त गिनाने में। स्टाफ की कमी और उनके काम की धीमी गति का रोना रोने लगीं।

"इसका मतलब आप मैनेज नहीं कर पा रही हैं? क्या आप हिदायत नहीं देतीं हैं? मैनेजमेंट आपका है।"

ऐसा लग रहा था प्यादे जीतने लगे हैं और बाजी हाथ से जाने को है।

मैम का माथा ताप से गरम, हाथ ठंडे हो गए। झुरझुरी-सी होने लगी।

"सर, हम तो रोज खुद इन सबकी टेबल तक जाकर काम के बारे में निर्देश देते हैं।"

"क्या ऑनलाइन व्यवस्था नहीं है? टेबल तक जाने की क्या जरूरत है? इस कम्पनी में काम करना नहीं, काम करवाने की कला में पारंगत होना जरूरी है।

हम अपनी जिम्मेदारी का ठीकरा दूसरों के सर नहीं मढ़ सकते। कितने लोग ऐलिस पीरियड में हैं, लिस्ट बनाकर दीजिए।"

आलाकमान के चेहरे पर आक्रोश साफ दिख रहा था। उनके सवालों के ओलों से चोट खाती शीतल मैम के रोशन चेहरे पर धुंध-सी छाने लगी। हर वक्त खिली धूप-सा चेहरा ढलती साँझ-सा धूमिल होने लगा। उनके दिल की किलकती आस सन्नाटे में तब्दील होने लगी। मैम को अपना आसन डोलता-सा नजर आया। मोबाइल टेबल पर रखते हुए वे पर्स से रूमाल निकालकर पसीना पोंछने लगीं।

"मैडम एसी का टेम्परेचर कम कर लीजिए, कूलिंग बढ़ जाएगी।" आलाकमान ने मैम की ओर नरमी से देखते हुए बोला।

उन्हें देखकर ऐसा लग रहा था जैसे दफ्तरों में वे इस तरह के दृश्य देखने के आदी हों।

शाम होनी शुरू हो गई थी। छज्जे पर धूप का जँगला बन गया था। सामने के पेड़ पर छाया उतरने लगी थी। जँगले की सलाखों से छन-छनकर आते धूप के टुकड़े पर्दे के पीछे से कमरे में गिर रहे थे। बड़े साहब ने बारी-बारी से सबके चेहरे पर सवालिया नजर डाली। जैसे पूछ रहे हों, कोई कुछ कहना चाहता है। पल्लू सँभालती हुई रागिनी जी ने साहब के सामने पूरे साल भर का बजट पेश कर दिया। टाइप किए हुए उन पुलिंदों से साहब ने एक-दो पन्ने पलटे और फाइल बन्द कर दी।

"हमारी एजेंसी लोगों से सब्सिडी छुड़वाने में कितनी कामयाब रही है?"

"सर, उच्च-मध्यवर्गीय लोगों में अभी सब्सिडी छोड़ने का उतना उत्साह नहीं दिख रहा है। हालाँकि हमारा कैंपेन चल रहा है।" रागिनी जी ने तत्परता से जवाब दिया।

स्मिता ने साहब की ओर देखा, कुछ कहना चाहा, हलक में अटका थूक अन्दर किया, "सर।"

तभी बनर्जी ने लपकते हुए अपनी फाइल आगे बढ़ा दी। साहब ने हाथ के इशारे से फाइल रखने को कहा। स्मिता, जो बहुत देर से कुछ कहने के लिए खुद से जद्दोजहद कर रही थी शायद ये बात आलाकमान को समझ में आ गई थी।

"फाइल दिखाइए, आप क्या कहना चाहती हैं?"

पहली बार इतने बड़े अधिकारी से स्मिता का वास्ता पड़ा था। उसने रागिनी

जी की ओर देखा, मैम की ओर प्रश्नवाचक दृष्टि डाली। बनर्जी स्मिता को लील जाने वाली निगाहों से डस रहा था, कहीं इसी का बनाया प्रोजेक्ट अप्रूव न हो जाए, फिर तो ये छा जाएगी और वो नीबू-नमक चाटता रह जाएगा।

"आप इधर-उधर क्या देख रही हैं, चलिए जल्दी दिखाइए अपना पावर-पॉइंट।"

आलाकमान को कौतूहल हो रहा था कि सब लोग आगे बढ़कर अपनी बात तत्परता से कह रहे हैं, अपने काम की प्रदर्शनी लगा रहे हैं और इनके बीच एक लड़की चुपचाप बैठी है। या तो इसे काम नहीं आता, या फिर ये काम और जानकारी का लदा हुआ वृक्ष है।

"फाइल लेकर जल्दी जा।" रागिनी ने स्मिता को कोहनी मारी।

स्मिता ने लम्बी साँस ली। आलाकमान और सहयोगी अफसरों पर निगाह डाली। 'पता नहीं, ये प्रोजेक्ट आलाकमान को जँचेगा या नहीं, जो भी हो, उसने इतनी मेहनत से पावर-पॉइंट बनाया है तो सामने पेश तो करना ही चाहिए। कहीं उसकी महत्त्वाकांक्षाओं पर राख न डाल दी जाए।' सोचते हुए वो लैपटॉप पर लॉग-इन करने लगी। मैम की चिन्ता बढ़ने लगी, ये लड़की लैपटॉप के विंडोज से कहीं सबके लेखे-जोखे की खिड़कियाँ न खोल दे।

स्मिता के पास आँकड़े हैं। तर्क हैं। प्रतिभा है। सुबूत भी हैं। माउस की एक क्लिक से वो जाने क्या दिखा दे। मैम की आँखों के सामने अँधेरा-सा छाने लगा था। पहली पड़ी बारिश से झरते हुए गुलमोहर की तरह वे जमीन पर कतरा-कतरा गिर रही थीं। पर गुलमोहर गिरकर भी अपनी खूबसूरती कायम रखता है, लोगों को लुभाता है। गुलमोहर अगले बरस फिर अपनी खूबसूरती के साथ चला आता है, ये उसकी नियति है। पर शीतल मैम सिर्फ ऊपर उठने के लिए, कामयाबी के लिए बार-बार गिरती हैं।

कई बार वे कई डिलिवरी बॉय को तबाह करने के लिए गिरीं। हर बार उठ गईं। लेकिन आज स्मिता के लैपटॉप में दर्ज उसका ड्रीम प्रोजेक्ट उन्हें कहीं इस तरह न गिरा दे कि वे उठ ही न पाएँ। इसीलिए ऊपर जाने के लिए गिरना जरूरी नहीं। झरते हैं पुराने पत्ते, चिनार और देवदार के पत्ते गिरकर पहाड़ों को सजाते हैं। सागर की लहरें गिरती हैं, सूखी रेत को भिगोने के लिए। पहाड़ों के दामन से गिरता हुआ पानी नदी या झरना बनाता है। प्रकृति को बचाने के लिए गिरने की ये नियति है।

पर इनसान को गिरने से बचना चाहिए। कल की आई छोकरी स्मिता आलाकमान के सामने अपनी अहमियत इस कदर दर्ज कर सकती है, ये उन्हें कतई अन्दाजा नहीं था। पर उनके भीतर की इच्छाधारी स्त्री ने हार नहीं मानी। अपनी डूबती कश्ती को बचाते हुए उन्होंने गला साफ किया। अपने बाल पीछे किये, कुछ इस अन्दाज में कि आँखों पर एक लट झूलती रहे।

"सर, दरअसल ये पावर-पॉइंट हमने यूँ ही इन्हें ट्रायल पर बनाने को कहा। ये काफी नई हैं। अभी सीख रही हैं। सर, ये हैं असीम बनर्जी। इन्होंने बड़ा उपयोगी और पुख्ता प्रोजेक्ट बनाया है। पाइप-लाइंस पर मँडरा रहे खतरों से बचने का उपाय भी है इनके पास। ग्राउंड रिएलिटी से भी ये अच्छी तरह वाकिफ हैं। इनका काम बहुत ही उम्दा है। इनके जैसे मुस्तैद लोगों के रहने से हमारा बिजनेस खूब फल-फूल रहा है," कहते हुए शीतल मैम ने साहब के सामने बड़ी विनम्रता से एक फाइल पेश कर दी।

स्मिता की आँखों में वो दृश्य उभर आया जब झोंपड़पट्टी में काम करने वाली एक औरत जिसने मैम से बात करने के लिए घंटों इन्तजार किया था, उसके घर तीन दिन से गैस सिलेंडर खत्म था। वो गिड़गिड़ा रही थी। उसे ऑन-लाइन बुकिंग नहीं आती थी। एजेंसी में आकर उसने नम्बर लगाया था। उसके पास इकलौता सिलेंडर था। उसके बच्चे भूख से तड़प रहे थे। मैम की परमीशन के बिना उसे सिलेंडर नहीं दिया जा सकता था। कई लम्बे-लम्बे फोन-कॉल निपटाकर मैम केबिन से बाहर आईं तो वही काली पोशाक वाले रूप में थीं वे। उस औरत को सिलेंडर तीन दिन बाद ही दिलवाया था। ऊँची आवाज में चिल्लाते हुए उसे बाहर करवा दिया गया था। उसकी टूटती हुई उम्मीद का कोई सिरा नहीं था।

सबके मन को खरोंच-खरोंचकर जगाने वाली इस मीटिंग में हेमेंद्र तिवारी अपनी आध्यात्मिक दुनिया में मगन थे। शैलेश कुमार से जब लिखित में कुछ पूछा जाएगा तब वे जवाब दे देंगे। बारी-बारी से वे सबके चेहरे पढ़ रहे थे।

तमाम गवाहों और बयानों के मद्देनजर ये अदालत इस नतीजे पर पहुँचती है कि अदालत आज यहीं पर बरखास्त की जाती है, कहते हुए आलाकमान ने पूरे कमरे में मुस्कान बिखेर दी, उनके सहयोगी अफसरों ने भी मुस्कुराने में साथ निभाया।

अचानक गम्भीरता की चादर ओढ़ते हुए उन्होंने कॉफी का सिप लिया। आज की मीटिंग काफी दिलचस्प रही। सामने रखी एक बड़ी-सी शीट शैलेश कुमार के हाथ में दी और कहा—इसे सबको दिखाएँ। शैलेश कुमार ने उसे बोर्ड की तरह सामने लटका दिया।

"ये रहा मेरठ के नए दफ्तर का कम्पाउंड। यहाँ सिलेंडर स्टोरेज की बेहतर व्यवस्था है। और स्पेस भी ज्यादा है। स्टाफ क्वार्टर्स भी बन रहे हैं। गोदौलिया में छोटी वाली एजेंसी ऑपरेट होती रहेगी और स्मिता जी या रागिनी जी को वहाँ मैनेजर के रूप में शिफ्ट कर दिया जाएगा। उनके प्रोजेक्ट में काफी दम है। वे अकेली इस एजेंसी को बखूबी सँभाल सकती हैं। बाकी पूरा कार्यालय नए कम्पाउंड में मेरठ एजेंसी कर दिया जाएगा। मौजूदा हालात में ओवरहेड बढ़ते जा रहे हैं, ऐसे में इतने बड़े स्टाफ के साथ कम्पनी का सरवाइव करना मुश्किल लग रहा है।"

रेत का एक बगूला उठा, जिसने मैम की आँखों में किरकिरी भर दी। उड़ती रेत को वे जितना परे सरकातीं रेत उनके और करीब आती जा रही थी और वे रेत से दबने लगी थीं, उनकी साँस अटकने-सी लगी थी, अगले हफ्ते ही छोटे बेटे की इंजीनियरिंग एडमीशन की काउंसलिंग है। अब शहर परिवर्तन, उफ कैसे मैनेज होगा। उनके शब्द होंठों के भीतर घुटकर रह गए। कुर्सी से उठने की कोशिश में इस बार मैम सचमुच गिर चुकी थीं।

# मन का सिस्टम शट-डाउन नहीं होता

स्वप्न मैंने देखा और पूरा कर पाया, यह मैं नहीं कह सकता। सही मायने में स्वप्न पूरे होते ही नहीं। मिला बहुत कुछ लेकिन वह नहीं मिल सका जो छूट गया था। जब मैं ठेठ व्यावसायिक होकर चल पड़ा था सात समन्दर पार...दिन, महीनों और वर्षों, बल्कि कहें कि सदियों तक एक जोड़ी आँखें पीछा करती रहीं, उन दिनों मेरी आँखों में जगमगाते सितारों का बड़ा आकाश था, जिसे मैंने अपनी सलाहियत और कामयाबी से गढ़ा था।

"मेरे पास गाड़ी है, बँगला है, तुम्हारे पास क्या है?" मेरा भी कोई भाई होता तो मैं भी उससे फिल्म 'दीवार' का यही संवाद दोहराते हुए सवाल पूछता और उसका भी जवाब यही होता—"मेरे पास माँ है।"

माँ अकसर कहती थी यदि हमसे कोई भूल हुई है और हम उसे सुधारते नहीं तो यह हमारी उससे भी बड़ी भूल है। बन्द दरवाजा देखकर लौटने से पहले एक बार बेल बजाओ, दस्तक दो। दस्तक ही तो दे रहा था मैं, जब 'आई' ने उस दिन मुझे कमरे में बन्द कर दिया था, उस रोज मेरी आँखें आँसुओं से तर थीं, मैं पसीने से भीगी मुट्ठियाँ जोर-जोर से दरवाजे पर मार रहा था, चोट भी मुझे ही लग रही थी।

"बोल तू उसे फिर मारेगा?"

"हाँ मारूँगा, वह जब भी मेरा बनाया ताजमहल तोड़ेगा तब-तब।" बोलते हुए मेरी हिचकियाँ बँध गई थीं, शब्द टूटने लगे थे। मैं आँसुओं में डूबने लगा था। उस रोज जेंगा सेट (लकड़ी के टुकड़े जिन्हें बच्चे एक के ऊपर एक रखकर खेलते हैं) को बिखेरकर तोड़ने के साथ ही मेरे भीतर भी बहुत कुछ दरक गया था।

"मैंने कितनी मेहनत से बनाया था बुर्ज खलीफा, एक-एक जेंगा, एक-एक ब्लॉक को कितनी देर तक मैं जमाता रहा। उसने लात मारकर तोड़ दिया। आप उसे क्यों कुछ नहीं कहती क्योंकि वह आपका ग्रैंडसन है, मैं भी तो किसी का बेटा हूँ।" कहते-कहते मेरा गला रुँध गया था।

जिद और गुस्से में मैंने अपनी ही कलाई पर कस के अपनी ही उँगलियाँ और नाखून गड़ा दिए थे, मांसपेशियों पर उपट आए उँगलियों और नाखून के निशान देखते हुए उस दर्द को महसूसता रहा और मन के भीतर की खरोंच को देर तक सहलाता रहा।

"तूने गलती की मैंने पनिश किया बात बराबर। तू भी भूल जा मैं भी, स्कूल में भी तो ऐसा ही होता है। गलती करने पर पनिश किया जाता है, बात खत्म। हर बात मम्मी तक नहीं पहुँचाने का।"

"कहीं मैं मम्मी-पापा की अनवांटेड तो नहीं हूँ। मैं पनिश ही हो रहा हूँ।"

"ये ले चॉकलेट, खा और मन का जहर बाहर फेंक दे।" कहती हुई आई गँवार (ग्वार) फलियाँ लेकर जमीन पर बैठ गईं। लिली और तानिया को भी साथ बिठा लिया। उन दोनों के नन्हे-नन्हे हाथ भी गँवार-फलियों में पुर्जे की तरह चलने लगे।

"आई, मेरी उँगली दुख रही है, मेरे को नहीं पसन्द ये काम।" तानिया की निस्तेज बुझी-बुझी आँखों में नींद भरी थी, कहते हुए उसकी पलकें झुक गईं, लगा मानो वो अभी लुढ़क जाएगी।

दोपहर के सूरज की धूप-सी जलाती 'आई' की आँखों ने उसे गँवार-फलियाँ तोड़ने से विराम नहीं लेने दिया। मैंने चॉकलेट ले ली और खिड़की से बाहर फेंक दी। हवा में उछलती हुई वह चॉकलेट सामने की टपरी पर जा अटकी। अपने दाँत पीसते हुए मैंने अपना गुस्सा पी डाला था। मम्मी को आई ने ऐसी घुट्टी पिलाई थी कि मुझसे ज्यादा वह उन पर भरोसा करती थीं। मैं क्रेच के कैदखाने से निकलकर स्कूल के कैदखाने में चला जाता था, जहाँ हर गतिविधि स्कूल की बेल पर ही निर्धारित होती थी।

'continuous talking, shouting, splashing water, running in corridor' ऐसे रिमार्क मुझे अकसर मिलते। स्पोर्ट्स क्लास में भी थोड़ी मस्ती की तो पनिशमेंट। सबसे बड़ा और तकलीफदेह पनिशमेंट मेरे लिए स्पोर्ट्स क्लास का

होता था, क्योंकि स्कूल का सबसे खुशनुमा लम्हा यही होता। वह भी सजा में बीत जाता। मम्मी को बताओ तो एक लम्बा-चौड़ा खर्रा टीचर के नाम लिखकर डायरी में अटैच कर देतीं। उस दिन टीचर की निगाहों में मेरे लिए शोले होते, जो स्पोर्ट्स पीरियड के खुशनुमा लम्हों को राख कर देते, मैं न खेल पाने की कचोट से रोता। घर आकर अखबार के पन्नों से सचिन तेंदुलकर की तस्वीर खोजकर घंटों देखता, देखते-देखते मैं भी क्रिकेट के चौके-छक्के लगाने लगता। लेकिन हर बार कहीं से कोई बनैला राक्षस आकर बैट और बॉल छीन लेता। साथ में रोहित की वह बात भी कानों में गूँजती जो उसने वॉशरूम जाते वक्त स्कूल के बरामदे में हवा में बैट झुलाते हुए कही थी, "कल न्यूज चैनल वाले अंकल ने बताया था क्रिकेटर मिहित जान-बूझकर हार गए, उन्होंने मैच फिक्सिंग की।"

"हाँ यार, मैच फिक्सिंग के बारे में मैंने भी गूगल करके देखा था, हैरान रह गया था मैं।" मैंने कहा था।

"आई, इसे 'ब्रोंकाइटिस का अटैक आ रहा है, आज स्कूल नहीं जाएगा। साँस फूल रही है, इसे आराम करने को कहिएगा।" उस रोज माँ बोली थीं।

"माँ, मुझे घर छोड़ दो, मैं अकेला रह लूँगा। इस पिंजरे में बन्द करने से अच्छा है मुझे घर में छोड़कर बाहर से लॉक लगा दो।" मैंने बोला, पर मेरे ये वाक्य गले के भीतर ही दबकर रह गए।

बुखार की वजह से मैं कई दिनों बाद 'आई' के घर गया था, उस वक्त बच्चे स्कूल जा चुके थे। लिली और मेरे स्कूल का समय तकरीबन एक था, पर वह भी नजर नहीं आ रही थी। 'आई' का घर सन्नाटे से भरा था, वीरानी भाँय-भाँय कर रही थी। माँ ने समझाइश का पिटारा उनके सुपुर्द किया और चलने को हुई तभी मैंने आवाज दी, "माँ, माँ!" पलटकर माँ मुझ तक आईं भी, लेकिन मैं तब तक अपनी नम आँखें मुलमुलाता हुआ खिड़की से सटकर बनी हुई सैटी पर बैठ अपना मुँह फेर चुका था।

"बेटा, क्या हुआ कुछ कहना है माँ से? बोलो।"

मैंने अपनी आँखें नीची कर पलकें झपकाईं तो पैरों पर टप-टप कई बूँदें गिर गई थीं। माँ ने मेरी ओर देखा, मेरी आँखों की नमी को अपने मातृत्व से सोखना चाहा, उन्होंने बैग से टिशू पेपर निकालकर आँखों पर रखा। वह लिफ्ट तक जाकर लौटी

भी थीं, उनकी आँखों में ममता की नदी थी, लेकिन उन्हें बस पकड़ने की हड़बड़ी थी। "बेटा, आज दिन भर आराम करना," कहते हुए वे लिफ्ट में घुस चुकी थीं। उनके समझाइश के शब्द हवा में गूँजते रह गए थे। मेरे बचपन की मासूम दुनिया फिर क्रेच की चारदीवारी में कैद हो चुकी थी।

"भाभी। आप फिक्र मत करो। मैं हूँ ना," " 'आई' की कंजी आँखें मेरे चेहरे से चिपक गई थीं। मैंने झट अपनी नजरें सड़क पर दौड़ानी शुरू कर दीं। 'आई' की ओर देखते ही मेरी आँखों के आगे कहानियों वाली भूतनियाँ नाचने लगतीं, जो चुपके से बच्चे चुराकर व्यापार करती हैं। 'आई' में मुझे कई औरतें दिखाई देतीं, मैं समझ नहीं पाता था कि असली वाली कौन-सी हैं, जो बच्चों के पैरेंट्स के सामने होती हैं वो, या हमारे साथ वाली—डरावनी औरत।

खिड़की से बाहर देखते हुए मैं खुद को 'आई' के कैदनुमा घर से दूर ले जाता था, उस समय मैं उनके यहाँ होते हुए भी नहीं होता था। उनके घर की खिड़की पर बैठकर देखो तो एक तिराहा-सा बनता था, सड़क के सामने वाली रो में कुछ चॉल थीं, हलके पीले रंग की दीवार वाले घर से एक बच्चा दौड़ता हुआ निकलकर बिंदास सड़क पार कर एक दुकान में घुस गया। लौटा तो उसके हाथ में टॉफियाँ थीं, टॉफियों को हवा में उछालता हुआ वह कैच-कैच खेलने लगा। दुकान के बगल एक बिल्डिंग बन रही थी जहाँ रेत का ढेर था, बनियान-अंडरवियर पहने दो बच्चे रेत के ढेर पर फिसलपट्टी खेल रहे थे, दुकान वाले बच्चे ने दोनों हाथों में काली रेत लेकर ऊपर की ओर हवा में उड़ा दी और खिलखिलाते हुए, आँखों को मिट्टी से बचाने के लिए गन्दे हाथों से अपना मुँह ढक लिया। फिर भी रेत के कुछ कण उसके मुँह में चले गए और दाँतों के बीच में किरकिराने लगे। मेरा मन मचल उठा था इसी मिट्टी में नंगे पाँव तेज दौड़ने के लिए। रेत का टीला बनाकर फिसलपट्टी खेलने को, गीली मिट्टी से सने हाथ को अपनी टी-शर्ट में पोंछकर बॉल हवा में उछालने को, और बैट लेकर सड़क पर दौड़ने को। कितनी आजादी है इन बच्चों में, इन्हें न डस्ट एलर्जी है न अस्थमा का अटैक, न किसी बैक्टीरिया का डर, न ही किडनैपिंग का खतरा।

उन खेलते हुए बच्चों को देखते हुए खुद को सीता के चरित्र में तब्दील होते

पाया सीता रस्किन बॉन्ड की कहानी 'तूफानी नदी' की एक साहसी लड़की है जो निर्जन इलाके में अकेले बाढ़ के पानी से मुकाबला करती है। नदी में बाढ़ आई है, उफनता हुआ बाढ़ का पानी धीरे-धीरे पूरा गाँव तबाह करने पर उतारू है, अपनी झोंपड़ी की एक-एक चीज को वह बहता देखती है। खुद पेड़ पर चढ़कर, एक टहनी को कसकर पकड़कर, खुद को गिरने से बचाने की कोशिश करती है। उसकी गुड़िया, उसके खिलौने, उसके एकाकीपन की पीड़ा, उसका डर, मेरे सीने में दुबककर आर्तनाद करने लगे थे।

"चल, आरुष को स्कूल छोड़कर आते हैं," 'आई' के कर्कश स्वर ने तूफानी नदी से बाहर लाकर मुझे फौरन काली रेत पर पटक दिया।

"इतनी कड़ी धूप में? मैं नहीं जाता। यहीं रहूँगा।"

"तू कोई नवाब की औलाद है? धूप में तप जाएगा। घर में तुझे अकेले कैसे छोड़ दूँ?"

उनके साथ जाने के लिए जल्दबाजी में मैंने जूते की बजाय स्लीपर पहन ली जो माँ ने पिछले ही हफ्ते एक साइज बड़ी खरीदी थी। गर्मी की तपती दुपहरिया थी, जल्दी-जल्दी चलते हुए बार-बार स्लीपर से पैर बाहर खिसक जाता था और जलती जमीन पैरों को झुलसा रही थी, उसकी तपिश कानों में सीटी बजा रही थी, और सिर में सायरन। ...साँय-साँय की आवाज के साथ धरती-आसमान गोल-गोल घूमते नजर आ रहे थे, गला बार-बार सूख रहा था, खाँसी का अटैक भी रह-रह कर आ रहा था, दिल की धड़कन कानों में शोर कर रही थी, सहारे के लिए कई बार मैंने 'आई' की कुहनी पकड़ने की कोशिश की।

"ए चल न लवकर (जल्दी) पाँव में मेहँदी लगाया है क्या?" 'आई' की आवाज की हथौड़ी ने ऐसी चोट पहुँचाई कि मेरी साँसें और तेज हो गईं, खाँसी तेज होने के बावजूद मेरे पैर और तेज चलने लगे। इतनी तेज कि अब सड़क मुझे लम्बी नहीं बल्कि गोल दिखाई दे रही थी और मैं गोल-गोल घूम रहा था। 'आई' के पैरों में तो जैसे चक्की फिट हो। सटासट चलती जा रही थीं, उन्हें मेरी पीड़ा से कोई सरोकार नहीं, वैसे कमर्शियल जमाने में सरोकार तो किसी को किसी से नहीं बचा।

"आई! शालू की बस आने में कितनी देर है?" मैंने सोचा शायद वह अब मेरी तरफ देखें और मेरी थकान-तकलीफ का अहसास हो जाए उन्हें और वो दो पल

ठहर जाएँ। भीतर से फूट रही रुलाई को मैंने बड़ी कुशलता से रोक लिया क्योंकि 'आई' को किसी बच्चे का रोना कतई पसन्द नहीं था। वे रोते हुए किसी भी बच्चे को डराती-धमकाती थीं, उस वक्त वो कार्टून चैनल की एनाबेला, मोंजेलिका जैसी तमाम चुड़ैलों में तब्दील हो जातीं।

उनके घर पहुँचते ही मुझे जोर की उल्टी आई। बेसिन की ओर भागा, पहुँचते-पहुँचते जमीन पर ही उल्टी फैल गई। 'आई' ने गन्दा-सा मुँह बनाकर बुदबुदाते हुए मुझे कपड़ा थमा दिया।

मेरे बदन की तपिश जैसे मुझे झुलसा रही हो, दीवार का सहारा न लेता तो गिर गया होता। एक उँगली से मेरा माथा छूते हुए आई बोलीं—"तुझे ताप हो गया है, जा उधर चटाई पर सो जा, सोएगा तो ताप उतर जाएगा।"

नन्ही लिली ने बेसिन के नीचे गिरी उल्टी साफ कर दी और मेरे पास बैठ गई। थर्मामीटर लगाते हुए उसने कहा था, "जब बॉडी हॉट होती है तो मेरी मम्मा मुझे थर्मामीटर लगाकर गोली खिलाती हैं और बुखार उतर जाता है।" उसने अपने नन्हे हाथों से गीली तौलिया मेरे माथे पर रख दी थी। शायद लड़कियाँ बचपन से ही माँ-बहन-मित्र के रूप में समझदार और केयरिंग होती हैं। क्रेच की जेलनुमा सख्त दीवारों के बीच लिली एक कोमल कोना थी, जिसके पास तनिक सुकून मिलता था।

"आ गई आफत, इसकी माँ हमेशा घाई (जल्दी) में रहती है।" आई का यह वाक्य और लाउडस्पीकर जैसा कानफोड़ू रुदन, लड़की की मम्मी उसे गोदी से उतारती तो वह और कसकर अपनी माँ से चिपक जाती। उसका रोना भी तार सप्तक के पंचम सुर तक पहुँच जाता। मुझे उसके इस कदर रोने से बड़ी चिढ़ होती थी, हालाँकि माँ बताती है कि जब मैं छोटा था तो मैं भी वहाँ पहुँचते ही इसी तरह रोता था। उस लड़की का भाई भी साथ में आता था, वह पत्थर बना रहता। 'आइचा ठिकाना' की बदौलत बहुत सारी स्त्रियों के सपनों में रंग भरे। औरतें अपनी चारदीवारी से निकल स्त्री-विमर्श में शामिल होतीं और बहुत सारी अपनी आजीविका चलातीं।

"आई, शालू को सर्दी और बुखार है। तीन बार दवा देनी है।" कहते हुए शालू की मम्मी ने दवा की पॉलिथिन थमा दी और अपनी तीन साल की बेटी को चूमते हुए खुद आँसू बहाकर रोने लगीं।

"फिक्र नहीं करने का भाभी, यह देखो खिलौने का बॉक्स, उधर देखो एलीफेंट, सी-सॉ, झूला, स्लाइड सब कुछ रखा है मैंने। हर उम्र के बच्चे के लिए मेरे यहाँ एंटरटेनमेंट का इन्तजाम है, इतना कुछ तो डे-केयर वाले भी नहीं रखते।" कहते हुए 'आई' ने अपनी आँखों में भर आए घड़ियाली आँसू को अपने आँचल से पोंछ लिया।

'बच्चों की मासूमियत और उनके बचपन छीनकर उन्हें यहाँ उम्र से ज्यादा बड़ा और अनुशासनप्रिय बना दिया जाता है। डे-केयर और क्रेच जैसी जगह न होती तो हम सबका बचपन भी मौज-मस्ती से भरा होता। हम भी अपने घर की बाल्टियों में पानी भर कागज की नाव तिराते, गुब्बारे में हवा भरकर खिड़की से बाहर उड़ाकर आसमान की ओर देखते, दादी से जिद कर, उनकी उँगली पकड़ आइसक्रीम शॉप तक चक्कर मारते। हमारी दादी-नानी की मजबूरी होती हमारे साथ रहने की और हम सब नन्हे यहाँ अभिशप्त न होते। क्रेच के इन्तजाम ने हमसे हमारी दादी-नानी छीन लिये हैं।' सोचते हुए मेरी आँखें सजल हो गई थीं।

माँ को दफ्तर पहुँचने की हड़बड़ी होती, जल्दी-जल्दी चलते हुए हमारे दिल की धड़कनों का तबला मिलान कर रहा होता, पर मेरे दिल की थाप उन्हें सुनाई नहीं देती थी लेकिन मेरे दिल के तबले की थाप वायलिन का उदास सुर बन जाती थी जिसकी अनुगूँज मुझे दिन भर विकल करती थी। जी चाहता था, उनकी साड़ी के पल्लू से अपना पसीना पोंछ उनके सीने से देर तक चिपका रहूँ। माँ देर तक मेरे बालों में उँगलियाँ फिराती रहें, अपने मन का पिटारा खोल उन्हें अपनी एक-एक बात, एक-एक चाहत से रूबरू करवाऊँ। बाल-मन का वो कोना दिखाऊँ जिसके बारे में कमर्शियल हो गए बड़ों ने विचार करना बन्द कर दिया है। वक्त कूदकर आगे बढ़ शाम में ढल जाए और मुझे 'आई' के घर न जाना पड़े।

माँ मुझे जब 'आइचा ठिकाना' में छोड़कर जातीं तो वापस मुड़कर देखतीं, उनके भीतर की नदी उनकी आँखों में उमड़ी होती, शायद उस वक्त वह भी यही सोचतीं जो मैं सोच रहा होता, फिर मेरी आँखों की इबारत जरूर पढ़ती रही होंगी। उस वक्त माँ का कातर चेहरा देख मुझे उन पर दया आती लेकिन थोड़ी देर में मेरा मन बगावत पर उतारू हो जाता कि मैं इस कैदखाने में क्यों भेजा जाता हूँ। क्यों मेरे भीतर की पीड़ा नहीं दिखाई देती माँ को? क्यों पापा इतने पैसे नहीं भेज देते कि वह नौकरी छोड़ दें।

लिली स्कूल से लौटकर सीधे रसोई में गई, एक गिलास पानी गटगटा पी गई, बस्ते में वह कुछ खोज रही थी।

"चल लिली, ग्राउंड में खेल के आते हैं, बुढ़िया पड़ोस में गई, गॉसिप की लम्बी चटाई बिछी है, चल-चल।"

लिली के गाल पर लगे काले धब्बे की ओर देखते हुए मैंने कहा, "क्या हुआ लिली? तू रोई है।"

"आज रिमार्क मिला है।"

"तो क्या हुआ, ये कौन-सी बड़ी बात है।"

"अरे यार मेरी मम्मा आज बहुत शोर मचाएँगी, रूठ जाएँगी, टीवी देखने भी नहीं देंगी।"

"अरे पैरेंट्स शोर मचाते हैं और एकाध दिन में भूल जाते हैं, मुझे देख, हर थोड़े दिन में रिमार्क मिलता है।"

इन लड़कियों को मम्मा के रूठने की बहुत परवाह होती है। उस दिन शालू ने अपनी मम्मी का दुपट्टा हाथ में कसकर लपेट लिया था, छोड़ने को राजी नहीं थी, उन्होंने जैसे-तैसे अपने को अलग किया, 'आई' ने उसे तुरन्त गोद में ले लिया और पुचकारते हुए ममतामयी माँ बन गईं। अमूमन उनका बोलना बच्चों के लिए खौफनाक होता, पर मैं उन दिनों साहस के साथ मुकाबला करना सीख गया था इसीलिए कई बार मुझे 'साइलेंट पनिशमेंट' मिलता, सिर्फ मुझे पता चलता था कि मैं सजा में हूँ।

"आप जाओ भाभी, आपके जाते ही अभी चुप हो जाएगी।"

मैंने सोचा चुप तो हो ही जाएगी लेकिन उसके चुप होने के पीछे की कहानी तो मैं जानता था क्योंकि पैर में फटी बिवाई का दर्द भला भुक्तभोगी कैसे बिसार सकता है। उस दिन शालू कुछ ज्यादा ही गला फाड़-फाड़कर रो रही थी। 'आई' ने उसके नरम रुई के फाहे से नाजुक हाथ को कस के लगभग उँगलियाँ गड़ाते हुए पकड़ा तो उसने आई के हाथ में दाँतों से काट लिया। बस फिर क्या था, उनके नथुने फूलने लगे। बड़े-बड़े दाँत बाहर निकल आए, आँखों की पुतलियाँ उलटी कर 'आई' सचमुच कार्टून चैनल वाली एनाबेला या फिर लाल आँखों वाली चुड़ैल बन गई। शालू की साँस हिचकियों में फिर सिसकियों में बदल गई थी। उसके

होंठों पर बना त्रिकोण देखकर लग रहा था वो रुलाई रोकने की कोशिश कर रही है पर अपने रोने पर काबू कर नहीं पा रही है, उसकी आँखों के आँसू उस रोज मेरी आँखों में नदी बनकर उफनने लगे थे। उस रोज बच्चों के साथ मैं भी सहम गया था। मेरी धमनियों का खून भी जम गया था। मैं स्तब्ध ये भूल गया था कि वो शालू है या मैं हूँ।

"चुपचाप बैठने का, आवाज नहीं करने का, वरना वो बाथरूम देख रही है न। उसमें रहेगी आज।" दीवार पर लगी बाघ की पेंटिंग की ओर भी उन्होंने अपनी कंजी आँखें गोल-गोल घुमाईं। शालू की आँखों में डर का भँवर गोल-गोल घूमने लगा था और वह उसमें डूबने लगी थी। इसका एहसास सिर्फ शालू को था या फिर मुझे भँवर में डूबने के एहसास ने उसे अचेत कर दिया, सिसकती-सिसकती वह सो गई थी।

जब कभी वह शालू को प्यार से सुलातीं तो पहले उसी से चटाई बिछवातीं और तकिए पर खुद लेटकर उसे बिना तकिए के लिटाकर उसकी पीठ पर जोर-जोर से थपकी देतीं, थपकी क्या, एक तरह से ठोंकती, शालू की आँखों में डर और पीड़ा लिपटे आँसू धीरे-धीरे सूखने लगते और उसकी आँखें मुँदने लगतीं और गालों पर नमकीन पानी की बूँदें सूखकर पपड़ा जातीं। 'आई' के लिए यह बर्ताव सहज होता, पर हम बच्चों के लिए यह क्रूरता की पराकाष्ठा होती।

"सब बच्चा लोग चलो जेवन हया। चटाई बिछाओ।"

'आई' की पत्थर जैसी यह आवाज स्कूल के घंटे से कम नहीं होती थी। उनकी आवाज की घंटी बजने के साथ ही हम सब बच्चे कतार में चटाई पर बैठ जाते और अपनी खाने की प्लेट का इन्तजार करते। छोटे बच्चे जिनका भूख से बुरा हाल होता, उनकी मायूस निगाहें 'आई' के सख्त चेहरे पर टिकी होतीं, "चलो एक-एक करके आओ अपनी प्लेट ले जाओ।"

इस दौरान अगर कोई छोटा बच्चा लाइन तोड़कर आगे चला जाता तो आई उसे भस्म कर देने वाली आँखों से घूरतीं, वह जो बनातीं, वही हमें खाना होता, क्योंकि वह हमारे पैरेंट्स के पैकेज में इनक्लूड होता। अकसर ही करेला, कद्दू, बैगन या लौकी जैसी दवा से हमें अपना पेट भरना पड़ता। गरमी की छुट्टियों में हमारी ये सजा बड़ी पीड़ादायक होती क्योंकि दिन का खाना 'आई' की ओर से प्रायोजित

होता जिसका वो अलग से चार्ज करतीं और हम निगलने को मजबूर होते।

मरियल-सा लड़का, जिसके पैर टेढ़े थे, जिसके बदन पर हड्डियाँ ज्यादा मांस कम दिखाई देता था और उसकी टी-शर्ट की एक बाँह बाहर झूल रही थी, ललचाई निगाहों से खाने की प्लेटें देख रहा था, उससे आई बोलीं, "ऐ, तुम लोग इधर बैठो।"

"मुझे बहुत भूख लगी है।" वह लड़की यानी उस मरियल लड़के की बहन लगभग कराहते हुए बोली और अपने पेट पर हाथ रख पेट को और भीतर की ओर पिचका लिया। इन भाई-बहनों की माँ बर्तन माँजने का काम करती थी, वे दोनों सुबह आठ से रात आठ बजे तक 'आइचा ठिकाना' में ठिकाने लगाए जाते। बाकी बच्चे उनसे दूरी बनाए रखते, पर मैं खुद को उनके बेहद करीब पाता, बाकी बच्चे जब अपने बैग से निकालकर फ्रूटी या कोल्ड-ड्रिंक पीते तब वे दोनों भाई-बहन अपने अभावों के आँसू पीते। अकसर ही आई से बिना बात झिड़कियाँ खाकर पेट भरते। मैं 'आई' से छिपाकर बिस्किट और कभी-कभी अपने टिफिन से पराँठा निकालकर भी दे देता, लड़की झपटकर पराँठा खाने लगती, तो मैं बरबस ही मुस्कुरा पड़ता। मेरा और इनका दर्द मुझे एक-सा लगता। वे दोनों जब स्कूल जाते तो मैं उदास हो जाता। उन्हें दूसरे कमरे में बिठा दिया गया। 'आई' ने खड़े-खड़े ही रोटी प्लेट में उछालकर दे दी, जैसे कुत्ते को दूर से फेंककर देते हैं रोटी। वे दोनों करेले की सूखी सब्जी के साथ रोटी खूब चाव से चबा रहे थे जबकि मुझे करेला देखकर उबकाई आ रही थी। वो दोनों बच्चे खाने के बाद अपने जूठे बर्तन बाथरूम में धोते जबकि बाकी बच्चे रसोई की सिंक में धोकर पोंछते फिर ट्रॉली में भी जमाते। पर उन दोनों मरियल-से बच्चों के लिए रसोई में जाने की मनाही थी। खाने के बाद कतार में छोटे बच्चे खड़े हो जाते, 'आई' बारी-बारी से सबकी कंघी करतीं पर उन दोनों को इशारा करतीं तो बहन छोटी-सी कंघी अपने बैग से निकालती और अपने भाई के और खुद के बालों में नन्हे-नन्हे हाथों से देर तक कंघी फिराती रहती।

उस रोज मेरा 'आई' के पोते से जमकर झगड़ा हुआ। मेरे दाँतों से खून बहने लगा था। 'आई' ने हमेशा की तरह उसकी तरफदारी की। मेरे मुँह में बर्फ का टुकड़ा रखा, रुई से खून पोंछ दिया। खून बहना बन्द हो गया लेकिन मेरे भीतर दर्द का हिमालय बहता रहा था कई दिन तक। उस रोज मैंने अपनी माँ से बातचीत नहीं की, अपने दिल में दर्द का काँटा लिये खुद को बिंधवाता रहा। अगर मैं उन्हें

बताता तो वे अधबीच से कोई और बात शुरू कर देतीं—यह कहते हुए—'क्या करूँ बच्चे, मेरे रोज के 4 घंटे लोकल ट्रेन में बीतते हैं, फ्लोरा फाउंटेन के लिए न तो जल्दी टैक्सी मिलती है, न ही बस में खड़े होने की जगह। दफ्तर में स्टाफ कम होता जा रहा है और काम बढ़ता जा रहा है वगैरह।' उनकी ये बातें भी मुझे उनके लम्बे सफर की तरह बोझिल लगने लगी थीं।

"देबू, देबू, मेरे पैर में कस के दुपट्टा बाँध।" कई बार वह रात में दर्द से कराहतीं भी। नींद की तेज खुमारी में मैं उठता और हाथ में दुपट्टा पकड़े ही सो जाता। हर इनसान अकेले जीने को अभिशप्त है, हम सबके भीतर निर्जन वन है जहाँ हम प्रेम की नदी तलाश रहे हैं। इसी तरह की अस्फुट बुदबुदाहट अर्ध-निद्रा में मुझे सुनाई देती। सुबह उठते ही मैं माँ से पूछता, "रात में आप रोई थीं?"

"नहीं, आँखों में अब सिर्फ रेत है, पानी सूख गया है।"

"माने?"

"माने अब जिन्दगी सिर्फ रेगिस्तान है। कहीं तेरे लिए भी मैं रेत का घरौंदा तो नहीं बना रही हूँ? जब तू एक बरस का था तभी तेरे पापा अब्रॉड शिफ्ट हो गए, कहते हैं—जवानी में काम करके नाम-पैसा कमा लूँ तो बुढ़ापे की लाठी मजबूत रहेगी। लेकिन उन्हें कैसे समझाऊँ जिम्मेदारियों, झंझावातों और कड़वाहटों के नीचे दब-कुचलकर मैं फूल से अभी ही ठूँठ में तब्दील हो गई हूँ। मेरे भीतर अब सिर्फ घना जंगल है और मैं इसी सघन वन में गुम रहना चाहती हूँ। तू न होता तो शायद इस सूखे वन से कभी बाहर ही न आती।"

मैं भी उनकी भारी-भरकम बातें सुन-सुनकर समय से पहले ही बौद्धिकता के भँवर जाल में फँस गया था, मासूमियत की ओस समझदारी की धूप में सूख गई थी।

"आप पापा से बात क्यों नहीं करतीं, वह लौट आएँ?"

"नदी समन्दर में विलीन होकर समन्दर जैसी खारी हो जाती है, उसका अस्तित्व समाप्त हो जाता है, मैं समन्दर नहीं नदी ही बनी रहना चाहती हूँ, जो अपनी गति से चलती रहे। न उन्हें लौटना है न हमें वहाँ जाना है, न इस नदी को समन्दर में विलीन होना है। वैसे भी समय का पहिया बहुत सारी संवेदनाएँ कुचल डालता है, अब तो लम्बा सफर तकरीबन पूरा हो चुका है।"

"लेकिन माँ! मेरे तो अधूरे सफर पर ही विराम लग गया है। आपने तो मुझे मझधार में ही छोड़ दिया, वह भी तब जब कि मैं आपकी उम्मीदों पर खरा उतर रहा था, हालाँकि आपने मुझे नहीं सिखाया। फिर भी मैं बुलंदियों और कामयाबियों के पहाड़ चढ़ता रहा। आपकी ममता, आपकी विकल फिक्र को मैं स्पीड ब्रेकर मानता रहा। मुझे क्या पता था सफलता के पहाड़ के उस पार गहरी धुंध है। अब बहुत कुछ है मेरे पास, लेकिन माँ नहीं है। अपनेपन के बोल नहीं हैं, तब बेबी सिटिंग की भीड़ और कोलाहल से जी घबराता था, जी चाहता था एकान्त में बैठा रहूँ, अब एकान्त से जी घबराता है, मन करता है भीड़ भरे रास्ते में दौड़ते हुए आवाजों के बाजारों में गुम हो जाऊँ।"

"पता नहीं क्या हुआ था मुझे उस रोज। जब जा रहा था सात समन्दर पार। कैसे कह गया, किसके लिए न जाऊँ मैं। आपकी खातिर, जिन्होंने मेरे बचपन का सुनहरा संसार लील लिया? और भी न जाने क्या-क्या..."

"भूल को बार-बार याद करके दिल छोटा करने से जीवन के रास्ते और कठिन हो जाते हैं।" कमरे में गूँजती यह आवाज मुझे कचोटने लगी, मैं चारों ओर दीवारों को छूकर देखने लगा, कहाँ से आ रही है यह आवाज? उस आवाज के पीछे-पीछे दौड़ता हुआ मैं फिर चौथी-पाँचवीं क्लास वाला देबू बन गया जिसकी आँखें 'आइचा ठिकाना' के दरवाजे के पार लिफ्ट पर चिपकी होती थीं, जहाँ से माँ के आने की आहट ऊपर चढ़ती थी, मैं स्कूल के बस्ते में दिन भर का अवसाद भरकर भागता था जहाँ से आती थी माँ की पदचाप।

अजीब बात है वक्त के समन्दर की उन सीपियों को हम नजरअन्दाज कर देते हैं जब वे साहिल पर होती हैं। लेकिन गहरे समन्दर को मथकर हम उन्हें पाना चाहते हैं। जब माँ को मेरी जरूरत थी तो मैं उपलब्धियों की जलराशि में गोते लगा रहा था और अब माँ जब नहीं हैं तो।

आँखों में भर आई बूँदों को उन्हीं दिनों की तरह पलकों से कसकर गिरा देता हूँ, कहीं भर्राई आँखों से माँ को देखने में देर न हो जाए, पर कहाँ। तब इन्तजार के बाद माँ का आना सुनिश्चित था, पर आज की प्रतीक्षा कभी खत्म नहीं होगी। मैं अपने कंप्यूटर के फोल्डर से अनगिनत तस्वीरें फोन में ट्रांसफर कर रहा हूँ। एक तस्वीर जिसमें माँ मुझे उँगली पकड़कर चला रही हैं, उसे स्क्रीन पर बड़ा करके

देखता हूँ। पर वह धुँधली होती जा रही है, आँखों की नदी में आँसुओं का सैलाब है। मन में काँटा-सा चुभ रहा है, टीस और ग्लानि को परे धकेल, फिर से अपनी माँ के आँचल में छुपकर चलना चाह रहा हूँ। जी चाह रहा कि उनके सीने से चिपट कर रोके बिलख-बिलख कर...अपनी साँसें उनके भीतर प्रत्यारोपित कर दूँ, उनका हाथ इस कदर कसकर पकड़ लूँ कि वे छुड़ा ही न पाएँ। माँ का आँचल दूर होता जा रहा है। माँ थीं तब भी बस यही मन करता था कि हर वक्त माँ के दुपट्टे का छोर पकड़कर उनके साथ-साथ चलूँ, वे होती थीं साथ...पर उनकी परेशानियाँ, व्यस्तताएँ मुझे उनसे जुदा कर देती थीं।

अब यादों की कड़ी धूप है जिसमें मैं खुद को तपा रहा हूँ, एक तरफ माँ के अरमान हैं जिनके रहते वो मुझे परदेस नहीं जाने देना चाहती थीं, दूसरी तरफ मेरा बसा-बसाया कामयाबी का मंजर। कमजोर होता मन भटक गया है यादों के बीहड़ जंगल में। मैं अपना कंप्यूटर शट-डाउन करता हूँ लेकिन मेरे मन का सिस्टम शट-डाउन नहीं होता। मैं कमरे का वो दरवाजा खोलता हूँ जो बरसों से बन्द पड़ा था। धूल से सने मेरे खिलौने, कुछ टूटे कुछ साबूत, कुछ किताबें, मेरी कुछ फटी-चिथड़ी नोटबुक हैं। नोटबुक में लिखे शब्दों को छूकर माँ ने मेरे एहसास को हरा किया होगा। कुछ जोड़ी कपड़े हैं जिन्हें पहन मेरा बचपन वक्त से पहले ही बड़ा हो गया था। एक छोटी अलमारी जिसके एक कोने में दो जोड़ी झबले रखे हुए थे जिनकी तह खुली थी और मानो जल्दबाजी में ऐसे ही रख उठे हों। शायद माँ ने उसे अपने अकेलेपन में हाथ में लेकर सहलाया होगा। उन झबलों में टटोला होगा अपना देबू। मेरी रेशमी यादों को सहलाया होगा, उन शब्दों में मुझे महसूस किया होगा शायद इन कपड़ों को अपने सीने से लगाया होगा बड़ी विकलता के पलों में।

उस कमरे में रखी एक-एक चीजों में मेरी कई-कई जिन्दगियाँ समाहित हैं। इन चीजों से न मैं अपनी आँखें फेर पा रहा हूँ, न मन की गलियों से बाहर आ पा रहा हूँ।

बगल वाली खिड़की खोलता हूँ जहाँ कबूतरों के परिवार ने घोंसला बना रखा है, दूसरी तरफ कौवा काँव-काँव रट रहा। झुँझलाकर उठता हूँ, खिड़की का पूरा दरवाजा खोल देता हूँ।

सामने वाली बिल्डिंग के कम्पाउंड में एक माँ अपने बच्चे का हाथ पकड़े लगभग दौड़ती हुई चल रही है। दौड़ते हुए उसका बच्चा अब गिरा कि तब। शायद उस माँ को भी बस पकड़ने की जल्दी होगी। वो बच्चा भी बेबी सिटिंग जाते वक्त सोच रहा होगा। काश कुछ ऐसा हो जाए कि सुबह के बाद दोपहर न आए, सीधे शाम ढल जाए उसका दिन इन्तजार में न गुजरे और उसे न जाना पड़े किसी 'आइचा ठिकाना' में।

# दहकते पलाश की छाँव में

बिजली के तार पर दो चिड़ियाँ झूला झूल रही हैं, शायद एक चिड़ा है और दूसरी चिड़ी। 'क्या कहेंगे लोग' इनकी जमात में इसकी फिक्र नहीं है।

"उसके भीतर जब तूफान उठेगा तब तू क्या करेगा, सोचा है? उसकी उम्र और तेरी उम्र में कितना फासला है। एक स्त्री की प्यास होती है।" दादी की इस बात के जवाब में मैं कुछ कहूँ कि माँ बोली थीं—"सदियों की परम्परा है पुरुष चाहे बूढ़ा बरगद ही क्यों न हो, पर स्त्री को कली ही रहना होता है।" कमाल है दोनों स्त्रियों के विचारों में इतना फर्क।

रजिस्ट्रेशन के लिए मैंने फॉर्म भरकर आगे बढ़ाया तो टेबल वाले आदमी ने मुझसे आँखें चौड़ी करते हुए कहा, "यह तो आपकी तस्वीर है।"

"जी मैं ही हूँ वह शख्स।"

फिर भी वह मुझे देखता रहा, "शादी किसकी...आपकी?"

"जी मेरी।"

उसने मेरे पेपर पर मोहर लगाई, दस्तखत किए और मुझे घूरते हुए बोला, "एक महीने के बाद की तारीख मिलेगी, सूचित कर दिया जाएगा।"

'सूखी टहनी में कभी फूल नहीं खिलते'। दादी की यह बात मेरे सामने समुद्र के किनारे रखे बड़े पत्थर की तरह ठहर गई है, पर क्या करूँ सब कुछ था तब लेकिन कुछ नहीं था। तरह-तरह के पेय पदार्थ से फ्रिज भरे होते थे, आरओ वॉटर की मशीन थी, मशीन ऑन करो, पाइप से पानी गिरना शुरू—गिलास भरो, पर पानी से प्यास नहीं बुझती थी, नदी होते हुए भी शहर में सूखा था। अपनी-अपनी

बिजली की सही व्यवस्था के बावजूद हर गली-मोहल्ले में कँटिया मारा जाता था। मेरे साथ होते हुए भी वह मेरे साथ नहीं थी, मैं थिएटर कर रहा था पर उसकी नजर में नहीं कर रहा था, मैं पेंटिंग कर रहा था पर उसकी नजर में मैं पेंटर नहीं था। एक ऑफिसर होते हुए भी मैं उसके लिए कुछ नहीं था।

शॉर्ट-कट वाले दौर में स्थायी कुछ भी नहीं होता। उसका पति 'मैं' था पर उसके चाहने वाले सोशल मीडिया पर इनबॉक्स में थे। उसकी चाहना थी—मैं हबीब तनवीर, पंडित सत्यदेव दुबे बन जाऊँ पर थिएटर का आकाश उसकी मुट्ठी में हो। चीजों से भरे घर में वह भूख से तड़पती थी, खूबसूरत आशियाने के बावजूद वह 'घर-घर' की पुकार लगाती थी। वह अपनी हर परेशानी, पशेमानी की दास्तां सोशल मीडिया पर बयाँ करती। फेसबुक से उसे दर्द की दव मिलती गई पर ये नहीं पता चल पाया कि घर वह दीवार है जो दुनिया की सबसे सुरक्षित छाँव है। मैं आजाद होना चाहता था लेकिन एक दरवाजा था जिस पर ताला लगा था, वहाँ लिखा था—

'जमाना क्या कहेगा, दो बेटियों का ब्याह कैसे होगा' अब जब शैला वो दरवाजा तोड़कर मुझे आजाद करना चाहती है, चाहती है कि मेरे फेफड़े में ताजा हवा भर दे और मैं सूखी टहनी से हरा पेड़ बन जाऊँ तो दादी मुझे सूखा बरगद कह रही है, जबकि मैं हरी दूब बनकर, ओस की बूँदों के साथ सूरज की रोशनी में चमकना चाहता हूँ, वक्त का जो दरिया सूख चुका है उसमें फिर से बारिश का पानी भरना चाहता हूँ, न जाने क्यों मेरे इस एहसास की पोटली हमेशा साथ चलती है कि मैं मरुस्थल हूँ और शैला ताजा बोगनवेलिया। इस अहसास को जितना परे धकेलता हूँ वो उतना ही मुझे अपने पाश में जकड़ लेता है।

दिखती भी वह बला की खूबसूरत है, लम्बे बालों वाली, तराशी हुई नाक। कभी-कभी सोचता हूँ कि मेरे लिए कहीं किसी मजबूरी के तहत तो वह नहीं बहाती प्यार की नदी। कहीं मैंने खुद उसे अपनी जिन्दगी का 'फिलर' तो नहीं बनाया। अगर उसे इस बात का एहसास होता तो वो मेरे इतने करीब क्यों आती...। जमाने भर को अँगूठा दिखाती हुई वो अपने हर निर्णय पर अडिग रहने वाली लड़की एक पल में मुझसे दूर हो सकती है पर फिर भी मेरे इतने करीब क्यों है। कई बार मैं बेमतलब ही फिक्रमंद होता हूँ।

उस रोज जब जॉगर्स पार्क में, शाम उतरकर फूलों से लाल रंग उधार लेकर सज रही थी, मैं और शैला तेज-तेज कदमों से पार्क के चक्कर लगा रहे थे कि अचानक सीनियर सिटिजन के ग्रुप से आती ठहाकों की तेज आवाज ने मेरे कानों में जोरदार चीरा लगाया, 'दीक्षित बाबू, आज तो बड़े स्लिम-ट्रिम दिख रहे हो। अरे ये कौन, तुम्हारी बेटी तुम्हारे साथ रहने को आ गई क्या? अच्छा, इसीलिए तुमने पार्क में आना बन्द कर दिया?' इनसान के तयशुदा पैमाने ने मेरी उम्र के ढलान का फिर एहसास कराया।

बुजुर्गों वाले उस ग्रुप से प्रदीप पांडेय आकर लगभग रास्ता रोकते हुए मेरे सामने खड़े हो गए, गोया उनसे मेरी बड़ी गहरी दोस्ती हो। जबकि मैं तो नपे-तुले शब्दों में ही उनसे बातचीत करता हूँ। झट उन्होंने मुझसे हाथ मिलाया और शैला की ओर तपाक से हाथ बढ़ा दिया। शैला हिकारत भरी निगाहें उन पर डालती हुई आगे बढ़ने लगी। मैंने अपना चश्मा उतारकर पसीना पोंछा और एक बार हथेली के पिछले हिस्से को देखा। कुहनी और कलाई के बीच कुछ झबरेदार रोएँ सफेद हुए हैं, ढीली हुई त्वचा पर अनगिनत रेखाएँ हथेली पर उभरी बेतरतीब नसें उम्र का तकाजा बयाँ कर रही हैं। झेंपती नजरें पैरों और जमीन को देखने लगीं जैसे नई-नवेली दुलहन की नजरें धरती को ही निहारती रहती हैं। कहीं मेरी भवें भी तो सफेद नहीं होने लगीं। आज घर जाकर आईने में अच्छे से खुद को निहारूँगा, बालों और मूँछों के साथ-साथ आई-ब्रोज भी कलर करने होंगे। आखिर कभी तो शैला का ध्यान इस ओर जाएगा फिर उसे कितनी शर्मिन्दगी होगी। आखिर उसका भी तो एक फ्रेंड-सर्कल है, भला वे क्या सोचेंगे। शैला ने मेरी इस मनोदशा को भाँपकर तुरन्त प्रसंग बदल दिया था।

मैं यादों के दरीचों में से ऐसे तमाम पट हटा देना चाहता हूँ, जहाँ बार-बार मुझे अपनी उम्र की ढलान और अपनी निष्क्रियता भरी नाकामयाबी का एहसास कराया जाता हो। कितनी फिल्मी हीरोइनें हैं। साठ-साठ बरस के बाद भी जिनकी उम्र का अन्दाजा नहीं लगाया जा सकता। खिड़की खोली तो कोहरा घर के भीतर भर आया, शायद मेरी उदासी को ढकने। पहाड़ों से उतरती हुई धुंध इस वक्त मेरे मन पर कब्जा किए हुए है। चाय का कप जैसे कहीं दूर चला गया और मैं चाय के प्याले को जितना नजदीक लाने की कोशिश कर रहा हूँ वो दूर होता जा रहा

है, कोहरे का कारवाँ बढ़ता जा रहा है। ठीक इसी तरह मेरी जिन्दगी से तमाम कामयाबी दूर होती गई।

"जिन्दगी में एक कागज का टुकड़ा कितना अहम होता है। इतने सालों से हम साथ रहकर भी नहीं थे साथ, लेकिन रजिस्ट्रेशन के एक कागज ने हम पर 'साथ-साथ' की मोहर लगा दी और हम एक जोड़े में तब्दील हो गए हैं।" दीवार पर पेंटिंग टाँगते हुए शैला ने कहा। मैंने पेंटिंग का अगला सिरा हाथ बढ़ाकर पकड़ते हुए झट से अपने उन विचारों का पट बन्द कर दिया जो अकसर मुझे शैला के सामने आते ही सालते हैं, उसके सामने आते ही मैं अपने भीतर उफनती नदी पर विराम लगा देता हूँ। अब तो काफी हद तक वो भी समझने लगी होगी कि एक शुगर का मरीज या तो वस्तु होगा या फकीर। वो मुहब्बत के पहाड़ तो चढ़ सकता है, लेकिन मुहब्बत का झरना नहीं बन सकता।

"केशव! तन्हाई एक विराट समुद्र है जिसमें लहरें तो हैं लेकिन पानी नहीं। सूखी रेत है तन्हाई। मेरी जिन्दगी भी लहरों की तरह पल-पल टूटती रही। तुमसे विलग होने की कोशिश करती तो तुम कँटीले सफर पर दरख्त की छाँव-से नजर आते। कभी खयाल आता कि मैं कोई अमूर्त वस्तु बनकर तुम्हारे कमरे में छम से कूद जाऊँ, हवाओं में घुले धूल-कण बनकर, नियम और वर्जिश की दीवारें लाँघकर तुम्हारे पास रहने आ जाऊँ।" बोलते हुए उसकी आँखों में भी ज्वार-सा आ गया। उसकी हथेली को अपने हाथ से ढकते हुए मैं खामोश था, पर लगा कि मैंने बहुत कुछ बोल दिया है।

"तुम्हारे पास एक पीली साड़ी है न? तुम पर बहुत फबती है। कल से वसन्त ऋतु शुरू हो रही है।" कहते-कहते अचानक मैं अपने शब्द लौटाने के लिए खुद से जूझने लगा। कहीं उसकी इच्छाओं और रूमानियत के जुगनू न चमकने लगें, पर मेरा यह वाक्य शैला के कानों में जगह पा चुका था। उसने मुझे कुछ अजीब-से अन्दाज में देखा। उसकी आँखों में कुछ रूमानी ख्वाब उतरे पर उसकी पलकों ने उन्हें ढक दिया। मेरे दिल की धड़कनें टेक-ऑफ करते विमान-जैसे तेज शोर में बदल गईं। हर रात के बीत जाने का मैं इन्तजार करता हूँ। इस डर से कि कहीं उसकी उम्मीदें न जग जाएँ। मैं उसके मन में अपना मन प्रत्यारोपित कर जानना चाहता हूँ कि उसके मन में इस वक्त क्या चल रहा है। अचानक वो अपने खंजन नयन से

मुझे देखती है, "केशव, थिएटर के दिनों में मेघदूत के एक संवाद के चक्कर में मैं पूरा मेघदूत एक रात में पढ़ गई थी। वह संवाद मुझे आज भी याद है, सुनोगे?"

"हम्म।"

"जब सावन पास आ गया तब निज प्रिया के प्राणों को सहारा देने की इच्छा से उसने मेघ द्वारा अपना कुशल सन्देश में भेजना चाहा। फिर टटके खिले कुटज के फूलों का अर्घ्य देकर उसने गद्गद हो प्रीति भरे वचनों से उसका स्वागत किया। स्त्री के विछोह में दग्ध यक्ष ने अपनी प्रिया को सन्देश भेजा, मेघदूत के माध्यम से। मेघदूत की यह पंक्तियाँ पढ़ते-पढ़ते मैं यक्ष की प्रिया बन गई थी और तुम यक्ष। मेरे भीतर की प्यासी नदी फूट पड़ी थी। उस जमाने में रूमानियत की निश्छलता को पाक बताते हुए कवि लेखक उदात्त बना देते थे, उन कवियों को पढ़ते हुए कभी अश्लीलता का अहसास नहीं हुआ। अन्त में यक्ष और प्रिया की प्यास अधूरी ही रह गई। मैं ये प्रसंग पढ़ते हुए, उस रोज निराशा के पेड़ पर जा बैठी थी। शायद वसन्त को फूलों का उत्सव इसीलिए कहा जाता है। वसन्त में सचमुच मन की दशा और दिशा अलौकिक होती है।"

'उसकी इच्छाओं की लहरों को तू रेत बना देगा'—दादी का अनुभवी वाक्य ठीक इसी वक्त दीवार पर जैसे आईना चमकने लगा। दादी भी न, तालाब में कमल खिलने को होगा कि बस ठीक उसी वक्त आकर काँटों भरे जाल से तालाब का पूरा पानी ही ढक देंगी। मेरे निजी और नाजुक विचारों के बीच वे ऐसे आ धमकती हैं, जैसे सुन्दर बर्फीली नदी के बीच काईदार पत्थर आ धमके, पर उन्हें क्या बताऊँ बड़ी कम्पनियों ने हर मर्ज की दवा ईजाद कर ली है।

जीवन का लम्बा समय बीत गया, दुख के कुएँ में। इस प्रतीक्षा में कि अब सब ठीक हो जाएगा। नौजवान से सठियाने की उम्र तक पहुँच गया, पर भटकाव के सिवा कुछ हासिल नहीं हुआ, हर जगमग उजाले की प्यास के बदले गहन अँधेरा ही मिला। दादी के दर्शन को समझकर आत्मसात् करने की कोशिश कर रहा था कि बेटी काव्या का फोन आ गया जो अब मेरी होकर भी नहीं रही। वह पूर्व पत्नी के हिस्से में गई, गई क्या, ले जाई गई। उसके मन के पिटारे को मेरी अक्षमता के पानी से लबालब भर दिया गया।

'पापा, मुझे पिकनिक जाने के लिए कुछ पैसे चाहिए, मम्मी नहीं देंगी, आप

ऑनलाइन ट्रांसफर कर दीजिए।' मैं कोई सवाल पूछता, इससे पहले फोन डिस्कनेक्ट हो चुका था। ठीक इसी तरह उसकी माँ यानी माही भी तो करती थी। थियेटर से जुड़ी जरूरी बातें करके फोन काट देती। फिर हाथ पसीने से गीला था, मन नमीदार जगह बन गया था, एक ऐसी तलहटी बन गया जिसमें कोई सँकरी-सी नदी बहती रहती है। वह नदी अचानक दुख के सैलाब में बदल जाती है। काव्या ने आज मुझसे कुछ भी नहीं पूछा। यह भी नहीं कि मैंने दवाई खाई कि नहीं।

फोन जेब में रखकर चलते-चलते मैं गली के मुहाने तक पहुँच गया। आसमान में उगा हुआ शुक्र तारा और चन्द्रमा मेरे साथ-साथ चलते रहे। हवा में घुली नमी हाथ-पाँव को सर्द किए डाल रही है।

"हैलो! कौन?"

"माही मैडम दिल्ली वाली जमीन अपने नाम कराना चाहती हैं, आखिर तीन लोगों का गुजारा वे चला रही हैं, अपना और दो बच्चियों का।"

"आप हैं कौन?"

"पेशे से वकील हूँ। वैसे आजकल पत्नी से तलाक के मामले में गुजारे-भत्ते की शर्त लागू होती है, आपने तो वह भी नहीं किया।"

"मेरी पत्नी की वकालत करने को किसने कहा आपको?"

"जी, अब वह आपकी पत्नी नहीं रहीं, चाहें तो आप उन्हें दोस्त कह सकते हैं। जानकारी के लिए बता दूँ कि जमीन के सारे कागजात तैयार करने के लिए और प्रॉपर्टी के बँटवारे के लिए उन्होंने मुझे अपना वकील नियुक्त किया है।"

मन के भीतर की तलहटी में बहती नदी अब आँखों से बहने लगी, नदी नहीं बल्कि समन्दर गली में भर गया, मैं लहरों से मुकाबला करने लगा। लहरें मेरे सिर के ऊपर से पार होने लगीं, धीरे-धीरे मैं खुद ही समन्दर बन गया। समन्दर बनते ही लहरों में तब्दील हो गया और फिर मैं शून्य हो गया। कुछ मूर्च्छित-सा, फिर होश नहीं कि क्या बना मैं। अब एक-एक कतरा पानी यानी ग्लूकोज सलाइन के जरिये मेरी रगों में पहुँच रहा है। पानी और नमक की मात्रा बदन में ज्यादा हो जाए तो अस्पताल की ही शरण लेनी पड़ती है। दिन-रात मेरे मन और तन में नमी बनी रहने के बावजूद मेरे भीतर पानी की कमी हो गई है, नर्स ने सन्देश दिया, "आपकी दो बीवियाँ हैं न? दोनों को सन्देश पहुँच गया है, आती ही होंगी।" कहते हुए उसने

मेरी हथेली पर दवा रखकर पानी वाला गिलास पकड़ा दिया। देखा भी नहीं मैंने दवा खाई कि नहीं खाई।

उस रोज अस्पताल में मैं जब लाया गया था तो मेरा ब्लड प्रेशर शूट कर रहा था। मेरी हृदय गति की जाँच हुई, पर हार्ट-अटैक का खतरा टल गया था। काव्या, जो मेरी बेटी है, जिसने थोड़ी देर पहले फोन पर पैसे की मोटी रकम की माँग की थी, वह नहीं आई। शायद उसे मुझसे नहीं बल्कि पैसों से सरोकार रहा है। राजी, बड़ी बेटी जरूर आई पर यंत्रवत् हालचाल पूछकर चली गई। अब मेरे साथ सिर्फ शैला थी, जो लगातार मेरे पीने पर नसीहत की घुट्टी पिला रही है।

"मुझे हॉस्पिटल से घर ले चलो न, डर लगता है, कहीं तुम भी छोड़कर चली गईं तो मैं यहाँ अकेला किसके भरोसे रहूँगा।"

शैला ने अपनी नरम हथेली मेरे माथे पर रख दी। उसके भीतर फिक्र का धुआँ उठ रहा था—"तुम्हारे भरोसे और एहसास के बीच जो खाली जगह है उसी में मैंने तुम्हारे अतीत से इतर, मिट्टी और खाद-पानी डालकर बे-शर्त, निष्कपट प्रेम का पौधा रोप दिया है, इतनी आसानी से इसे रौंदना या छोड़ना मुमकिन नहीं है।"

"क्या इनमें हरे पत्ते और फूल भी आएँगे?"

उसने एक गहरी साँस ली, उसके भीतर का सारा धुआँ दीवार पर जाकर चिपकने लगा। बी.पी. इतना बढ़ गया था मुझे इन्फॉर्म तो करना था।

"क्योंकि तुम मुझे जबरन डॉक्टर की शरण में ले आतीं, तुम्हें तो पता है डॉक्टर से मेरा तीन और छह का आँकड़ा रहता है।" यह सब कहते हुए अँधेरे में बिखरे विषाद के महीन तारों से मैं लिपटा जा रहा हूँ और शैला इन तारों में रेशमी धागा लपेटने की कोशिश कर रही है। जितना वह रेशमी धागे में मुझे उलझाती है मैं उतना ही स्याह दिनों के लिबास में उलझता चला जाता हूँ।

अतीत हर वक्त मेरी आँखों में अंजन की तरह मौजूद रहता है। उन दिनों रात के तकरीबन दो बजे जब खुद को नशे में पूरी तरह डुबोकर किसी तरह नींद की पालकी में झूल रहा होता, तो कॉल बेल बजती, 'सिर्फ सोना-खाना, दफ्तर चले जाना, टेबल पर बैठकर फाइलें साइन करके यह समझना कि बहुत काम कर लिया।

यह कोई जीवन नहीं है, इमारत की ऊँची मंजिल तक पहुँचने के लिए जरूरी है लिफ्ट या सीढ़ी, सबसे ज्यादा जरूरी है एंबीशन।' इस आवाज़ के तमाचे से मेरी नींद मीलों दूर चली जाती। टीस फटी-पुरानी चादर हो या यादों के पन्नों में बन्द पहले प्रेम का सूखा गुलाब, उसकी खुशबू नहीं जाती। शैला तकिए पर सिर रखे जागती आँखों में नींद और सपने से खेल रही है। मैं उसकी तपती धरती पर फूलों की बारिश करना चाहता हूँ लेकिन कहाँ, यादों के सूखे गुलाब लिये बासी वक्त की क्यारियों में टहलने लगा हूँ।

'सर आपकी बेटी की शादी हो गई आपने पार्टी नहीं दी।'

'यह कागजात मेरी शादी के हैं।'

'क्या?' अंजनी कुमार का मुँह खुला रह गया। 'रिटायरमेंट और शादी के पेपर की फाइल एक साथ तैयार होगी?' खिस्स से हँसता हुआ अंजनी कुमार भावना तिवारी और सुलभा की खुसुर-फुसुर में शामिल हो गया। इन बातों ने मेरे भीतर बड़ा शून्य पैदा कर दिया। नई जिन्दगी की शुरुआत तो हो गई लेकिन वक्त अड़ियल बैल-सा ठहर गया। जमाने भर में सवालों की सुनामी है, कहाँ-कहाँ से अपना मुँह छुपाऊँ, प्यार के नए अंकुर फूटने के लिए नमी और खाद-पानी चाहिए। मैं अपने भीतर कहाँ से पैदा करूँ। शैला का साथ जिन्दगी में बरसाती मौसम की तरह सुकून तो लाया लेकिन लोगों की तंजिया निगाहों की धूल भरी आँधी के थपेड़े से बचने के लिए मैं हर वक्त पनाह ढूँढ़ता रहता हूँ। शैला हर वक्त जज्बात की नमी ओढ़े सपनों के आसमान में सैर करती रहती है। जब-जब उसके सपने परवाज भरते हैं, मेरे भीतर के सूखे बरगद की दो-चार टहनियाँ हरहराकर गिर पड़ती हैं। कभी-कभी तो मैं शैला के स्पर्श मात्र से सूखे पीपल की तरह काँप जाता हूँ, कहीं उसकी रूमानियत के पलाश दहकने न लगें। एक जमाने में मैं फिल्मी हीरो-सा था। फिरोज खान। डील-डौल से लोग रश्क करते थे, लड़कियों की निगाहें मुझ पर ठहर जातीं, पर लाल परी की लत ने मुझे लौकी का सूखा झाँवाँ बना दिया। बचपन में जिससे माँ और चाची पैर की फटी एड़ियाँ साफ करती थीं।

हाथ में चाय का प्याला पकड़ता हूँ, तो कप में चाय कत्थक करने लगती है। जितना ही हाथ को काँपने से बरजता हूँ, सन्तुलन उतना ज्यादा बिगड़ता जाता है। उम्र के ढलान पर तन जर्जर हो पर मन में हमेशा सावन बना रहता है।

"तुम सोते नहीं हो इसलिए बार-बार बीमार पड़ते हो।" बुदबुदाते हुए उसने अपनी बाँहें मेरे गले में डाल दीं।

"मैं बीमार रहता हूँ इसलिए नहीं सोता हूँ।"

"तुम खुद के साथ ज्यादती करते हो, दवाइयों का पूरा डोज न लेने पर बीमारी रिपीट होती है और फिर अगली बार दवा बेअसर हो जाती है।"

"शिलाजीत, फीफॉल, ये दवाइयाँ नहीं बल्कि टॉनिक हैं।"

"टॉनिक से ही इम्यून सिस्टम मजबूत होता है। तुम्हारे अवसाद की घाटी में अनगिनत काँटों भरे दरख्त हैं, न जाने क्यों तुम अतीत की इन पथरीली वादियों से निकलना ही नहीं चाहते, अतीत के कुएँ को आज के लम्हों से ढक दो। बीता वक्त चंचल झरना है, कभी लौटता नहीं।" कहते हुए उसने अपने नरम हाथ मेरे गालों पर रख दिए, उसकी हथेली पर नमक चिपका है, पर नींद ने उसकी पलकें बन्द कर दीं।

मेरी जागती आँखें यादों की तलहटी में रात भर विकल होकर भटकती रहीं और रात भर व्यतीत के लम्हों के कतरे बूँद-बूँद झरते रहे। आँखों की नमकीन बारिश से अपने जख्मों को रात भर से सहलाता रहा। सुबह बादलों से भरा आसमान भूरी चादर ओढ़े पेड़ों पर उतर रहा है। गुड़हल के फूल की लाली और निखर आई है, गुलमोहर, अमलतास बूँदों की चोट खा-खाकर जमीन पर धराशायी हो रहे हैं, सामने पोखर में पानी के बुलबुले फूलों की तरह इधर-उधर बिखर-बिखर कर नाच रहे हैं। मेरे भीतर प्यार की रेत से उठती सोंधी गन्ध मुझे विकल कर रही है, नीली साड़ी में शैला का रूप और निखर आया है। वो तैयार होकर जाने की हड़बड़ी में है।

"ऑनलाइन सामान बुक किए हैं आज डिलिवरी है, डोर बेल बन्द करके मत सोना।" कहते हुए शैला सैंडल की पट्टी बाँधने लगी।

"शाम की डिलिवरी का फोन कर दो।"

"कौन करेगा पेमेंट?"

"पेमेंट किया है, अब तुम्हें भी ऑनलाइन शॉपिंग सीख लेनी चाहिए, पहले तुम्हारी दफ्तर की तमाम व्यस्तताएँ थीं, अब रिटायरमेंट के बाद खुद को खाली रखोगे, तो तुम्हारा दुख तुम पर हावी होगा।"

"साइन करते हुए मेरे हाथ काँपते हैं, तुम्हें पता है न मेरी विवशता?" शैला की पलकें ऊपर उठीं फिर झपकीं, उसके दिल की बात आँखों तक नहीं पहुँची,

उसने कहा कुछ नहीं पर जैसे बहुत कुछ कह गई, हड़बड़ाई-सी वो बिना कुछ कहे दरवाजे से बाहर हो गई।

काश मैं उसके मन के भीतर दाखिल होकर जान पाता कि उसने अभी-अभी क्या सोचा है, क्या उसे मेरी बात से खीज हुई होगी। फिर शादी क्यों की, जब इतने असमर्थ हो। क्या वो अकेले में अफसोस करती होगी कि मैं पहले जैसा फलदार वृक्ष नहीं रहा। क्या किसी रात उसकी उम्मीद टीस में बदलती होगी कि वो सम्पूर्ण स्त्री बन जाए। हर रोज दवा का पत्ता थमाते हुए और इन्सुलिन देते हुए उसे कोफ्त नहीं होती होगी? क्या वह माही की तरह मुझसे कुछ व्यावसायिक शर्तें भी रखेगी या फिर बिना किसी शर्त यूँ ही जीवन-भर मुहब्बत का छतनार दरख्त बनी रहेगी? या उसकी विकलता उसे कहीं मुझसे दूर न कर दे।

'शैला और मेरा साथ कितने दिन का होगा?' एक और दस्तक मेरे दिल के दरवाजे पर हुई। उस रोज कैफे में खामोश बैठे एक जोड़े के चेहरे पढ़ते हुए उसने कहा था।

'जिन्दगी में एकरसता तोड़ना बहुत जरूरी है। क्या मैं भी उसकी जिन्दगी को एकरस नहीं बल्कि रसहीन बना रहा हूँ!'

शैला खिलती हुई कचनार है और मैं सूखी टहनी। क्या उसके मन की नदी में इस तरह का एहसास गोते लगाता होगा? काश! जान पाता कि वह मेरे लिए क्या सोचती होगी काश वक्त समन्दर होता और मैं प्यार की कश्ती चलाता रहता, पंछी होता तो उड़कर बाँध लेता मन के तार को। कहाँ गया वह वक्त, जहाँ इन्तजार भी मुस्कुराता था, पर मेरे हिस्से में तो सिर्फ इन्तजार का महासागर है। मैं माही और अपनी दोनों बेटियों का इन्तजार करता रहा और अब शैला का इन्तजार करता हूँ, एक दिन कहीं वह भी तो मुझे छोड़कर न चली जाए और मैं निर्जन कश्ती में अकेला रह जाऊँ। जितना ही मैं अतीत पर परदा डालना चाहता हूँ उतना ही स्मृतियों के जंगल में भटक जाता हूँ। वहाँ बाँस की मानूस दरख्तों में मैं दहकते पलाश की छाँव तलाशता हूँ।

मेरी उदासी के कोहरे से दीवारें नम होने लगीं। मेरा घर, मेरा मन ऊँचे पथरीले पहाड़ का शिखर बन गया जहाँ सिर्फ फौज का सुरक्षाकर्मी दीवार की तरह खड़ा अपनी ड्यूटी निभाता रहता है। मैं फफक पड़ा, मेरे रोने की आवाज सिर्फ मैं या घर

की दीवारें सुन रही हैं। तभी दो-तीन बार लगातार डोर बेल बजी। दरवाजा खोला तो मेरी भीगी झिलमिल आँखें अचरज से भर गईं।

"तुम्हारे इस तरह डिप्रेस होने का अन्दाजा मुझे लग गया था। तुम्हारे रस्ते से गुजरकर, मंजिल पाने के लिए कोई दूसरा जीना नहीं इस्तेमाल करूँगी। मैं माही नहीं हूँ, मैं शैला हूँ। मुझे पता है तुम क्या सोच रहे थे। मेरे मन में तुम झाँककर देखो, काश मैं दिखा सकती अपने दिल की गहराइयों को, जहाँ एक नदी है वो सिर्फ तुम्हारे नाम से बहती है, जिसमें प्यार की कश्ती है और तुम्हारी ही फिक्र की पतवार है।"

# अधजगी आँखों की गुफ्तगू

पहाड़ी के ढलान से लगे तालाब में खिले कमल को देखकर रीना की आँखें गुलदान में रखे फूल की तरह खिल रही थीं। गालों पर धूप ऐसे चमक रही थी जैसे दूध में गुलाब की पंखुड़ियाँ पीसकर मिला दी गई हों।

रीना की बचपन की सारी ख्वाहिशें पूरी हो रही हैं। उसके मासूम सपनों की छोटी-सी धरती पर सजा-सँवरा घर हो, घर के सामने छोटा-सा बगीचा हो, बगीचे में फुलवारी हो, फुलवारी के सामने नीम के पेड़ पर झूला टँगा हो, बरामदा हो, एक हिंडोला—जिस पर बैठ जँगले पर टँगे मिट्ठू से वो बतियाए, संग में कहानी की कोई किताब पढ़ते हुए बैकग्राउंड में उसकी पसन्द का कोई गाना बजता रहे।

जब रीना की शादी तय हुई तो उसके मन में ख्वाबों के फूल खिले, चम्पा-चमेली की महक से सराबोर उसका मन आकाश में उड़ चला। शहर का मीना बाजार उसकी ख्वाहिशों से भर गया। तमाम तरह की शॉपिंग के साथ-साथ सदर बाजार के सलीम भाई की दुकान पर कैसेट में अपनी पसन्द के गाने भरवाने के लिए खुद गई, 40 गानों की लिस्ट लेकर। सलीम भाई की दुकान में किनारे की ओर दो बड़े-बड़े स्पीकर रखे होते थे, जिनमें तेज आवाज में गाने बज रहे होते थे। गानों के कुछ आशिक तेज आवाज में बजते गाने सुनने के लिए वहीं गली में दुकान के सामने खड़े हो जाते। सलीम भाई की दुकान में उस रोज रीना की पसन्द के सारे गाने नहीं मिल पाए। फिर अगले दिन रीना दोबारा गई, फिर तिबारा गई, उसने सलीम भाई की जान आफत में डाल दी, पर आखिरकार अपनी पसन्द के 40 गाने कई कैसेट्स में भरवाकर ले आई।

रीना की आँखों में ऐसे ही छोटे-छोटे सपने पलते थे। उसकी सपनीली आँखों

में एक सपना और था कि इन सबके साथ-साथ वह कोई पार्ट-टाइम जॉब भी करे लेकिन कुँवर विजेंद्र सिंह के लिए हेठी की बात थी कि एक रजवाड़े खानदान की बहू कहीं नौकरी-चाकरी करे। रीना के मन के भीतर के कई दरवाजों के पार, रेशमी सपने का ये एक छोटा अंकुर फूटा था। लेकिन वह अंकुर कुँवर साहब की मोहब्बत और उनके शानो-शौकत के महल में कहीं दब-कुचल गया। कुँवर विजेंद्र सिंह का अच्छा-खासा कारोबार था। उनकी कम्पनी का बिल्डिंग-मटेरियल कई राज्यों को सप्लाई किया जाता। अपने ही पट्टीदार की पार्टनरशिप में उनका बिजनेस खूब फल-फूल रहा था। कारोबार को आगे बढ़ाने के लिए वो एड़ी-चोटी का जोर लगा रहे थे।

अपने कर्तव्य निभाने के लिए कुँवर साहब आग का दरिया पार कर पहाड़ी जंगलों में भी रास्ता बना लेते। अपनी ईमानदारी, कर्मठता और नेकदिली के लिए वह पूरे जिले में मशहूर थे।

कारोबार के धागे से राजनीति और पुलिस महकमे को बाँधकर रखा जाए तो कारोबार फलता-फूलता है, जिन्दगी की मुश्किलें भी कम हो जाती हैं और फायदे की इमारत मजबूत हो जाती है। बचन्नू दादा से पाए इस तरह के व्यावहारिक ज्ञान से कुँवर साहेब ने खुद को समृद्ध कर लिया था। मंत्री-पार्षद, सांसद-विधायक और आला दर्जे के पुलिस अफसरों का उनके घर आना-जाना, उनकी मान-प्रतिष्ठा में चार चाँद लगाते, दोनों पक्षों में फायदे के फूल खूब खिलते। गाहे-बगाहे दोनों के ऊँट पहाड़ के नीचे आते। जब भी कभी सड़क या बड़े पुल का प्रोजेक्ट हाथ आता तो राजनेताओं-अफसरों के घर भी नए रंग-रोगन से सज उठते। जरूरत से ज्यादा मटेरियल तैयार होता, बिल्डिंग मटेरियल के साथ-साथ ज्यादा तादाद में पेंट की भी सप्लाई होती। इस मामले में ज्यादा योगदान बचन्नू दादा का होता, कुँवर साहब ऐसे मौकों पर बचन्नू दादा के आज्ञाकारी बालक बन जाते। अपने सामने हो रही हेरा-फेरी से आँखें मूँद लेते।

इतनी व्यस्तता के बावजूद कुँवर साहब अपनी नई-नवेली दुलहन के लिए खूब सारा वक्त निकाल लेते।

"चलो आज ऊँची वाली पहाड़ी के झरने के उस पार चलते हैं। गाड़ी इसी तरफ पार्क करेंगे और पानी के रास्ते से चलेंगे जंगल वाले झरने में।"

"झरने के पानी में डर लगता है, कभी भी बहाव तेज हो सकता है। मेरी सहेली का पूरा परिवार विंध्याचल वाले झरने में बह गया था।"

"इतने लम्बे हट्टे-कट्टे कुँवर विजेंद्र सिंह के रहते उनकी दुलहन डरे, इससे अपमानजनक बात भला क्या होगी।" कहते हुए कुँवर साहब रीना के लम्बे बालों को अपनी मुट्ठी में लपेटकर खेलने लगे। रीना परियों के रथ पर सवार होकर परिस्तान में पहुँच गई। झरने के पानी पर पक्षी तैरते हुए फड़फड़ाकर दूर निकल गए। रीना ने पानी में तैरती जलकुंभी की ऊपरी सतह पर हाथ रख पानी को जोर से हिलकोर दिया। आसमान का रंग सुर्ख हो गया। रीना का चेहरा फिर दूध के कप में पिसे गुलाब की तरह स्निग्ध हो गया। गाड़ी में कैसेट पर गाना बज रहा था—'आजा शाम होने आई मौसम ने ली अँगड़ाई...तू चल मैं आई।'

हिचकोले खाती गाड़ी में रीना ने हौले से कुँवर साहब के कंधे पर सिर टिका दिया, गोल-गोल चक्करदार पहाड़ों के बीच से जब गाड़ी ढलान पर पहुँची तो रीना को अचानक पसीना-सा आने लगा, उसका दिल जैसे बैठ गया, आँखों के आगे अँधेरा-सा छाने लगा, चक्कर खाकर अब गिरी कि तब।

"जरा आहिस्ता चलिए, अजीब-सी तबीयत हो रही है।"

ढालू रास्ते पर चाय की गुमटी पर कुँवर साहब ने गाड़ी रोक दी। रीना गाड़ी से बाहर आते ही दूर पेड़ों के झुरमुटों की ओर दौड़ी और उल्टी के बाद उसे राहत मिली। गाड़ी में वापस बैठने के बाद कुँवर साहब ने रीना को तिर्यक नजरों से देखा तो रीना के होंठों पर कई कमल खिल उठे।

पहाड़ी, चक्करदार ऊँचे-नीचे रास्ते और घाटियों में फूलों का बगीचा बिछ गया, रीना के लरजते होंठों ने इशारा कर दिया किसी नन्हे फूल के आमद का। कुँवर साहब को अचानक खयाल आया कि उन्हें सतना और खीरी बिल्डिंग मटेरियल और गिट्टियों की सप्लाई करनी है। वैसे तो दो दिन का टाइम है लेकिन बचन्नू दादा की पार्टनरशिप में काम है तो कई बार उनके हाथ की कठपुतली भी बनना पड़ता है। चूँकि कारोबार की नींव उन्होंने डाली है और ज्यादा पूँजी भी उन्होंने लगाई है तो एक कर्मचारी की तरह कुँवर साहब को वहाँ काम करना पड़ रहा था। कुँवर साहब उस दिन के सपनों के सूत कात रहे हैं जब उनका निजी और स्वतंत्र रूप से कारोबार होगा।

इधर अम्मा साहब की अलग समस्या कि उन्हें कुँवर विजेंद्र सिंह के इस काम से काफी शर्मिंदगी उठानी पड़ती है। उनका मानना था कि कुँवर साहब गाँव की गढ़ी का राज-पाट सँभालें और वे राजमाता कहलाएँ। चाचा के बेटों को राज-गद्दी मिली है लेकिन वे शराब और ऐयाशी में पूरी जमीन-जायदाद स्वाहा कर रहे हैं। बाप-दादा इतनी बड़ी वसीयत लिख गए हैं तो चाचा के बेटों को काम करने की भला क्या जरूरत। लेकिन हर पीढ़ी को याद रखना चाहिए कि 'हर दिन होत न एक समान'। अचल-सम्पत्ति का भी आखिरकार समापन होता है। जमाने के बदलाव के साथ गढ़ी के राजसी ठाट का पराभव भी शुरू हो चुका था।

रोज शाम शराब के नशे में धुत्त हो चाचा के बेटे गढ़ी की बड़ी बखरी की छत पर खड़े होकर गाली-गलौज कर राजपूताना शान को मिट्टी में मिलाते हैं, यह अम्मा साहब से बर्दाश्त नहीं होता। यही वजह है कि वह चाहती हैं कुँवर विजेंद्र शहर से गढ़ी लौटकर वहाँ की शानो-शौकत को रोशन करें। पर कुँवर साहब को शहर का पानी रास आ गया सो वे देहात की मिट्टी में खुद को नहीं खपाना चाहते। जिन्दगी में जब बहार आती है तो दिन के घंटे मिनटों में तब्दील हो जाते हैं। घड़ियों की अहमियत कम हो जाती है, वक्त का दरिया छोटा और पार करना आसान हो जाता है। रीना की जिन्दगी का वक्त भी कुँवर साहब के साथ धौल-धप्पा खेलता हुआ भागा जा रहा था।

"पापा घोड़ा बनो।" कुँवर साहब घोड़ा बन आरुषि को पूरे घर में घुमाते।

"पापा मुझे ढूँढ़ो।" पर्दे के पीछे छुपी हुई आरुषि बोलती तो काम पर जाना भूल कुँवर विजेंद्र आरुषि के पीछे-पीछे भागते रहते। कभी उसे झूले पर बिठाते, कभी कंधे पर तो कभी हवा में उछालकर कहते, "यह उड़ी आसमान में..." वापस अपनी हथेलियों पर खड़ा करते हुए अपनी कार में बिठाकर सैर कराते और फिर रीना के हाथ में थमाकर ऑफिस का रुख करते। तब तक बचन्नू दादा के घर से या ऑफिस से चार-पाँच बार फोन की घंटी बज चुकी होती।

"अगर कोई इनसान बैठे-बैठे यूँ ही खामोश हो जाए मने दुनिया से कूच कर जाए तो तुम्हें कैसा लगेगा?"

"यह कैसी बहकी हुई-सी बात है?"

"मान लो हम बात करते-करते मौन हो जाएँ तो तुम्हें डर लगेगा?"

"हाय दैया। मेरा सुहाग उजड़ जाएगा।" कहकर रोने की बजाय रीना ने निश्वास छोड़ा और बोली, "मैं आपको ताबूत में बन्द करके यहीं रखूँगी और आरुषि से कहूँगी, यह देखो तुम्हारे लौह-पुरुष कहलाने वाले पापा मोम बन गए हैं।"

दोनों के ठहाकों से आरुषि जाग गई। फिर क्या, आरुषि की किलकारी के सुर घर में बजने लगे। खाना खाते, नहाते, नाश्ता करते, कोई भी वक्त हो, बचन्नू दादा का फोन आ जाए कि बस कुँवर विजेंद्र नाश्ता अधूरा छोड़ भागते थे।

"बचन्नू दादा हमेशा हड़बड़ी में क्यों रहते हैं?"

"हड़बड़ी में नहीं, अपनी हर मुसीबत का ठीकरा मेरे माथे मढ़ना चाहते हैं। याद है रीना, उस रोज गिट्टियाँ उठाते हुए मशीन का गँड़ासा उस मजदूर के हाथ में लग गया था, अस्पताल लेकर भागा इस पर बचन्नू दादा का कहना था कि वह सांसद के चाचा के बेटे का साढ़ू है, सोच-समझकर अस्पताल ले जाना चाहिए था। किसी दिन मुसीबत में फँसोगे।"

"राजनीति की रोटी और इनसानियत की जंग हो तो इनसानियत को जिताना चाहिए, मैंने वही किया और फिर उसके बाद उसके केस में उन्होंने मुझे उलझा दिया।" रीना की आँखों में चिन्ता और बेबसी के बादल उतर आए थे।

उस रोज सुबह पौ फटने से पहले ही फोन की घंटी बजी, रीना बिस्तर में पड़े-पड़े ही कुनमुनाई, पर कुँवर विजेंद्र सिंह झपटकर चादर पैरों से दूर फेंक उठ बैठे, डबल बेड के कोने में चादर वो जा गिरी।

"गजब हो गया। ड्राइवर, क्लीनर और एक मजदूर तीनों मिलकर मटेरियल आज ही लेकर चल पड़े हैं सतना की ओर। बाबरी मस्जिद मामले का टेंशन है, भारत बन्द है। आगे चलकर सड़क पर गाड़ी रोक ली जाएगी। बैरिकेड्स लगे हुए हैं, वे लोग सामान सील कर देंगे। आगे भी हिंसा की खबर मिली है, ट्रकों की लम्बी कतार है। इन सालों को बहुत मना किया पर यह मान नहीं रहे हैं। जरा विजेंद्र, आप जाकर वहाँ देख लीजिए।" रिकॉर्डेड कैसेट की तरह उधर से फोन पर आवाज आई, ये आवाज बचन्नू दादा के घुटे हुए असिस्टेंट की थी।

"बचन्नू दादा से बात कराओ।"

"वह सो रहे हैं।"

"तो फिर किसकी परमिशन से ट्रक पर सामान लोड किया गया?"

"बचन्नू दादा ने मामला आपको सँभालने को कहा है।" जवाब में कुछ और पूछते या कहते फोन कट चुका था।

"नाश्ता करके जाइए, पार्टनरशिप में बिजनेस है, दोनों पक्षों की बराबर जिम्मेदारी है। क्या आपने ही ठेका ले रखा है? बचन्नू दादा को ऐसे में नींद कैसे आ सकती है?" तमतमाई हुई रीना रसोई में चली गई। फ्रिज से गुँथा हुआ आटा निकाला, फटाफट पराँठे सेंके। जल्दी-जल्दी हाथ में नाश्ते की प्लेट लिये रसोई से बाहर आई तो कुँवर साहब नदारद। आवाज देती हुई वो घर के लॉन तक आ गई, लम्बे-लम्बे डग भरते हुए कुँवर साहब कार की तरफ बढ़े चले जा रहे थे। रीना ने आवाज लगाई पर उसकी आवाज धूल उड़ाती हुई गाड़ी के हॉर्न में गुम हो गई थी। रीना कार के पीछे उड़ते धूल के गुबार को देर तक देखती रही।

'ये मर्द हमेशा अपनी ही मर्जी चलाते हैं, अगर यहाँ मैं ऐसा करती तो इसी बात पर महाभारत हो जाता कि तुम रिश्तों का मान-सम्मान नहीं करतीं। भले ही लड़कियाँ आसमान में उड़ रही हैं पर उनके पंख की डोर किसी न किसी पुरुष के ही हाथ में है। चाहे वो पिता हो, पति हो या भाई।'

'हालाँकि अपनी आजादी की डोर मैंने खुद ही कुँवर साहब को सौंप रखी है, उन्हीं की इच्छा-अनिच्छा पर ही घर की गतिविधियाँ नियंत्रित होती हैं। मैं तो इसी में अपनी खुशी और अपना सौभाग्य माने बैठी हूँ। तो फिर मैं कुँवर साहब से असन्तुष्ट क्यों हो रही हूँ।' सोचते हुए रीना बेमन से चैनल गेट बन्द करती है, देखती है कि मुँडेर पर दो गौरैया आपस में गुँथी हुई थीं। शायद इसमें एक नर था। दूर एक मैना खामोश और उदास बैठी थी।

शाम को रीना छत से कपड़े समेटकर अलमारी में रख रही थी, तभी तिपाई पर रखे फोन की घंटी बजी।

"पहले भी एक बार घंटी बजी रही, हम जब तलक उठावा, कट गवा रहा।" काम वाली बाई चाय का प्याला टेबल पर रखते हुए बोली।

'हेलो' कहने के बाद जो रीना ने सुना उसे न तो यकीन हुआ और न ही उसके शरीर में शक्ति रह गई कि वह सुनकर अपने आपको सँभाल सके, चक्कर खाई-सी औंधे मुँह बिस्तर पर गिर गई।

'ट्रक ड्राइवर से कुँवर साहब की भिड़ंत हो गई। एक्सीडेंट, खून, आखिरी

साँस।' बस कुछ इसी तरह के अस्फुट शब्द उसके कानों में गूँज रहे थे। इस वाक्य के बाद रीना को कुछ सुध न रही। उसने खुद को अस्पताल की बेंच पर बैठे पाया।

"भाभी साहब, दो दिन हो गए आपने कुछ खाया नहीं, यह लीजिए सैंडविच, थोड़ा सा कुतर लीजिए!" देवर साहब की आवाज से रीना चिहुँक गई, उसकी आँखों में सिलेटी बादल तैर रहे थे। उन बादलों के पीछे रीना को निर्जन वन दिखाई दे रहा था जहाँ निचाट धूप है, बाँस के पेड़ों की दर्दीली डरावनी आवाजें हैं।

डॉक्टर्स की टीम कुँवर साहब को बचाने के लिए एड़ी-चोटी का पसीना बहा रही थी, कुँवर साहब से उनके बिजनेस में तरह-तरह के फायदा लेने वाले बड़े मंत्रियों ने भी बड़ी मदद की। गाँव से टेम्पो में भर-भर के लोग आ गए उन्हें देखने। उनके अस्पताल से घर लौट आने की दुआओं और मन्नतों की बारिश-सी होने लगी।

मन्दिरों में जाकर अम्मा साहब ने महामृत्युंजय मंत्र का जाप करवाया, गाँव से आए घर-परिवार के लोग और अड़ोसी-पड़ोसी सबने ऊपर वाले का दरवाजा खटखटाया कि कुँवर साहब स्वस्थ हो जाएँ। दरअसल कुँवर साहब से जो मिले उनका दीवाना हो जाए। उन्हें ज्यादातर लोग कहते थे—'यह इनसान नहीं बल्कि फरिश्ता है।'

मंत्री-सांसद ने अपनी गाड़ियाँ भिजवा दीं, शहर के सबसे बड़े डॉक्टर को जिम्मा सौंप दिया उनके इलाज और उनकी जान बचाने का। लेकिन उनका एक्सीडेंट इतना भयानक था कि मामला सँभाले नहीं सँभल रहा था।

"क्या जरूरत थी शराबी ड्राइवर-क्लीनर से उलझने की।" बचन्नू दादा अम्मा साहब से संवेदना जताते हुए बोले। उनके इस वाक्य में खुद का बचाव भी शामिल था।

"भेजा ही क्यों उन्हें वहाँ? खुद भी जाया जा सकता था।" रीना की इस तल्ख बात से बचन्नू दादा का अहंकार बेसाख्ता चोटिल हो गया। अहंकार चोटिल होना ही था क्योंकि उनके रिश्तों का ओहदा बेहद ऊँचा था। वे रीना की ननद के शौहर यानी घर के दामाद जो ठहरे...और रीना इतने ऊँचे खानदान की बहू। सो उसकी आवाज ऊँची कैसे हो सकती है। आवाज तो क्या ऐसे खानदानी कुल में अपने विचार रखने की आजादी तक नहीं थी।

जिन्दगी की डोर कभी-कभी अपने हाथ में नहीं रहती। पतंग की तरह उसकी डोर इनसान से दूर भागती है। इनसान पुरजोर कोशिश करता है कि वह पतंग को

कटने से बचा ले, लेकिन नियति के क्रूर खेल के सामने हार जाता है। कुँवर साहब नियति से परास्त हो रहे थे। अपनी जिन्दगी से, अपनी तकलीफों से जूझ रहे थे, उनके सिर से रिसते खून को कोई डॉक्टर रोक नहीं पा रहा था। उनके गहरे जख्म पर सारी दवाएँ बेअसर हो रही थीं। उनकी आत्मा दर्द से निजात पाने को तड़प रही थी। उनका खानदानी दबदबा, सामाजिक प्रतिष्ठा, तेज, सब निस्तेज होता गया। समाज की सबसे ऊँची डाल पर बैठे मासूम पक्षी का क्रूर बहेलिये ने शिकार कर लिया।

कुँवर साहब अपनी ऊर्जा से अपने फेफड़े में साँस को जारी रखना चाह रहे थे। हर-एक धड़कन के लिए वे कतरा-कतरा जूझ रहे थे। उनका बेबस चेहरा देखा नहीं जा रहा था। उनकी आँखों की पुतलियों में जीने की लालसा और विकलता की बुझती लौ साफ-साफ दिखाई दे रही थी। घर वालों की आँखों में उम्मीद का नन्हा दिया टिमटिमा रहा था। कुँवर साहब ने बड़ी कोशिश और मशक्कत से अपनी बोझिल पलकों को उठाया, हाथ की तर्जनी उँगली से कुछ इशारा किया। रीना, जो पथराई-सी बैठी थी, चौंककर फुर्ती से उनके करीब गई, उनके भीतर की मूक आवाज को सुनने की कोशिश करने लगी। मम्मा साहब आसमान की ओर हाथ उठाकर देवी-देवता से मनौती मान रही थीं। आरुषि पापा-पापा करती हुई कुँवर साहब के हाथ में लगी सलाइन को छूकर जानना चाह रही थी कि आखिर यह सब क्या है। कुँवर साहब ने हथेलियों को उठाने की कोशिश की लेकिन उठा नहीं पाए। होंठ काँपे, कुछ कहने के लिए, पर आधे खुले ही रहे, कुछ कह पाने में असमर्थ रहे, होंठों पर मासूम-सी मुस्कान तिर आई, आँखें अनझिप रह गईं। अस्फुट स्वर में वे कुछ बोले और टूटे-फूटे शब्दों की लड़ियाँ जैसे हवा में घुलकर विलाप करने लगीं। यह आवाज उनकी आखिरी आवाज थी। यह शब्द कुँवर साहब के आखिरी शब्द थे। और उन्होंने आखिरी बार आरुषि की तोतली बोली सुनी, उसके पापा हवाओं में गूँजते रह गए। उनकी टूटती आवाज रीना की चीत्कार बन गई।

रीना के हृदय-विदारक विलाप की लय टूटने का नाम नहीं ले रही थी। उसके डरावने विलाप से आरुषि सिहर गई थी। उसकी खुशियों का महल जर्रा-जर्रा ढह गया। अभी-अभी तो तिनका-तिनका सिरज-सिरज उसने अपना आशियाना बनाया था, लेकिन वक्त की क्रूर बिजली ने उसकी जिन्दगी को ध्वस्त कर दिया। आरुषि के शब्द सुने बगैर ही कुँवर साहब कूच कर गए इस दुनिया से। हॉस्पिटल की

दीवारें जैसे चटक गईं, खिड़की से बाहर की तरफ जो हरे-भरे पेड़ थे, वे अचानक सूखकर मुरझा गए।

दुखों का पहाड़ अपने दिल में रख, पीड़ा की नदी आँखों में लिये आखिरकार रीना को...गढ़ी के घर में पनाह लेनी पड़ी, जहाँ थे तो सब अपने—सास, ननद, जेठानी, देवरानी—लेकिन हर अपना उस वक्त बेगाना था। आठ से दस घंटे नींद फरमाने वाली रीना की आँखों से नींद जैसे कोसों दूर चली गई थी। जागती आँखों से अँजोरिया रात में वो तारे गिनती, एक-एक तारे से उसकी जान-पहचान हो गई थी। एक दिन एक तारा उसकी आँखों में उतर आया था। पलकों में छुपकर बोला था। भोर के टूटते हुए तारे से कोई मुराद माँगें तो वो जरूर पूरी होती है। वह कोई मुराद माँगने के लिए आँखें मूँदती तो जैसे कोई सिरहाने खड़ा हो। आँगन की मुँडेर पर उल्लू आकर ऐसे बैठता जैसे कोई इनसान उकड़ूँ-मुकड़ूँ बैठा हो। जैसे रीना को घूरकर डरा रहा हो। दिन में नाच दिखाकर मन मोहने वाले मोर का जोड़ा रात को ऐसी आवाजें निकालता जैसे कोई दैत्य आर्तनाद कर रहा हो। सन्नाटे की आवाज, मेढक और न जाने कौन-कौन से कीड़ों की आवाजें सी-सी टर्र-टर्र की टेर लगातीं। कान में रुई लगाने के लिए कमरे की ओर रीना जाती तो बरामदे तक ही पहुँच पाती कि दूर तक फैले अँधियारे में लगता जैसे कोई खड़ा हो, कोई परछाईं हिल रही हो, और वो परछाईं उसे अभी दबोचकर खा जाएगी फिर आरुषि का क्या होगा? वो दिन में दुखों की नदी से खुद को बाहर निकालकर हौसले से भरती पर रात के अँधियारे में उसका हौसला किरच-किरच बिखर जाता। घर में बिजली पंखे का प्रबन्ध तो था लेकिन दिन भर में बिजली चार से पाँच घंटे ही आती। बाकी समय गुल रहती।

'जीजी, आगे वाला ध्रुव तारा है या पुच्छल तारा?' यह पूछकर रीना अपना डर भगाने की कोशिश करती। जबकि उसे मालूम था पुष्पा जीजी सोई तो तड़के ही उनकी नींद खुलेगी। उसे पता था उसके एक भी सवाल का जवाब नहीं मिलेगा फिर भी पूछती। सवालों के पूछने से एक तो उसके दिल के भीतर पसरी खामोशी शब्दों के जरिये बाहर आ जाती, दूसरे कुछ कहते रहने से डर थोड़ी देर के लिए भाग जाता। जैसे बचपन में गाँव का ओसारा पार करने के लिए सब जोर-जोर से हनुमान चालीसा पढ़ते हुए जाते। हर रात की सुबह होती है बस। इसी सहारे वो

अपनी आँखों में उतर आए रेगिस्तान को आँसुओं से तर करती रहती। और हर रात को सुबह का इन्तजार करती।

"यह लो, थोड़ा-सा खा लो, इससे कम-से-कम अच्छी नींद आएगी, वरना बीमार पड़ जाओगी।" पुष्पा जीजी हथेली पर पेड़े जैसा कुछ रखते हुए बोलीं।

दूध की पीली मलाई के रंग का वह पेड़ा रीना ने खाया और घंटे भर बाद उसकी रंगत बदल गई। आँखों में दिन भर घटाएँ घिरी रहतीं और जो नदी आँखों से बहती रहती वह कम हो गई। आँखों में खुमारी उतर आई, रीना जरूरत से ज्यादा हँसने लगी, कई बार तो जोर-जोर से हँसते-हँसते रोने भी लगती पर उस पेड़े ने रीना को मेंटल-पीस दे दिया। उस मेंटल-पीस में भाँग की गोली थी, ये वो बाद में समझ सकी।

पुष्पा जीजी का लम्हा भर के लिए दिया गया घरेलू नुस्खा रीना की जिन्दगी भर की दवा बन गया। रीना ने भाँग-पान-सुपारी-दोहरा को जिन्दगी की तन्हाई और निराशा को कम करने का सहारा बना लिया। वैसे भी अजईमऊ की गढ़ी में औरतों के ठाट-बाट में इस तरह की नशा-पत्ती आम बात थी। हुक्का और बीड़ी इन औरतों के खास शगल थे। दिन के खाने के बाद पुष्पा जीजी अपनी कोठरी बन्द कर लेतीं। कोठरी से रेडियो या कैसेट के गाने की आवाज छन-छन कर आती रहती।

एक दिन रीना सुराही से ठंडा पानी लेने उनके कमरे में गई तो देखा पुष्पा जीजी ने ब्लाउज में हाथ डालकर झटके से कुछ छुपा लिया। हड़बड़ा के बोलीं, "जैसे ही बीड़ी का कश लगाया वैसे ही तुम आईं।" जबकि सिगरेट और पान-पराग की महक से भरा था कमरा। बाद में देखा कि सिगार का एक पैकेट भी दीवार से लगा पड़ा था। उसे ढकने के लिए उन्होंने तार पर लटका हुआ गमछा गिरा दिया था, तब भी रीना को पैकेट दिखाई दे गया। रीना के मन में सवाल के हथौड़े चोट करने लगे कि आखिर ये अंग्रेजी सिगार कहाँ से आया होगा। उस रोज पुष्पा जीजी का एक अलग ही चेहरा नजर आया। पुष्पा जीजी के सीधे-सलोने चेहरे में कई वक्र रेखाएँ नजर आईं। इस हवेली में हर व्यक्ति के कई-कई चेहरे धीरे-धीरे उघड़ रहे थे। हर घटना के पीछे एक नया और रहस्यमय सच नजर आ रहा था।

चार बखरी वाली इस हवेली के पिछवाड़े बरगद का बड़ा छतनार पेड़ था, जिस पर गोल चबूतरा बना हुआ था। इसके आसपास घास उग आती थी, माली

आकर उस घास-फूस की छँटाई करते थे। बदले में उन्हें चार से पाँच पसेरी अनाज और कुछ कपड़े-लत्ते मिल जाते और गाहे-बगाहे बड़ी-बड़ी घुड़की भी मिलती, बस इसी अनाज और कुछ पैसों से उनका गुजर-बसर होता क्योंकि ये माली इन बड़ी बखरी वालों की जमीन में बसे हुए थे यानी वे उनके रहमो-करम पर जीते थे।

वहीं बरगद के पेड़ से लगा हुआ एक छप्पर था, एक टपरी थी जिससे लगा हुआ अहाता था जहाँ मोर, मुर्गियाँ और कबूतरों के अलग-अलग डेरे थे। उस बरगद के पेड़ के नीचे चबूतरे पर बैठकर गपशप करना, गाँव के लोगों के बारे में किस्सागोई, कुछ इसी तरह की उन औरतों की मसरूफियत थी। इसी गोल चबूतरे पर राजा का दरबार लगता था। चबूतरे के अगल-बगल बड़ी-बड़ी खाट बिछा दिए जाते, जिस पर रंग-बिरंगे मखमली गलीचों से सजाकर उस पर मसनद लगा दिया जाता। उसी पर राजा के लिए गोलाकार गादी और उस पर मखमल का चादर बिछाकर बिस्तर तैयार किया जाता। सिर के ऊपर गोलाकार शामियाने की छत होती। सफेद-झक धोती-कुर्ता पहन उस पर लाल जैकेट, पैरों में नागरा पहनकर साढ़े छह फुट के राजा जब हवेली में दाखिल होते तो खलबली-सी मच जाती। उनकी आँखों में लाल डोरे होते और हाथ में तलवार। यह तलवार, उनके मुताबिक शानो-शौकत का प्रतीक थी। मोटे बड़े-बड़े काले रंग-रोगन से पुते दरवाजों पर हाथी-घोड़े खुदे होते, ऊँची छत वाले कमरों की दीवारों पर बाघ की पेंटिंग, और तरह-तरह की कलाकृतियों से कमरे भरे होते। अम्मा साहब जब इन सबके बारे में वर्णन करने चलतीं तो उनके पास शब्द चुक जाते, लेकिन किस्से खत्म न होते।

"बरगद के पेड़ के नीचे जब चौपाल जमती तो कभी आल्हा-ऊदल की वीरगाथा बुलन्द स्वरों में गाई जाती। कन्नौज के राजा जयचन्द ने आल्हा-ऊदल को गंगा पार 'कर' वसूल करने भेजा था, ये कहानी जब गवैयन मिल के गाते तो जैसे बादल गरजे, इत्ता बुलन्द होता रहा। सानी-पानी करने वाले नौकर, गोबर के कंडा पाथने वाली औरतन से लेकर, राहगीर, पूरा गाँव उमड़ पड़ता आल्हा-ऊदल की गाथा सुनने के लिए। कभी वहीं बरगद तरे सब इकट्ठे होते और पतुरिया का नाच होता। एक दिन पतुरिया पे राजा का दिल आ गया।"

"राजा माने दाऊ साहब (ससुर जी)?"

"नहीं। दाऊ साहब के बाबूजी। उनकी मर्दानगी के किस्से अगल-बगल के

गाँव तक में प्रसिद्ध रहे।" कहते हुए अम्मा साहब खुद बीते दिनों के गलियारों में सैर करने लगीं।

"और फिर, पतुरिया को लेकर वे रंगमहल में जाने लगे। बस्स फिर क्या था, महल में प्रेम-गंगा बहने लगी। कुछ दिन तो बाबूजी प्रेम-रस का रसास्वादन सुकून से करते रहे पर एक दिन अचानक अम्माजी यानी रानी माँ का दावानल जाग उठा, उसके बाद तो बरछियाँ चलीं, झोंटौवल हुआ, अम्माजी चंडी बन प्रेम की नदी को सुखाकर बंजर धरती बनाने में सफल रहीं। महीनों गाँव भर में इस घटना की चर्चा होती रही।"

"दाऊ साहब कैसे इतनी जल्दी चले गए इस दुनिया से?" रीना की आँखों में कौतूहल था।

"बड़े भले मनई थे वे, अपने भाई के कारण अपनी जान गँवा बैठे। जेठ जी झगड़े-झंझट में पड़े थे, दुश्मन पार्टी ने राघवेंद्र सिंह (बड़े भाई) समझकर तुमरे दाऊ को खत्म कर दिया था। चाचा साहब के बड़े वाले बेटे भी तो ऐसे ही गुजर गए थे।

"छोटे दाऊ का भी कत्ल हुआ था। जब हम ब्याह कर आए थे और हवेली के किस्से लोगों से सुनते तो हमारी तो रातों की नींद उड़ जाती थी। समय जैसे बीते ही न..." पानदान से सुपारी और पान निकालते हुए अम्मा साहब बोलती चली गईं, "इस घर में वंश चलना ही बन्द हो गया था, हमें तो डर लगता, पता नहीं हमारी सन्तानों का क्या होगा।"

"भाभी साहब, फुआ साहेब एक दिन बताती रहीं कि चालीस तक होते-होते इस घर के मर्द बचते नहीं।" अपनी आँखें चौड़ी और सिर का पल्लू ठीक करते हुए पुष्पा जीजी ऐसे बोलीं, जैसे किसी बड़े राज का परदाफाश किया हो।

"पैसा, जमीन-जायदाद के झगड़े-झंझट ने इस हवेली को भुतहा बना दिया। खरका से लेकर जो चकरोड जाती है...ऊ शिवाला तक जाती है, ओके किनारे-किनारे दूर-दूर तक जित्ती जमीन है सब अपनी है लेकिन उस पर खेती नहीं हो सकती, उन सबके कागज में गोलमाल है...और ऊ जो बचन्नू दादा हैं, नम्बर एक के लुच्चे, एक बार तो वे छोटी दुलहन पर भी डोरा डालने की कोशिश किये रहे। वे प्रॉपर्टी हड़पने में एकदम माहिर।"

वे जीजी साहब के मनसेधू (पति) ठहरे वरना अब तक उनका कतल हो गया

होता।" पुष्पा जीजी ने मुँह बिचकाते हुए कहा।

उफ, हवेली की दीवारों पर जितनी शिल्पकारी, उतने किस्से, हर किस्से की डोर ऊन के गोले की तरह उलझी हुई..., हवेली का हर सदस्य रहस्य से भरा हुआ। सदस्यों की बातें भी बड़ी अजीब लगतीं।

बड़ी बखरी से छोटी बखरी जाते वक्त बीच में एक गलियारानुमा खाली जमीन थी जिसमें घास-फूस उगा हुआ था। कुछ पौधों पर जंगली फूल खिले थे। दुपहरिया छुई-मुई जैसे पौधों को देखकर रीना एक बार ठिठकती जरूर। उन फूलों को छूने, उन पर उड़ती हुई तितलियों को पकड़ने के लिए उसका दिल मचलता पर जैसे ही दुपहरिया के लाल फूल को छूने को होती कि कुछ अजब सी-सी जीं-सीं आवाज होने लगती। हड़बड़ाकर उठकर चलने को होती, तो जैसे पीछे से कोई उसे छूने की कोशिश कर रहा हो। वह मुड़कर देखती तो कोई नहीं होता। वह ये भाँपने के लिए पीछे मुड़ती तो लगता सामने कोई खड़ा है। सामने देखती तो लगता कोई पीछे खड़ा है। इन हालात में उसका दिल माधुरी दीक्षित के 'धक धक करने लगा' वाले गाने से भी तेज चलता। वह लम्बे-लम्बे डग भरती हुई उस गलियारेनुमा जमीन को पार करती। उस वक्त उसकी साँस की गति कानों में तबले की तिगुन और उनकी लयकारी की तरह बज रही होती। बड़ी बखरी के चौखट पर पहुँचकर वह अपनी साँस को सन्तुलित करने के लिए पेट पर हाथ रखती, चारों तरफ देखती दूर कहीं गढ़ी की मिट्टी में काम करने वालों के खेलते हुए बच्चे दिखाई देते।

अम्मा साहब का बताया किस्सा याद आ जाता। गढ़ी में बहूरानी की अतृप्त आत्मा भटकती है, वह औरतों का पीछा ज्यादा करती है। रीना अगली बार एक बखरी से दूसरी बखरी में जाने के लिए किसी को साथ ले जाती। लेकिन हर बार कहाँ मुमकिन। बच्चे कहीं खेतों-बागों में घूमने या खेलने निकले होते, बड़े अपने कामकाज में लगे होते। वैसे भी हवेली में दीवारें ज्यादा थीं, इनसान कम। किस्से ज्यादा थे, जज्बात कम। रिश्ते ऊपर से गुलाब की पंखुड़ी की तरह नरम-नाजुक, भीतर से पत्थर की तरह सख्त थे। रात को आँगन में अगल-बगल कई चारपाइयाँ डालकर आसमान तले सबका बिस्तर लगता। सारी औरतें अपनी-अपनी खाट पर लेटी आँखें बन्द कर सपनों के संसार में विचर रही होतीं। रीना आसमान के तारों

से बतिया रही होती। आँखें झपकतीं तो कुँवर साहब का मुस्कराता चेहरा ठहर जाता। मोर जो दिन में नृत्य करता हुआ बड़ा लुभावना लगता, रात में उसके रोने की उदास आवाज दिल को दहला देती। कभी मोर के रोने की याओं एयनों आवाज आती, कभी मोरनी के बिछुड़ने का आर्तनाद सुनाई देता। वह चहलकदमी करते हुए पीछे वाले दरवाजे के पास टकराते तो लगता है जैसे दस्तक दे रहे हों। रीना का जी चाहता किवाड़ खोलकर पूछे कि 'कैसे बिछुड़ गया तुम्हारा जोड़ा?' पर रीना खुद ही कुँवर साहब की यादों में तड़प रही होती। मोर-मोरनी का दुःख रीना को अपना-सा लगता। मोरनी की आवाज उसके अपने रुदन-सी लगती।

उस रात रीना अहाते की तरफ गई, उसी तरफ बाथरूम का दरवाजा खुलता था, अँधेरे में ही टटोलते-टटोलते रीना ने टॉर्च लिया, लालटेन जलाई और धीरे से डरते-डरते बरामदे से लगा हुआ लकड़ी का मोटा दरवाजा खोला, जोर-से चरमराकर खुलते दरवाजे के एक पट पर दो बड़े-बड़े मोर के चित्र खुदे थे। दूसरे पट पर खजुराहो की मूर्तियों की कलाकृतियाँ खुदी हुई थीं। लालटेन की मद्धम रोशनी में नहाई ये मूर्तियाँ बड़ी उत्तेजक लग रही थीं। ठिठककर रीना सोचने लगी, ये देवी-देवताओं की अश्लील मूर्तियाँ बनाने के पीछे कारीगरों के मन में क्या खयाल रहा होगा।

'सिनेमा देखने का बड़ा मन है।'

'श्शशश धीरे बोलो, हाट जिस दिन लगता है, उसी दिन दुपहरिया में किशनगंज के गोलकुंड चौराहे पर आना, थोड़ी खरीदारी कर लेना फिर ले चलेंगे सिनेमा।' ये कोई पुरुष आवाज की फुसफुसाहट थी, ये अस्फुट स्वर पुष्पा जीजी के कमरे की ओर से आ रहा था, जिसे समझने में रीना को बड़ी दिक्कत हुई। रीना साँस रोककर वहीं जम गई। वो अपने पाँव आगे बढ़ाना चाह रही थी लेकिन वो जैसे वहीं जमीन पर ही चिपक गए हों।

'ई काँच की चूड़ी-ऊड़ी काहे पहनती हो, धँस-धुँस गया तो।'

पुरुष स्वर तो नहीं चिन्हाया लेकिन पुष्पा जीजी की आवाज चीन्ह गई रीना। रीना अचरज से भर गई।

चूड़ी की खन-खन, पायल की छन-छन, रीना ने अपने कान और खड़े कर लिये और दरवाजे से अपना सिर टिकाकर टोह लेने लगी।

पुष्पा जीजी यहाँ हैं तो वहाँ बगल वाली मूँज वाली पलंग पर कौन है? हँ...वो अपने दाँतों के बीच अपनी अनामिका उँगली दबाते हुए आँगन की ओर चल पड़ी।

पुष्पा जीजी वाली चारपाई को देखते हुए ऐसा लग रहा था जैसे उस पर चादर ओढ़े कोई सोया है।

रीना के मुँह में उसकी चीख अन्दर ही अन्दर घुटने लगी, 'हँय, पुष्पा जीजी की आवाज उस कोठरी से आ रही थी तो यहाँ कौन है आखिर।'

'जीजी! जीजी!' कहते हुए हिम्मत जुटाकर रीना ने जोर से चादर उघाड़ दिया, वो हतप्रभ रह गई। यहाँ तो कोई नहीं...तो पुष्पा जीजी चादर इस तरह चारपाई पर फैला गई थीं कि रीना और अम्मा साहब को शक न हो कि वे कहाँ गई हैं।

पुष्पा जीजी के तमाम चेहरे रीना की आँखों के सामने घूम गए।

"जीवन में मजा लेने का अवसर छोड़ना नहीं चाहिए। विधवा होना गाँव में सजा है, जाने वाला चला जाता है लेकिन एक विधवा स्त्री रोज मर-मर कर जीती है, उसके जीवन की कमान ससुराल वालों के हाथ में होती है। इसीलिए हम ससुराल की सख्त चारदीवारी को छोड़ आए। हालाँकि मायके में भी हमेशा विधवा, बाँझिन का तमगा मेरे साथ जुड़ा रहा, हर शुभ काम, हर पूजा-समारोह या जुटान में हमें एहसास कराया जाता है कि हमारी उपस्थिति से कुछ अशुभ हो जाएगा, माँ जबकि कम उम्र में ही विधवा हो गईं वो भी कभी मेरे भीतर की टीस नहीं जान पाईं। विधवा स्त्री अपनी आत्मा मृत रखने को अभिशप्त होती है।"

'स्त्री को भी अपने हिसाब से जीने का हक है। पेड़ बनने से पहले ही किसी दूसरे माली के हाथों सुपुर्द कर दी जाती है। उड़ने वाली औरत को भी एक न एक दिन जमीन की खाक छाननी पड़ जाती है।'

'विधवा औरत को अच्छा रंगीन कपड़ा नहीं पहनना, एंगुर नहीं लगाना, बिंदी नहीं लगानी, ठठाकर हँसना नहीं है, ई कुल कौन-सी किताब में लिखा है बताओ।'

औरत के मरने के बाद मर्द बढ़िया रंगरलियाँ मनाये, सब करम करे।

राघवेन्द्र प्रताप सिंह की औरत मरी, उसकी तेरही के कुछ दिन बाद राघवेन्द्र प्रताप गढ़ी के बगल वाले गाँव में मड़ई छवाने पहुँच गए, बोले, समाज सेवा करने गए हैं। खोजबीन हुआ तो पता चला कि समाज सेवा के नाम पर औरत सेवा करने गए हैं। विधवा स्त्री का उत्थान देह के आदान-प्रदान से हुआ। सौगात के रूप में

अपनी मरी औरत के सोने के कंगन और हार भी पहना आए।

पुष्पा जीजी की इन गझिन बातों का मर्म रीना को अब समझ में आ रहा है, तो क्या पुष्पा जीजी ने खुद को अल्हड़ नदी बना लिया है।

पुष्पा जीजी की ये बातें सोचते-सोचते रीना खुद समन्दर बन गई थी। यादों की लहरें उसके मन के साहिल पर टकरा रही थीं।

'तुम्हें हम रानी माँ से भी ज्यादा ऊँचा ओहदा देंगे, तुम बस हमारे घर वालों को सँभाल लो। घर में सब कुछ ठीक है पर बिखरा-बिखरा है।' कुँवर साहब की ये बात कभी रीना को लुभा नहीं पाई।

'फूलों की घाटियों में हम-तुम बैठे रहें और कोई हमें भी फूल समझकर तोड़ न ले जाए।'

'इतनी रूमानी बातों के दौरान टूटने की बात क्यों करते हैं आप?' इस तरह की तमाम यादें उसके दिल पर रात भर दस्तक देतीं। अधजगी आँखों से गुफ्तगू करते-करते कब उसकी सिसकियाँ विलाप में बदल जातीं, खुद रीना को भी पता न चलता। उसके लिए रात का यह सबसे दुखद समय होता। वह खुद से ही सवाल करती, खुद ही जवाब देती। क्या सचमुच कुँवर विजेंद्र सिंह की मौत एक हादसा था? कहीं दीदी साहब और बचन्नू दादा का कोई हाथ तो नहीं? नहीं-नहीं, ऐसा मुमकिन नहीं। दीदी इनकी बहन होकर ऐसा कर सकती हैं? नहीं-नहीं। रीना ने अपनी पलकों की नमी को कसकर निचोड़ लिया।

उस रोज जीजी साहब ने रोड कंस्ट्रक्शन की रसीदों और माल खरीदने की लिस्ट की बजाय गलती से उस जमीन का कागज दे दिया था, जो कुँवर विजेंद्र सिंह और बचन्नू दादा ने साझेदारी में खरीदी थी। वह कागज कुँवर साहब के बार-बार माँगने पर भी उन्होंने नहीं दिया था। करोड़ों की जमीन के वे कागजात आज आँखों से ओझल नहीं हो रहे। उस रोज बचन्नू दादा ने जीजी साहब पर आँखों से शोले बरसाए थे।

'इस कागज की आज ही चार-पाँच प्रतियाँ बनवाकर लैमिनेट करवा देता हूँ। दुलहन साहब, इसे सँभालकर तिजोरी में रख देना।' कहते हुए वो कागजात हाथ में लिये हुए बचन्नू दादा उड़नछू हो गए थे।

रीना की आँखों में बिजली-सी चमक आ गई थी। मन-ही-मन सोचा था कि कुँवर साहब के पास अच्छी-खासी बड़ी पूँजी है। साझे में ही सही। जल्द ही बचन्नू

दादा से पार्टनरशिप खत्म करके यह अकेले बिजनेस कर सकते हैं। आरुषि बड़ी हो जाएगी तो वह भी उनकी मदद कर सकेगी। रीना के विचारों में रोशनी का एक कतरा टिमटिमाया था। उसके दिल के दरवाजे अब दिमाग की चौखट से टकराते हुए दिल पर खटाक-खटाक कर रहे हैं, 'तो फिर जमीन का वह कागज अब तक बचन्नू दादा ने दिया क्यों नहीं?'

एक बार रीना ने जब उस कागज की बात की तो जीजी साहब ने यह कहकर टाल दिया कि 'दुलहन बड़ी समझदार और सजग हो गई है। हमारी तिजोरी तुमसे ज्यादा बड़ी है। यहाँ इससे बड़े-बड़े कागज हैं और सारे कागज सुरक्षित हैं, चिन्ता मत करो, मिल जाएँगे तुम्हें। चिन्ता और चिता एक समान है। इसमें मात्र एक बिन्दु का अन्तर होता है, समझी न?'

रीना को क्या पता था उस एक बिन्दु का अन्तर उसकी पूरी जिन्दगी चिता की राख बना देगा। तब जेहन में नहीं आया था कि कारोबार रिश्ते से कहीं बहुत ऊपर और मजबूत होता है। उसे यह गुत्थी आज भी नहीं समझ में आ रही है। जितना ही जवाब खोजने की कोशिश कर रही है वह उतने ही सवालों के गह्वर में उलझती जा रही है। नए गोदाम की नींव रखने की पार्टी में बचन्नू दादा सांसद जी और कुँवर साहब बातचीत कर रहे थे। अचानक कुँवर साहब आए और रीना से कहने लगे, "चलो घर चलें।"

"अभी तो सारे मेहमान हैं, क्या कहेंगी जीजी और मेहमान? हम लोग तो मेजबान हैं न।"

"मैंने कहा न चलो।"

"आखिर हुआ क्या?"

"चक्कर आ रहा है।" कहते हुए वे तकरीबन रीना को खींचते हुए ले गए और कार में बिठा दिया, "अब यहाँ इस घर में नहीं आना।"

"आखिर हुआ क्या?"

ऐसे तमाम सवाल रीना पूछती रही लेकिन एक का भी जवाब कुँवर साहब ने नहीं दिया और घर जाकर चादर तानकर सो गए।

अगली ही सुबह तो वह फोन की घंटी बजी थी जो कुँवर साहब के घर से निकलने की आखिरी सुबह थी।

"नाश्ता करके जाइए। खाली पेट घर से न निकलिए।"

"जिन्दगी में कभी-कभी अपने खालीपन और वीरानेपन से जिन्दगी को भरना पड़ता है।" कहते हुए कुँवर साहब ने चैनल गेट खोल लिया था और बाहर निकल गए थे। यही कुँवर साहब के आखिरी अल्फाज थे।

रीना खुद को यादों के गलियारे से गढ़ी के खुले आँगन में लाना चाह रही थी, पर अतीत आज वर्तमान से जंग कर रहा है, गढ़ी के इस भूतिया माहौल में वह कितने दिन गुजारा करेगी। इस भूतिया हवेली में रीना का दम घुटने लगा है। आरुषि की स्कूलिंग कैसे होगी? यहाँ रहकर आरुषि को पढ़ाना-लिखाना नामुमकिन होगा। तो फिर क्या रास्ता है? पौ फटने से लेकर सूरज ढलने तक रीना के मन-मस्तिष्क में इसी तरह की जद्दोजहद होती। रात को दिन भर के पस्तहाल विचारों और यादों का मंथन बूँद-बूँद पिघलता और उसका तकिया भीगता। रात भर चाँद के सफर के साथ-साथ रीना के बीते दिनों की यादों का सफर साथ-साथ चलता रहता।

कुँवर साहब के अन्तिम संस्कार के बाद शहडोल में उसके घर का जब सारा सामान पैक हो रहा था—उनकी कलाई-घड़ी, कलम, कपड़े, चप्पलें—उनकी एक-एक चीज को छू-छू कर रोई थी। तब कहाँ पता था कि अब रीना का अगला ठिकाना कहाँ होगा, कौन-सी छत होगी, जिसे वह घर कहेगी। गढ़ी की ये दीवारें, यह विशाल ऊँची-ऊँची छतें सिर्फ हवेली है, जहाँ बहू-रानी जैसी स्त्रियों की आत्मा भटकती है। बहूरानी जीने की लालसा लिये, अपनी साँसों को बचाने के लिए अपनी जान पर खेल गई। उनका गला सिर्फ इसलिए घोंट दिया गया कि स्त्री होते हुए भी हवेली में उन्होंने अपना स्वर ऊँचा किया। बन्द कमरे में उनकी चीखें दफन कर दी गईं। उनका स्त्री होना, स्त्री होने की पहचान को उजागर कर देना ही उनका दुश्मन बन गया। उनके गर्भ में पल रही तीसरी बेटी के भ्रूण को कुचलने को कहा गया था जिसके लिए वे राजी नहीं हुईं। बस उनसे उनकी साँसें छीन ली गईं। उनके जीने का हक छीन लिया गया। इस घटना ने यह बात और पुख्ता कर दी कि हवेली की हर स्त्री की साँसों पर मालिकाना हक उसके पति, पिता या भाई का है। यहाँ की हर स्त्री को हवेली के पुरुष की कठपुतली बनकर ही रहना होगा। इस हवेली में रहकर आरुषि बड़ी होकर कौन-सी स्त्री बनेगी? फिर रीना कहाँ जाएगी आरुषि को लेकर? उसकी पढ़ाई का खर्च क्या यह पुश्तैनी जमीन दे पाएगी?

चेहरा इनसान का आईना होता है। भीतर की धुंध आँखों में साफ नजर आती है। फिक्र की वादियों में ट्रैकिंग करते मन को बार-बार चोट लगती है। मन बार-बार सँभलता है लेकिन चोट खाए मन के दर्दीले चित्र चेहरे पर साफ नजर आते हैं। पढ़ने वाले पढ़ भी लेते हैं।

"कब तक दुख की नदी में तैरती रहेंगी? कोई नाव पकड़िए और सवार हो जाइए, यहाँ आपकी जीवन नैया पार नहीं लगेगी।" पुष्पा जीजी ने अपनी आँखें बड़ी कर पुतलियों को गोल-गोल घुमाते हुए ऐसे कहा जैसे वे कोई विदुषी हों।

"न नाव है, न ही किनारा, सिर्फ मझधार ही मझधार नजर आ रहा है। पानी ही पानी है चारों ओर। दु:ख के इस विशाल महासागर के पार जाने के लिए तैरना सीखना होगा।" रीना की आँखें आसमान में यूँ टँग गईं, जैसे वहाँ पर कोई नदी हो और वह नदी का किनारा ढूँढ़ रही हो।

"गाँव और खेत के पेड़ों में आरुषि की मंजिल नहीं है। गाँव के बाहर जाकर उसे उड़ना सिखाओ भाभी।"

गाँव के सीमित दायरे में रहकर भी पुष्पा जीजी के विचार कितने खुले और निस्सीम हैं।

"कुछ करो भाभी साहेब। यहाँ से निकल जाओ, याद है उस रोज अपने गाँव की सरपंच कुन्ती देवी ने क्या कहा था? गाँव की औरतें अगर चाहें तो अपने आपको, अपनी आने वाली पीढ़ी को शिक्षित और सही नागरिक बना सकती हैं। इसके लिए पहले खुद को समझना पड़ेगा। पहले उन्हें गाँव वालों से ही जंग करनी होगी। जंग के लिए कदम उठें तो फिर पीछे नहीं लौटें।"

रीना ने आसमान की ओर टँगी अपनी आँखों की पुतलियों को गोल-गोल घुमाया। उनकी नमी को सूखने दिया। सोचने लगी, 'सूखे पड़ गए रिश्तों की क्रूरता से निपटने के लिए आँखों और दिल की नमी को सुखाना होगा। अपने दिल की नरमी को सख्त बनाना होगा।'

खरीदी हुई जमीन के कागजात रीना की आँखों के सामने फड़फड़ाने लगे। बचन्नू दादा ने वो कागजात अब तक वापस क्यों नहीं किए? तो क्या अब वे जायदाद वाले कागजात आसानी से वापस नहीं करेंगे? एक बार बातों-बातों में कुँवर साहब ने जिक्र किया था, 'करोड़ों की सम्पत्ति है...पर वो कागज देने में बचन्नू

दादा आनाकानी कर रहे हैं, अब कभी साझे में कोई जमीन नहीं खरीदनी है।' ये भी कहा था। पर रीना भी जैसे ख्वाबों के हिंडोले में झूल रही थी। व्यावहारिक जीवन से कोई सरोकार ही न था। काश उन्हीं दिनों अक्ल काम कर गई होती। अगर देना होता तो उस रोज गलती से हाथ आया कागज बचन्नू दादा वापस लेते ही क्यों।

वो कागज वसूलना अब इतना आसान नहीं है तो क्या गाँव की सरपंच इस मामले में मदद करेगी या इस हवेली का कोई सदस्य।

सरपंच से तो जुड़ना ही होगा। आरुषि की पढ़ाई, उसकी परवरिश के लिए क्या राजनीति में उतरना ठीक रहेगा। राजनीति की करारी रोटी क्या रीना सेंक पाएगी? रीना ने खुद को सवालों के घेरे में कैद कर लिया है पर इसका जवाब नहीं मिल रहा तो क्या कुँवर साहब की साँसों की कीमत लगाई गई? क्या उनकी जान इतनी सस्ती थी। बचन्नू दादा दौलत के लिए ऐसा कर सकते हैं? ऐसा जघन्य काम करते हुए क्या रिश्ते का भी खयाल नहीं आया होगा? सच्चाई क्या है, इसका पता लगाना बहुत जरूरी है।

'ये सारा सामान बक्से में क्यों भर रही हो बहू साहेब?'

'इतने साल बन्द पड़े अपने सपनों को बाहर खुली हवा में छोड़ने के लिए बक्सा पैक करना पड़ेगा।'

'लगता है हमारी बात समझ में आ गई। पासी टोला में लड़की स्कूल जा रही थी, गढ़ी से लगी बखरी के ठाकुर का लड़का उसका हाथ पकड़कर उसके साथ जबरदस्ती करने ही वाला था कि अहिरौटी के रामखेलावन ने हल्ला मचाकर उसे बचा लिया। एक बार तो बच गई लड़की, लेकिन दुबारा ये घटना न होगी इसकी क्या गारंटी है। इसलिए रीना भाभी यहाँ से निकल लो। आरुषि का जीवन गढ़ी के रहस्यमय महल में कैद मत करो। पिंजरे से उसे निकालकर खुली हवा में उड़ा दो।'

'हाँ जीजी। पर पहले हमें खुद पिंजरे से निकलना होगा और इसके लिए अपने ही कुछ खास लोगों के पर कतरने होंगे। राजा साहब से जमीन का हिसाब-किताब करना पड़ेगा।'

'इस भुलावे में मत रहिएगा भाभी साहब। ये जो गढ़ी के जमीन के कागजात आप उलट-पलट कर देख रही हैं, इसे लैमिनेट करवा के दादा भाई के स्मृति चिह्न के रूप में रख लीजिए। इसमें आपको एक फूटी कौड़ी भी कोई देने वाला नहीं है।'

'लेकिन ये तो कानूनी तौर पर खरीदे हुए प्लॉट हैं, कुँवर साहब ने बंजर पड़ी इस जमीन पर स्कूल बनवाने का सपना देखा था और मैं ये सपना पूरा करना चाहती हूँ।'

'ये सब भूल जाइए तो बेहतर होगा। उस जमीन के बारे में यहाँ बात भी करेंगी तो कट्टा-बम चल जाएगा। जमीन के नाम पर यहाँ गुंडई चलती है। औरत जमीन-जायदाद का नाम ले ये कोई बर्दाश्त नहीं कर सकता है। हमें देखिए। हम अपनी सारी इच्छाओं और सपनों को दफन करके जी रही हूँ। एक मशीन की तरह या तो आप भी इस घर की मशीन का पुर्जा बन जाइए या फिर अपने और आरुषि के सपनों को आकाश देने के लिए यहाँ से रास्ता बदल लीजिए।'

रीना जमीन के कागजात को फिर से उलट-पलट रही है, बिखरे हुए सामान को बक्से में भर रही है।

अचानक बाहर शोर-सा उठा, रीना बड़े वाले दरवाजे की ओर तेजी से पलटी, जिधर से शोर आ रहा था उधर दरवाजे का एक पल्ला पकड़ उसी की आड़ में आधा चेहरा बाहर कर झाँकने लगी। गुलमोहर के पेड़ के नीचे बड़ी वाली चारपाई पर मसनद लगाए बड़ी बखरी वाले चाचा साहब बैठे थे। सामने की कुर्सी पर ग्राम-प्रधान जैसे सुन रहे हों कोई कहानी। वो दाढ़ी वाला आदमी जो जोर-जोर से बोल रहा था, कभी चारपाई पर बैठता तो कभी आवेश में खड़ा हो जाता। उसके हाव-भाव से यही लग रहा था कि वो बहुत गुस्से में कोई बड़ी शिकायत कर रहा है।

रीना समझने की कोशिश कर ही रही थी कि चाचा साहब का छोटा बेटा दौड़ता हुआ आँगन में आ गया।

"भाभी साहब, बुआ साहब, गजब हो गया। बचन्नू दादा पर मुकदमा ठोंक दिया है इस आदमी ने...ट्रक का मालिक है।"

"कौन? काहे?" पुष्पा जीजी अपनी भौं टेढ़ी करके अचरज से चाचा साहब के लड़के को देखने लगीं तो उनकी माथे पर चिपकी गोल मैरून बिन्दी गिरने को हुई, हाथ से चिपकाते हुए कहने लगीं—"बुरे काम का बुरा नतीजा। अब आएगा ऊँट पहाड़ के नीचे।"

"ऊँट-हाथी की बात छोड़ो बुआ साहेब। बचन्नू दादा अब अन्दर गए समझो। जेल? जी, अब उन्हें कोई नहीं बचा पाएगा।"

"इसके माने बचन्नू दादा के असली चेहरे से यहाँ सब लोग वाकिफ हैं...फिर

भी इनको किसी ने आगाह नहीं किया। किसी ने उस कसाई के साथ काम करने को मना नहीं किया। रीना के मन में मंथन जारी रहा।

"आखिर हुआ क्या देवर जी ये तो बताइए।"

जिस दिन भारत बन्द था उस दिन ट्रक में रोड कंस्ट्रक्शन का मटेरियल लोड करने और सतना पहुँचाने का ऑर्डर बचन्नू दादा का था। और तो और उस ट्रक में सामान के बीच में कोई गुप्त माल भी था।"

"जैसे क्या?"

"अब ये तो ठीक-ठीक नहीं पता पर ये ट्रक का मालिक जो बाहर हँकड़ रहा है, पूरी तरह बचन्नू दादा को दोषी करार दे रहा है। उन्होंने उस रोज फायदे का कोई बड़ा खदान खोदा था पर वे रह गए टापते। बेचारे कुँवर भाई साहब बलि का बकरा बन गए। भाभी साहब! आप भी बचन्नू दादा पर केस कर दो।"

रीना देवर जी की बातें सुन रही है लेकिन उसके भीतर कुछ और ही हलचल मची है। क्या वो कुँवर साहब का बदला लेने वापस उसी शहर में जाए, या उनसे मोटी रकम वसूलकर कोई स्कूल खोले। रीना की आँखों के आगे स्कूल बड़ा-सा प्रांगण। बड़ा-सा प्रिंसिपल का कमरा घूम गया। ग्राम प्रधान के चुनाव वाला परचा फड़फड़ाने लगा। वो नामांकन भरने बाकायदा जुलूस लेकर जा रही है। उसके लिए कन्वेंसिंग करती गाँव की औरतें। वो देख रही है कि गाँव में उसके चुनाव जीतने का जश्न मनाया जा रहा है। महिलाओं के बीच उत्सव का माहौल है।

जोर-जोर से भाषण देती, गाँव के लिए तरक्की के रास्ते खोलती, महिलाओं को आगे बढ़ने के लिए प्रेरित करती, गाँव में सुख-सुविधाएँ लाने के लिए जूझती। बचन्नू दादा पर केस करती और अपने अधिकार के लिए लड़ती वो। जाने किन-किन रूपों में रीना खुद को देख रही है। अचानक उसकी तन्द्रा टूटती है।

वो सर पर लिया हुआ पल्लू नीचे सरकाती है, हाथ में पहनी काँच की चूड़ियाँ उतारकर आईने के सामने खड़ी होती है।

विधवा और दुलहन के रूप से बाहर आना होगा, बहुरिया के खाँचे से निकलना होगा। तभी आरुषि का भविष्य बनेगा। पुष्पा जीजी, आप ठीक कहती हैं। इस हवेली की पारम्परिक बेड़ियों को तोड़ना होगा। तभी राह बनेगी और तभी मिलेगी मंजिल।

# चाँदी का वर्क

आज नैना पार्क के दो ही चक्कर लगा पाई, उसे जैसे चक्कर-सा आने लगा। कचनार, बादाम के पेड़ के नीचे कोने वाली बेंच पर बैठ गई। अपनी हथेलियों से सिर को उसने कस के पकड़ लिया। आँखों के आगे अँधेरा-सा छाने लगा। आँखों में काले बादल उतर आए और बरसने भी लगे। थोड़ी देर यूँ ही बैठी रही, पर अचानक उसे एहसास हुआ जैसे उसे कोई देख रहा है। नैना अपने को सँभालती हुई बैग से टिशू पेपर निकालती है, मोबाइल हाथ में लेकर भरे हुए पुराने मैसेज डिलीट करने लगती है, नैना को एहसास हुआ कि जिस सीट पर नैना बैठी है, उसी के कोने पर वह अजनबी भी आ बैठा है। नैना को खीज हुई। 'इसे और कोई जगह नहीं मिली।' वो अपने मन के भीतर के दलदल में धँसी जा रही थी जहाँ उसे समझने वाला कोई नहीं था। उसे अकेले बैठने में जो आराम और सुकून मिल रहा था, उस व्यक्ति के बैठते ही वो खत्म हो गया।

उसे अकसर अपनी जिन्दगी एक बियाबान-सी लगती है, ऐसा बियाबान जहाँ दूर-दूर तक कोई व्यक्ति नहीं, सूखे बरगद, बाँस के ठूँठ जैसे पेड़, कँटीली झाड़ियाँ ही हैं, उस जंगल में जंगली फूल भी है, लेकिन उसमें खुशबू नहीं है, खुशबू नहीं तो जिन्दगी नीरस है। सब फूल मुरझाए हुए से लगते हैं। इससे पहले कि वह अजनबी नैना से कुछ पूछे, वह अपनी जगह से उठ जाती है और धीमे कदमों से पार्क के गेट के बाहर निकल जाती है। उसे लगता है दो आँखें उसका पीछा कर रही हैं।

अगले दिन नैना जैसे ही पार्क में दाखिल होती है, वही अजनबी व्यक्ति सामने दिख जाता है और वह ऐसी प्रतिक्रिया देता है जैसे वह नैना का इन्तजार ही कर

रहा हो। वही जाना-पहचाना चेहरा। वह पिछली सुबह की तरह फिर नैना को देख रहा है। देख क्या रहा है, जैसे उसकी आँखों में कुछ पढ़ रहा हो। नैना को महसूस होता है, जैसे वह उसी का इन्तजार कर रहा हो। नैना उसे खुद को देखता पाकर दूसरी तरफ नजरें फेर लेती है। और उलटी दिशा में चलना शुरू करती है। उसे इग्नोर करने के लिए जल्दी से कानों में ईयर फोन ठूँस लेती है। जल्दी-जल्दी टहलने लगती है, उसके कदम आगे की ओर बढ़ रहे हैं लेकिन उसका मन पीछे लौट रहा है। उस अजनबी आँखों की ओर मन उलझ-सा गया। सवालों की बाढ़-सी आ रही है मन में कि आखिर यह व्यक्ति ऐसी अजीब निगाहों से देखता हुआ मेरा पीछा क्यों कर रहा है?

"एक्सक्यूज मी मैं डॉक्टर फजल, तुम्हारा नाम?"

इस सवाल का जवाब न देना चाहते हुए भी नैना के होंठों से निकल गया।

"नैना, क्यों क्या हुआ?"

"नहीं, हुआ तो कुछ नहीं, अगर तुम चाहो तो बहुत कुछ हो सकता है।"

"मतलब?"

"मतलब यह कि तुम डिप्रेशन से परेशान लगती हो। मैं तुम्हें बेचैन देख रहा हूँ, ये डिप्रेशन के लक्षण हैं। मैं एक मनोचिकित्सक हूँ। यानी साइकियाट्रिस्ट। आज काफी देरी हुई तुम्हें आने में।"

नैना न चाहते हुए भी कह उठती हैं, "कमाल है, मैं आपकी किसी बात का जवाब नहीं देना चाह रही हूँ। आप हैं कि फिर भी पीछे पड़े हैं। आपको अपनी उम्र का खयाल नहीं है।"

"इसलिए तो तुम्हारी फिक्र कर रहा हूँ। तुम डिप्रेशन की शिकार हो।"

"आप अपनी डॉक्टरी अपने पास रखें।"

"वह तो मैं अपने पास ही रख लूँगा, मैं चाहता हूँ तुम्हें भी थोड़ी दे दूँ ताकि तुम्हारा भला हो जाए।"

"लगता है समाज सेवा का बीड़ा आपने उठा रखा है।"

"ऐसे ही तुम जैसे लोगों के लिए। पति से झगड़ा, मिसकैरिज, दोस्तों से अनबन, दफ्तर में टेंशन, दफ्तर में काम करती हो या हाउस-वाइफ हो? कई बार ऐसा भी होता है कि स्त्रियाँ काम करना चाहती हैं, पर उन्हें करने नहीं दिया जाता। घरेलू

जिम्मेदारियों की चक्की के तहत वह खुद को पीसती रहती हैं। यह भी डिप्रेशन का बहुत बड़ा कारण है।"

"एक मिनट...डॉक्टर साहब। आप काफी स्मार्ट दिखते हैं।"

"और गुस्सा आता है। सब कुछ कर लेने की तमन्ना लेकिन कुछ न कर पाना। आगे बढ़कर अपना नाम रोशन करने की बलवती इच्छा। यह भी डिप्रेशन का कारण है।"

नैना उस अजनबी की बातों से खीज रही थी, पर कहीं हौले-से उसका मन उस अजनबी मनोचिकित्सक की ओर आकृष्ट भी हो रहा था। अचानक डर-सा लगा कहीं इसने 'हिप्नोटिज्म' तो नहीं कर दिया। लोग 'हिप्नोटाइज' करके अपनी मनचाही बातें लोगों से उगलवा लेते हैं, उन्हें अपने वश में कर लेते हैं। उसने ऐसा अखबारों में बहुत पढ़ा है। वरना इस व्यक्ति को मेरे बारे में इतनी जानकारी कैसे मिली।

"एक्सक्यूज मी," कहती हुई नैना धीरे-धीरे लॉन की ओर चली गई। वो जब बेचैन होती है, तो पेड़ों के झुरमुट में बने इस घास पर आकर पैर फैलाकर गुमसुम-सी बैठ जाती है। बोगनवेलिया, रातरानी, चमेली, हरसिंगार, कचनार, सारे फूल बैठी-बैठी देखती रहती है। पौधों की पत्तियों से धूप के बिखरे-बिखरे टुकड़े छन-छन कर नैना के चेहरे पर चमकते रहे थे। जैसे कोई दूर से आईना चमका रहा हो।

कभी-कभी नैना सूरज की किरणों के सामने अपनी आँखें मूँदकर बैठ जाती है। कभी अपलक दुनिया की गतिविधियों को देखती रहती है। असल में वह आँखों से सब कुछ देखते हुए भी कुछ भी नहीं देख रही होती। वह अपने मन की खोह में गहरी चोट खाई-सी गिरी रहती है। जब वह अकेलेपन की खोह से बाहर आती है, तो उसे सिर्फ एक बात सुहाती है। पार्क में चारों तरफ लगे स्पीकर्स से छन-छन कर आते पुराने गानों के कुछ इंस्ट्रूमेंटल-ट्यून्स। कोई पुराना भूला-बिसरा गाना। जिसे सुनकर वो कुछ पल खुद को भूलकर साथ-साथ गुनगुनाती है।

अंकित टीवी सीरियल्स के लिए कहानी के 'प्लॉट' बुनता है। कहानी में मनोविज्ञान को स्क्रीन-प्ले में ढालता है, जब वह लिखता होगा, जाहिर है उन मनोभावों को जीता होगा, उनसे गुजरता होगा। लेकिन लिखते वक्त वह उस मनोविज्ञान का कारोबार करता है। नैना के जज्बात को कभी क्यों नहीं समझ पाता। शायद समझ

लेगा तो उसका बना-बनाया 'होम-स्वीट-होम' का सपना ढह जाएगा। उसके होने वाले बच्चे की परवरिश कौन करेगा? वो बच्चा, जो कि अभी धरती पर आया ही नहीं। नैना के मन में भी कहीं ख्वाहिशों के अंकुर फूट पड़े और बच्चा पालने के परे कुछ अलग करने की ख्वाहिश परवान चढ़ गई। उसके मन की बगिया में भी फल-फूल लग गए तो फिर उसका घर कौन सँभालेगा? अंकित चाहता है उसकी प्रोफेशनल दुनिया भी सुनहरी हो और घर आए तो सजी-सँवरी एक अदद पत्नी चाय की ट्रे के साथ मौजूद रहे। नैना को वह एक खूबसूरत यंत्र की तरह इस्तेमाल करना चाहता है। बन्द आँखों को जोर से मिचमिचाकर खोला तो देखा डॉक्टर फजल सामने बैठे हैं। नैना को थोड़ा गुस्सा आया, पर आँखों में उतर आए बादल डॉक्टर फजल की आत्मीयता से सूखे पत्ते की तरह उड़ गए। उस रोज नैना को डॉक्टर फजल बड़े अपने-से लगे।

जॉगर्स पार्क में डॉ. फजल अब नैना को अक्सर ही मिलने लगे, यहाँ तक कि नैना सुबह का अलार्म लगा लेती और डॉक्टर फजल के आने से पहले ही पार्क में उपस्थित हो जाती, निगाहें घड़ी के इर्द-गिर्द होतीं। दरअसल अपने हालात से परेशान होकर टूट जाने वाला कायर कहलाता है, नैना जिन्दगी से हारना नहीं चाहती बल्कि जिन्दगी को बदलना चाहती है, हालात से समझौता करके अपने सपनों को कुचलने से बचाना चाहती है।

चन्द दिनों में डॉक्टर फजल नैना के इतने करीबी हो गए, जैसे जन्म-जन्म का नाता हो उनसे। नैना उस रोज तेज-तेज कदमों से पार्क में घने पेड़ों की ओर चली जा रही थी, पीछे से डॉक्टर फजल की आवाज सुनकर मुड़कर देखा लेकिन उस पार्क में बीच से उलटकर लौटा नहीं जा सकता। अगर आप बीच से उलटा लौटे तो केयर-टेकर आपको सीटी बजाकर टोक देता है। जिन्दगी में भी हम पीछे लौट नहीं पाते सिर्फ आगे की ओर ही बढ़ना होता है।

उस दिन सुबह से ही नैना के सिर में भयंकर दर्द हो रहा था, जॉगर्स पार्क का जैसे-तैसे एक चक्कर लगाकर नैना बेंच पर बैठकर फेसबुक के इन-बॉक्स और व्हाट्सएप के कुछ मैसेजेस डिलीट करने लगी। शादी के शुरुआती दिनों में भेजे गए अंकित के कुछ सन्देश भी व्हाट्सएप में पड़े थे। कुछ बेहद रूमानी तस्वीरें नैना को मुँह चिढ़ाने लगीं। जाने क्या हुआ उसे कि जल्दी-जल्दी वह सारे मैसेजेस

और तस्वीरें डिलीट करने लगी। 'इस दिखावे से तो अच्छा है कि कोई सन्देश न भेजे जाएँ। क्या जो लोग इन-बॉक्स या व्हाट्सएप पर मैसेज नहीं भेजते वह अपनी पत्नी से प्यार नहीं करते, शायद ज्यादा करते हैं।' तमाम मैसेज डिलीट करते हुए नैना ने मोबाइल की स्क्रीन ऑफ करके उसे बेंच पर रख दिया।

"मैसेज डिलीट कर देने से न जिन्दगी डिलीट होती है, न जिन्दगी में घटी घटनाएँ। मोबाइल से बातें डिलीट कर दोगी, किन्तु दिल के डेटा का क्या करोगी? उसे कैसे हटाओगी? अपने जज्बात से लड़ना सीखो, अपने मन की बातों को सुनो। क्या तुम सच में भूल पाती हो अंकित की बातें? क्या तुम्हें उसकी फिक्र नहीं होती?" डॉक्टर फजल ने बेंच के कोने में बैठते हुए बोला।

"आपकी यही आदत बुरी लगती है। हर वक्त आप नसीहत की पोटली लिये तैनात रहते हैं।" रोष से भरी थी नैना।

"दरअसल समस्या तुम्हारी इतनी बड़ी नहीं है, तुम्हारे मन का कैनवस बहुत बड़ा है और बहुत कमजोर। इसीलिए तुम छोटी-छोटी बातों को ज्यादा तूल देती हो। जिसके बारे में ज्यादा सोचा जाए, वह बात उतनी ही तकलीफ देती है।"

"डॉक्टर, आप मुझे कितना जानते हैं, जो इतने फलसफे मुझे बता रहे हैं!"

"अब जैसे उस शाम अंकित पार्टी में नहीं पहुँच पाया, तो इसका मतलब वह तुम्हारी केयर नहीं करता, हो सकता है उसकी कोई मजबूरी हो। जिस फील्ड में वह काम करता है, वहाँ तो इस तरह की बात बहुत कॉमन है। अच्छा छोड़ो यह सब, यह देखो मैं तुम्हारे लिए क्या लाया हूँ। तुम्हें पसन्द हैं न गुलाब जामुन और मेथी के पराँठे।"

"आपकी वाइफ ने बनाए होंगे।"

"हाँ, हम दोनों ने मिलकर।"

नैना के तने हुए चेहरे पर थोड़ी नरमी आ गई। "आप लोग रोज साथ में लंच और डिनर करते हैं। अक्सर ही साथ-साथ घूमने जाते होंगे? आपने एक तस्वीर भी तो दिखाई थी मुझे। आप दोनों का जब कभी झगड़ा होता है तो कौन किसको मनाता है? आप उनका बहुत खयाल रखते होंगे, है न?"

'ये देखो, गुलाब जामुन पर चाँदी का वर्क। इसे हटाकर खाना। ये सिर्फ सजावट है, इस चमक में मिठास नहीं होती। वह देखो वह पेड़ उसकी पत्तियाँ सुर्ख नारंगी

लग रही हैं। दो पंछी एक साथ बैठे हैं, कितना भला-भला-सा लग रहा है उन्हें देखकर।" डॉक्टर फजल ने बातों के तार को मोड़ते हुए कहा।

जॉगर्स पार्क से थोड़ी ही दूर क्यारियों के पीछे कुछ बेंच है, जहाँ कुछ लोग बैठे मेडिटेशन कर रहे हैं। उनके चेहरों की शान्ति और होंठों के गोलाई से लग रहा है कि वह ऊँ-ऊँ कहते हुए अपने मन को साध रहे हैं। कुछ लोग टहलकर, थककर पसीना सुखा रहे हैं। कुछ आपस में बतिया रहे हैं। लाफ्टर-क्लब के कुछ बूढ़े ताली बजा-बजा कर हँस रहे हैं। ऐसा वो रोज करते हैं। शायद हँसी-हँसी में अपने दर्द को बाहर निकाल देते हैं। वहीं एक वृद्ध जोड़ा बैठा कुछ गा रहा है। वृद्ध ने वृद्धा के कंधे पर हाथ रखा और धीरे-से कुछ कहा। औरत के गालों पर सेब-सी ललाई फैल गई। धूप में उसका ताँबई रंग खिल उठा। नैना छपाक्-से जा पहुँची यूनिवर्सिटी के उन दिनों में। फ्री पीरियड में अंग्रेजी विभाग के सामने गोला बनाकर सहेलियों के साथ बैठी थी। नैना के ग्रुप की लड़कियाँ बड़ी शरारती थीं। हमेशा हँसती रहतीं। जोर-जोर से ठहाके लगातीं। अचानक एक लाल डंठल गुलाब उसके ऊपर आ गिरा। सहेलियों ने खूब मजाक बनाया। और वह सिरफिरा लड़का नैना के पीछे ही पड़ गया, जिसने वह फूल फेंका था। बात घर तक पहुँची। घरवालों ने बजाय नैना की बात समझने के हाथ आए एक खूबसूरत कमाऊ नौजवान से चटपट उसका ब्याह कर दिया। वही नौजवान अंकित अब उसका पति है। वो गुलाब वाला नौजवान मजनूँ बना घूमता रह गया।

नैना की ख्वाहिशों का गला घोंट दिया गया। वह पढ़ाई पूरी करके करियर बनाना चाहती थी, लेकिन ख्वाहिशें इतनी आसानी से रौंदी नहीं जा सकती हैं। हवा का झोंका मिलते ही पंख लगाकर आसमान में उड़ चलती हैं। नैना ने आरजू के पंख लगाकर जब-जब आसमान में उड़ना चाहा, तब-तब अंकित की आवाज मोहब्बत की चाशनी में भीग गई, ऐसा लगा मोहब्बत की इस दुनिया से बेहतर कोई और दुनिया नहीं।

'घर में नन्ही किलकारी गूँजेगी, तो हम दोनों के सुर नया राग गाएँगे। हम दोनों नहीं बल्कि हम तीनों खुशियों के सागर में डूब जाएँगे।' कहते हुए अंकित ने नैना के बालों में उँगली फिरा दी। उसके बाल हवा में उड़ गए। शायद उस रोज नैना के ख्वाबों का महल भी धीरे से उड़ गया था। लेकिन ख्वाब कहाँ उड़ते हैं, वो

फिर वापस लौटकर मन पर कब्जा कर लेते हैं और ख्वाबों का बनना-बिगड़ना जारी रहता है।

अंकित की बातों के तिलिस्म ने नैना के अरमानों को गृहस्थी की अलमारी में बन्द कर दिया। उस अलमारी में उपलब्धियों का भंडार है। नई-नई इच्छाओं का छतनार पेड़ है, जिसके तले नैना अपनी पूरी जिन्दगी गुजार सकती है लेकिन 'वह' नहीं है जिसकी चाहत नैना को है। नैना के उन पौधों में, छतनार पेड़ में बहार तो आती है लेकिन फूल नहीं खिलते। बारिशों का पानी उसे गुदगुदाता नहीं। नैना के बी.टेक. का आखिरी साल था। वह पूरा करके किसी अच्छी जगह जॉब करना चाहती थी। लेकिन अंकित के दिखाए सब्ज-बाग ने उसके मन के कोंपल को सुखा डाला। उसके भीतर अंकुर फूटा लेकिन वह अपने अरमानों को जल्दी ही भूलने लगी। अपने पेट में आकार ले रहे फूल के साथ ही वह मुस्कराना सीख गई। वक्त ने जल्द ही करवट ली। एक दिन वह फूल भी मुरझा गया। पाँचवें महीने में मिस-कैरिज...उसके दिल की परतों में दबी टीस और ज्यादा उभर आई। वो टूटकर सूखा तना बन गई। उदासी और हताशा से बाहर आए, इससे पहले ही अंकित उसके सामने प्यार की नई गठरी लिये खड़ा था।

"कोई बात नहीं, कई औरतों के साथ ऐसा होता है, हम अगली कोशिश करेंगे।" नैना सोच में पड़ गई। सामने अंकित के प्यार का अथाह सागर, उसके भीतर इच्छाओं का हवामहल, किधर जाए वह। वो घबराने लगी, विकल होने लगी, स्त्री होने का एहसास उस पर और ज्यादा हावी होने लगा।

कॉलेज के दिनों में अगर एक लड़के ने फूल फेंका तो इसमें नैना का क्या कसूर? वह अपने आप से ही सवाल पूछ रही है दरअसल हर स्त्री इस तरह के सवालों से रोज जूझती है। बचपन से उसे इतिहास पढ़ने का शौक था। एकेडमिक जॉब करने की चाहना थी। लेकिन उस एक घटना ने उसे जिम्मेदारियों के घेरे में कैद कर दिया। वह बाहर आना चाहती है, लेकिन संस्कारों की जंजीर से जकड़ी हुई है।

दिन में अकेले बैठकर शून्य में ताकना और अंकित के सामने आँखों में नदी भरकर होंठों पर मुस्कराहट के गुलाब सजाना, यही उसका मुकद्दर बन गया।

दिन में वह बगावत की पीठिका बनाती लेकिन शाम-रात अंकित के आते ही उसकी अपनी नकली मुस्कराहट ही असली लगने लगती। यह उसके भीतर का

ऊहापोह था। रोज की तरह आज भी वह सुबह-सुबह ट्रैक सूट और वॉकिंग शूज पहनकर निकल पड़ी पार्क की ओर। आज डॉक्टर फजल से खूब सारी बातें करना चाह रही थी। रोज की तुलना में आज उसका मन कुछ हल्का था। चिन्ता की लकीरें उसकी आँखों में कम थीं। गेट से घुसते ही वह तेज-तेज कदमों से उसी तरफ चली जा रही थी, जहाँ से अक्सर डॉक्टर फजल उसे आते हुए मिलते। जॉगर्स पार्क का चक्कर लगाते हुए फव्वारे वाला दोराहा निकल गया। बैडमिंटन के नेट वाला बड़ा-सा मैदान भी पीछे छूट गया। तीन-चार चक्कर लगाने के बाद उसे थकान-सी महसूस होने लगी। जहाँ डॉक्टर फजल और नैना बैठते हैं, उसी सीट पर जाकर आराम से पैर फैलाकर बैठ गई और इन्तजार करने लगी डॉक्टर फजल का।

डॉक्टर फजल उसे कहीं नजर नहीं आए। पौधों को पार कर धूप ने खुले मैदान पर अपना कब्जा कर लिया और हरी घास पर ठहरी ओस की बूँदें कहीं गायब हो गईं। पार्क में अब इक्का-दुक्का लोग ही बचे थे। हवा गरम लगने लगी, नैना ने घड़ी की ओर देखा 'लगता है आज डॉक्टर फजल को हॉस्पिटल जल्दी जाना रहा होगा, इसलिए वे न आए हों, सोचते हुए पार्क से बाहर हो गई। अगले दिन सुबह इस उम्मीद में कि डॉक्टर फजल से शिकायत करेगी कि वे कल नहीं आए और न ही कोई सूचना दी। यह सोचते हुए नैना पार्क में दाखिल हुई और रोज की तरह उसने जॉगर्स पार्क का चक्कर लगाना शुरू कर दिया। थोड़ी देर आँखें मूँदकर बैठी रही। आँखें बन्द थीं लेकिन बन्द आँखों से डॉक्टर फजल का रास्ता देख रही थी। पर आज भी डॉक्टर फजल नहीं आए। डॉक्टर फजल से सुबह-सुबह मिलना, उनसे बातें करना, उनकी बातें सुनना अब नैना की आदत ही नहीं, बल्कि दिनचर्या का एक हिस्सा बन चुकी थी। आज जॉगर्स पार्क के गेट की ओर देखते-देखते वो निराश हो गई। यही एक शख्स है जिनसे वह दिल खोलकर बातें करती है, उन्होंने भी पार्क में आना बन्द कर दिया। अब वह किससे अपने मन की बातें करे, सोचते हुए भारी कदमों से पार्क से बाहर निकल गई।

घर पहुँचकर नैना ने सबसे पहले डॉक्टर फजल को फोन मिलाया। उधर से कोई रिस्पांस नहीं मिला। उसने मैसेज किए, कोई प्रत्युत्तर नहीं आया। इसी तरह कई दिन बीत गए। डॉक्टर फजल की ओर से न कोई फोन आया, न कोई सन्देश। अब नैना के मन की घबराहट तेज होने लगी। ऐसा क्या हो गया, जो डॉक्टर फजल बिना

बताए गायब हो गए हैं। कहीं उनकी सेहत तो नहीं खराब है, लेकिन उनका फोन उनकी पत्नी तो उठा सकती हैं। एक बार डॉ. फजल ने जिक्र किया था कि उनका बेटा कैलिफोर्निया में रहता है। बेटी के बारे में न उन्होंने बताया, न नैना ने कभी पूछा।

नैना की आँखों के सामने डॉ. फजल के मोबाइल की गैलरी सचित्र ठहर गई है। मनाली की अनगिनत तस्वीरें थीं, जिन्हें देखते हुए नैना खुद मनाली की सैर पर निकल गई थी। फिर हौले-से उसकी आँखों में दर्द की लकीर-सी कौंधी थी कि शादी के बाद वो अपना शहर छोड़ के कहीं घूमने ही नहीं गई। डॉ. फजल की दोस्ती ने उसके अवसाद को कम कर दिया है। जिस व्यक्ति ने कई बरस बाद मुस्कराना सिखा दिया हो, उसका अचानक अपनी दुनिया से गायब हो जाना उसके लिए फिक्र की बात तो है न।

नैना ने कैब बुक किया, 'कहीं आज अंकित घर जल्दी न आ धमकें' इस खयाल पर धूल डालते हुए उसने अपना पर्स उठाया और मोबाइल से पता पढ़ती हुई कमरे से बाहर हो गई।

डॉ. फजल का घर खोजना उनके मिजाज की तरह सरल न था। ईंटों की क्यारियों और फूलों से सजा बँगलानुमा पुराने डिजाइन का घर था। हरसिंगार के पेड़ को दरवाजे की शेप में तराश कर दरवाजानुमा बनाया गया था, उस दरवाजे के बाद एक दरवाजा और था जिस पर सन्नाटे का ताला लटक रहा था। पर नैना ने फिर भी बेल का बटन दबा दिया।

"कौन?"

नैना की आँखें हैरानगी से उस आवाज को खोजने लगीं। हलके हाथ से धकेलने पर ही दरवाजा खुल गया। कमरे में सन्नाटे की रुनझुन सुनाई दे रही थी, जैसे बारिश की रात में झींगुरों की आवाज। दरअसल रात के झींगुरों का ये गान सुरीला नहीं बल्कि डरावना, बल्कि कहें कि उदास लगता है। ड्राइंग रूम पार करते हुए नैना सीधे बरामदे से होती हुई उस कमरे की तरफ देखकर ठिठक गई, जिसमें परदा हिल रहा था। शायद फैन चलने की वजह से। इसका मतलब इस कमरे में कोई है। अजीब-सा घर है। इनसान की आवाज की बजाय सिर्फ सन्नाटे और उदासी का स्वर घुला-मिला है। दीवारों के पीले रंग-रोगन से उदासी झर-झर कर बिखरी है। आखिरकार साहस करके नैना ने परदा सरकाया। अधखुले दरवाजे को धकेलती

अन्दर दाखिल हो गई। फिर मद्धम-सी आवाज आई, "कौन? सुनीता?" रजाई से अपना चेहरा बाहर निकालते हुए डॉ. फजल बोले थे। दस मिनट की इस अवधि में नैना को ये पहली आवाज सुनने को मिली थी।

"अरे तुम, कैसे आईं यहाँ तक कोई दिक्कत तो नहीं हुई?" कराहते हुए डॉ. फजल बोले थे। उनके इन दो वाक्यों में उनकी अथाह पीड़ा समाई हुई थी। नैना उनकी कराह के पीछे छुपी आवाज को सुनने को व्याकुल हो गई। उसकी निगाहें कुछ खोज रही थीं। वह कुछ पूछना चाह रही थी लेकिन शब्द...शब्द मुँह तक नहीं आ रहे थे।

डॉ. की पत्नी इन्हें इस हाल में छोड़कर कहाँ गई होंगी भला? हो सकता है किसी जरूरी काम से गई हों, आती ही होंगी, बच्चे भी कहीं नजर नहीं आ रहे, खैर, खुद के सवालों से निजात पाने की गरज से उसने पूछा, "किस डॉक्टर का इलाज चल रहा है?"

"..."

तभी डॉ. फजल को तेज खाँसी आई। देखा तो जग खाली पड़ा था। नैना पानी लेने अन्दाजे से रसोईघर की ओर भागी, जहाँ बर्तन बेतरतीब रखे थे। कई दिन से जैसे खाना न बना हो। दीवार पर चिपकी एक छिपकली आहट पाकर रसोई के दूसरे कोने पर भागी। पानी लेकर रसोईघर से कमरे में आई तो देखा डॉ. फजल बिस्तर से उठकर सोफे पर बैठ चुके थे। सामने की कुर्सी पर बैठते हुए नैना ने एक सवालिया निगाह चारों ओर डाली।

"इससे पहले कि तुम सवालों की झड़ी लगाओ, मैं तुम्हें खुद ही बताना चाहता हूँ। कई बरस पहले पत्नी मुझे छोड़कर बेटे के साथ विदेश चली गई। जब थी तब भी मेरे लिए उसका होना, न होना बराबर था। उसकी अपनी अलग ही एक दुनिया थी जिसमें मैं बिलकुल मिसफिट था, उसे आजादी चाहिए थी। अपना जीवन खुद जीने का हक। इसलिए हम दोनों ने एक-दूसरे को आजाद किया। अब उससे हमारा कोई कागजी रिश्ता नहीं बचा है। हाँ, बेटी ससुराल से कभी-कभार मिलने चली आती है।"

"पर आप रोज अपनी पत्नी का जिक्र करते थे?"

"मैं कहाँ करता था, तुम्हीं बार-बार उसका नाम लेती थीं।"

नैना की आँखों के सामने वो दृश्य कौंध गया, जब गुलाब जामुन और मेथी के पराँठे डॉ. फजल लेकर आए थे। नैना पूछती रही—'किसने बनाए?' इस प्रश्न को टालते हुए कोई और बात उन्होंने शुरू कर दी थी।

ऐसा कई बार उन्होंने किया था। पर नैना ने इस पर गौर नहीं किया। डॉ. फजल की इस बात से नैना की आँखों और मन में अंधड़-सा शुरू हो गया। सवालों का सैलाब आ गया कि ऐसा क्यों, कैसे हुआ। उसे अपने जीवन की, अंकित से जुड़ी तमाम घटनाएँ याद आने लगीं। सन्नाटे की आवाज अब और तेज हो गई थी। झींगुरों का गान, उदासी और रुदन में तब्दील हो गया।

"मुझे किसी बड़ी बीमारी ने आ घेरा है, मेरा सफर कब तक है, कुछ पता नहीं।"

नैना की आँखें शून्य में ताक रही थीं। उसे डिप्रेशन ने फिर आ घेरा। डॉ. फजल की आँखों में बादल उमड़ आए थे। कमरे में नैना के बिलख-बिलख कर रोने की आवाज बिखर गई थी।

# ये दाग-दाग उजाला

दहशत से मन पर धुंध छा जाती है, ये धुंध एक तरह का बुखार है और जब परदेस में अकेले रहते हुए ये बुखार चढ़ता है बेहद लाचारी महसूस होती है। मेरे पास तो दहशत और लाचारियों का हुजूम है। बचपन के डर की धमक तो ताजिन्दगी पीछा करेगी। फिलाडेल्फिया के फिश-टाउन के इस रेस्तराँ की खौफनाक घटना जेहन से उतर ही नहीं रही। एकाकीपन के एहसास से खाली मन अकुलाहट और दहशत से भर गया। बस, लगता है कि वो सिरफिरा गोरा आएगा और यहाँ मौजूद सारे भारतीयों को दनदनाते हुए भूनकर चला जाएगा। उन्हीं में से एक मैं भी होऊँगा। पता नहीं लोग मुझे जान भी पाएँगे क्या कि मैं किस देश का नागरिक हूँ। मेरी पहचान होगी तो मैं एक ताबूत में भरकर अपने देश भेज दिया जाऊँगा। मेरी माँ पहले तो कुछ समझेंगी नहीं, जब उन्हें समझ आएगा तब उनकी आँखों का समुद्र कभी सूखेगा नहीं। छोटे-से दिल की आँखों से जो समुद्र से भी बड़ा सपना उसने देखा है वो उसकी आँखों के समुद्र में विलीन हो जाएगा।

मैं दस दिन बाद इस रेस्तराँ में भारतीय खाने की गरज से आया हूँ। पर फिलहाल सिर्फ बेबसी और डर के आँसू पी रहा हूँ। उस आदमी के दो कुसूर थे। एक ये कि वो भारतीय था, दूसरा ये कि उसने उस गोरे आदमी का वॉलेट चुरा लिया था। पूछताछ किये जाने पर उसने वापस भी कर दिया और चुराने की वजह भी बताई—'उसके पास पैसे नहीं थे। खाने के लिए कुछ डॉलर चाहिए थे' ये वाक्य वो बोल नहीं पा रहा था क्योंकि वो बेरहमी से गोरे आदमी के हाथों पिट रहा था, उसके हाथ-मुँह लहूलुहान हो गए थे, अपने बचाव के लिए हाथ उठाने

की कोशिश कर रहा था पर हाथ अशक्त हो चुके थे, उसकी गर्दन नीचे की ओर लटक-सी गई थी, वो जोर-जोर से रो रहा था पर उसकी आवाज गों-गों सुनाई दे रही थी। पिटते-पिटते वो गिर चुका था। अब वो गूँगे की तरह अम्म्म-अम्म्म कर रहा था। उसके मुँह पर आँसू, थूक और खून के थक्के से जमने लगे थे, उफ।

'You dirty indians come here and make our country dirty. You deprive us of jobs.' ये कहते हुए वो गोरा उस पर और टूट पड़ा था।

थोड़ी देर बाद उसकी आवाज आनी बन्द हो चुकी थी, वो खून से लथपथ हो चुका था, शायद वो मर चुका होगा। वैसे भी इस दृश्य के बाद वहाँ रुक पाना मेरे लिए मुमकिन न था। इस घटना पर कुछ न कर पाने की असमर्थता से मैं खुद को भी निर्जीव महसूस कर रहा था। कुछ लोगों ने उसे बचाने की कोशिश की। उन्हें भी जान से मार दिए जाने की धमकी मिली। जो लोग ये हृदय-विदारक दृश्य देखने में असमर्थ थे, वे वहाँ से भागे। मैं भी भागा, मेरे भागने के साथ-साथ मेरा मन विमान की गति से उड़ता हुआ दौड़ने लगा और बस...सीधा जाकर बचपन के रनवे पर उतर गया, जहाँ मेरे चाचा का घर, जग में रखे पीने के पानी में हाथ डाल के छपाक-छपाक खेलना और फिर कसके डाँट। उनके मुताबिक पानी गंदा हो गया था—'पीने के पानी में हाथ नहीं डाला जाता है।' ये बात उसे थप्पड़ों से सिखाई गई। पीठ, गर्दन और गाल पर लगी चोटें और खरोंचें अगले दिन ठीक हो गईं, पर दिल पे लगे चीरे का रफू आज तक नहीं हो पाया।

"अगर अभी संस्कार नहीं सीखे तो एक बदमाश नागरिक बन जाएगा, फिर ये चोरी-चकारी करेगा।"

अकसर ही चाची के उड़ेले इस तरह के जहर के जवाब में माँ बेल्ट उठाकर अपनी लाचारी का सारा लावा मुझ पर उतारतीं। मुझे खूब पीट लेने के बाद उनके नथुने फूलने लगते। उनके दिल की धड़कनें खूब तेज-तेज चलतीं। फिर उनकी आँखों से ममता का तेज रफ्तार झरना बहता और मेरा सिर अपनी गोद में रखकर वे देर तक सहलातीं। उनकी आँखों से टपकती आँसुओं की लड़ियाँ मेरे बालों में अटक जातीं जिन्हें मैं हाथ से झटक नीचे गिरा देता, फिर मेरी चोट भी कहीं गायब हो जाती।

'आज चॉकलेट चुराकर खाता है, कल पैसे चुराएगा, परसों बैंक लूटेगा।' मेरे लिए तमगे देना आम बात थी।

'तुम्हारे पापा होते तो तुम्हारा भी एक घर होता, किसी जरूरत के लिए तुम्हारी माँ को हमारे आगे हाथ न फैलाना पड़ता।' चाची का प्यार भरा संवाद ये होता। चाचा-चाची के ये संवाद बाल-मन की स्लेट पर हमेशा के लिए अंकित हो गए। आज भी जब-जब यादों की डायरी पलटता हूँ, तो सबसे पहले पन्ने पर चाचा-चाची की मार और दुत्कार होती है।

वहाँ बिना कसूर पिटता एक मासूम था, यहाँ विदेश में पिटता एक बेकसूर भारतीय। फर्क सिर्फ इतना है कि मैं वहाँ अपने ही घर में मार खाता था क्योंकि मैं एक विधवा बेरोजगार, लाचार माँ का बेटा था। वो माँ भी ऐसी कि जिसकी साँसें पहले अपने पति के अधीन थीं, थीं क्या माँ ने अपने को पति के सुपुर्द कर रखा था जो तकरीबन हर स्त्री करती है। उसके पास दूसरा न कोई घर था न सहारा। बाद में उस स्त्री पर मालिकाना हक चाचा-चाची का हो गया।

इस शहर में, अपनी पढ़ाई या रोजगार की तलाश में जो लोग आए हैं, अपनी जिन्दगी को रोशन करने के लिए आँखों में रोज एक नए सपने की लौ जलाते हैं, पर कुछ गोरे आकर इनकी लौ को रौंद डालते हैं। इससे पहले कि मेरे रंगीन सपने भी इन विदेशी सिरफिरों के हाथों रौंद दिए जाएँ, किसी रोज मैं भी इनकी गोलियों का शिकार बनूँ, मैं यहाँ से कूच कर जाना चाहता हूँ। वैसे भी कम्प्यूटर साइंस की पढ़ाई के मेरे चार बरस पूरे हो चुके हैं।

दरअसल हर युवा के पास सपनों का एक कैलिडोस्कोप होता है, लेकिन कभी वो रंगभेद के साए में मिटा दिया जाता है, कभी सम्प्रदायवाद की भेंट चढ़ जाता है, कभी उसके अपने परिजन उसके सपनों की पोटली छीन लेते हैं। परदेस में सपनों पर कब कौन-सा ग्रहण लग जाएगा और धुंध छा जाएगी, पता नहीं होता। ग्रहण तो मेरे सपनों पर भी लगा था, बल्कि मेरा तो पूरा जीवन ही अभिशप्त रहा।

इतवार की वो उदास दोपहर थी। यूँ तो मेरी हर दोपहर और हर शाम उदासी की धुंध से भरी होती थी पर उस रोज कुछ अलग ही हुआ।

'उलझनों के बादल में ही रोशनी की लकीर खींची जाती है, रोशनी की जरा-सी लकीर में भोर की आहट होती है। ये लो फॉर्म भर दो, चले जाओ विदेश, अपनी बड़ी लकीर खींच दो, कुछ पाने के लिए कुछ न कुछ खोना पड़ता है। तुमने बहुत

कुछ खोया है, अब तुम्हारे पाने की बारी है।' कहते हुए माँ ने मेरे सिर पर हाथ रखा और हम दोनों फफक पड़े थे। उस वक्त माँ के मन में इस बात ने पनाह ली थी कि मैं कुछ बन गया तो रिश्तेदारों को, चाचा-चाची को करारा जवाब मिल जाएगा और हमारी जिन्दगी की मुश्किलें भी आसान हो जाएँगी।

असल में मुश्किलें कभी आसान होती ही नहीं। जब चाचा का घर छोड़कर किराये के वन बी.एच. (वन बेडरूम हॉल) वाले घर में शिफ्ट हुए थे तब लगा था कि मुश्किल खत्म हो जाएगी पर कहाँ, अलग तरह का संघर्ष शुरू हुआ था।

पापा के इस दुनिया से चले जाने के बाद माँ मुझे गोद में लिये-लिये ठोकरें खाती हुई कई रिश्तेदारों के दरवाजे पर गई, पर सारे दरवाजे जंग लगे ताले की तरह जाम थे। चाचा ने हम पर तरस खाकर शरण दे दी। कुछ दिन सब ठीक-ठाक रहा पर फिर माँ और चाची के बीच नफरत की काँटेदार दीवार खड़ी हो गई और वो दीवार चाचा से भी टकराने लगी।

और फिर जब भी माँ और चाचा-चाची के बीच झगड़ा होता तो मेरी दोनों पक्षों से जमकर धुलाई होती। दोनों पक्षों का गुस्सा मेरी देह पर उतरता। ये देह और ये मन बर्फ बनता चला गया। अब इसमें न खरोंचें लगतीं, न कुछ टूटता, न दरकता, दर्द, तकलीफ, ठेस, अपमान, बेबसी, घुटन...मेरे मन की दुनिया में जैसे ये एहसास बचे ही नहीं थे। मुझे इनसे कोई फर्क नहीं पड़ता था। मैंने खुद को खामोश कर लिया। अपनी बातें मन में रखता। किसी से अपनी तकलीफ साझा न करता। दर्द का ये लावा शायद मन में कहीं जमा होता चला गया। 'दर्द का हद से गुजरना है दवा हो जाना।' दर्द सहते-सहते इनसान खुद अपनी दवा हो जाता है। अकसर ही चाची माँ पर 'कुलच्छिन, कुलटा, अपने पति को खा गई' टाइप गालियों की बौछार करतीं, पर उस रोज माँ चाची के दावानल की बुरी तरह शिकार हुईं।

चाची ने माँ पर जमकर बल प्रयोग किया। माँ के लम्बे बाल चाची की मजबूत पकड़ में थे। वो अपना बचाव करती हुई विलाप करती रहीं। माँ के विलाप में अजब-सी करुणा थी।

एक स्त्री के विलाप में समुद्र होता है, समुद्र विकराल रूप ले ले तो तबाही भी मचती है। पर मैंने उस रोज के तूफान को रोक लिया था। हालाँकि रोती हुई माँ ने चाची की गालियों पर पलटवार किया फिर तो चाचा भी इस एकतरफा युद्ध

में शामिल हो गए। उन्होंने भी कोई कोर-कसर नहीं छोड़ी।

चाचा-चाची के हाथ में चिमटा-बेलन था, माँ निहत्थी पिट रही थीं। मैं बीच-बचाव की भरसक कोशिश कर रहा था, पर पूरी तरह असफल। माँ की चोटें खुद पर महसूस कर रहा था। एक अपाहिज और अपंग की तरह खुद को लाचार महसूस कर रहा था। मेरी आँखों में खून जम गया था, हाथ जैसे बर्फ की सिल्ली में कैद कर जमा दिए गए हों, जिन्दा होते हुए भी खुद को मरा हुआ-सा महसूस कर रहा था। मेरे दुःख भरे जीवन का सबसे पीड़ादायी लम्हा था वो।

बस जब तूफान शान्त हुआ तो माँ के भीतर ज्वालामुखी फटा और उस भीषण बरसाती शाम। माँ, चाचा का घर हमेशा के लिए छोड़कर निकल गई थीं और मैं उनके पीछे-पीछे। आसमान जैसे प्रलय बरसा रहा था। मैं और माँ एक बस स्टॉप पर छत से टपकती धारा से घिरे घंटों बैठे रहे थे। माँ की आँखों की बारिश सड़क पर हो रही बारिश से ज्यादा घनी और तेज थी। पानी के सैलाब में सड़क जैसे गुम हो चली थी। उस रोज हमारी जिन्दगी के सारे रास्ते भी गुम नजर आ रहे थे।

देर रात बारिश तो थम गई पर माँ के भीतर का सैलाब और आँधी थमने का नाम नहीं ले रही थी। हम पानी से भरी सड़क पर बेमकसद बिना किसी मंजिल के चले जा रहे थे। भूख जोरों की लग आई थी। दोपहर को भी खाना नसीब न हुआ था। अचानक मोबाइल की स्क्रीन पर चमका—'Chacha Calling'...माँ के मना करने के बावजूद दुबारा कॉलिंग दीखते ही मैंने फोन रिसीव कर लिया।

"बेटा घर आ जाओ, हम तुम दोनों का भला चाहते हैं।"

इस आवाज में आग्रह के साथ आत्मीयता भी झलक रही थी। क्या भलाई इतनी निर्मम होती है। कन्फ्यूजन भी हुआ, अभी वाला वाक्य 'सच' है या वो सब जो आज घटित हुआ। माँ को मैंने समझाया, बहलाया लौट चलने के लिए, क्योंकि हमारे पास फिलहाल कोई विकल्प नहीं था। चाचा को भी सामाजिक डर था, शायद इसीलिए उन्होंने फोन किया।

हम चाचा के घर वापस तो लौटे, लेकिन कुछ ही दिन बाद मारपीट वाली घटनाएँ भी फिर-फिर लौटीं, फिर-फिर माँ की आँखों से नदी बही, जिसका अवसाद मुझे खोखला करता रहा। माँ के दुखों की नदी मुझे रेत की तरह भीतर तक सुखा देती। मैं इनसान से ठूँठ में तब्दील होने लगा था। मेरा युवा-मन सपने देखने की

बजाय एक-एक दिन काटने के लिए जूझ रहा था। मेरे सपने दम तोड़ रहे थे। मेरी हथेलियों की रेखाएँ बुज़ुर्गों की रेखाओं की तरह निर्जीव हो रही थीं। दीवारों और वस्तुओं से घिरे इनसान के विचार भी वस्तु हो जाते हैं, वो एक मशीन बन जाता है और मैं भी एक मशीन, एक रोबोट बन गया था।

आखिरकार एक दिन माँ ने किराए के घर में शिफ्ट होने का फैसला किया और हमने वो घर छोड़ दिया। किराए के घर में अलग तरह का संघर्ष शुरू हुआ पर मेरे युवा मन में थोड़ी हरियाली ने जगह बनाई। मेरा ध्यान पढ़कर कुछ बन जाने में लगने लगा। हरे मन पर सपने उगे और मैं उड़ आया सात समन्दर पार। यहाँ भी एक खौफ का बनैला असुर मेरा पीछा करता रहता है। सपने के पंख कतर दिए जाने का खौफ हर वक्त मन में रहता है। माँ मुझे यहाँ भेजकर आश्वस्त हो गईं, यहाँ तक कि अपनी रोजमर्रा के जद्दोजहद भी भूलने लगीं, पर उन्हें क्या पता था। यहाँ की चकाचौंध भी मेरी आँखों को उजाले से भर नहीं पा रही है। यहाँ मैं रोज मरकर जीता हूँ। किसी अनिष्ट का डर हमेशा मेरे साथ चलता है, हर वक्त ये एहसास होता है कि मेरे रेशमी सपनों की गठरी कहीं फिसलकर गिर न जाए। सीधे-सपाट रास्तों पर भी काँटे चुभ जाने का डर। ये डर बचपन की पीड़ाओं का है या रंगभेद का, नहीं पता।

रेस्तराँ से निकलकर सीधा कमरे पर आ गया, जो रास्ते और रेस्तराँ से ज्यादा महफूज था, लेकिन मन पर खौफ की धुंध छा गई थी। इस धुंध से परे कुछ नजर नहीं आ रहा था। पर कुछ सवाल पीछा कर रहे थे—'क्या बटुआ चुरा लेने मात्र से किसी की जान ले ली जानी चाहिए? लड़के को पुलिस के हवाले भी तो किया जा सकता था। बहुत चमकीले और विकसित इस देश के एक इनसान में इतनी नफरत कैसे हो सकती है? पर उस नीलेश वारंगाले का क्या कसूर था, उसे क्यों दिन-दहाड़े बस-स्टॉप पर गोलियों से भून दिया गया था। कंप्यूटर साइंस पढ़ने का सुनहरा और अँखुआया सपना बोया था इस पराये देश में उसने। उसके सुनहरे सपने वाली देह को ताबूत में भरकर रख दिया गया था, उसके पिता, अपने जवान बेटे के ताबूत को देखकर चट्टान बन गए थे, माँ अहल्या बन गई थीं।

सौरभ रेड्डी की आँखों में इंजीनियर बनने की ख्वाबों की ताबीर का इन्तजार था। छोटी कम्पनी में पार्ट टाइम करता। रात में होटल में वेटर का काम करता था। हॉस्टल के दरवाजे पर काम के लिए जाते हुए उसे दो अनजान आदमी भूनकर चले गए थे।

तकरीबन सारी पैकिंग हो गई है, सिवा टेबल पर रखी कुछ किताबों और डायरी के। डायरी हाथ में ली तो उसमें से माँ की एक मुड़ी-तुड़ी चिट्ठी गिर गई। जब मैं नया फिलाडेल्फिया आया था, तो माँ ने दो या तीन पत्र भेजे थे। उनके मुताबिक व्हाट्सएप या मेल का उतना असर नहीं होता जितना कि चिट्ठी का। चिट्ठी में स्पर्श की ताकत होती है।

"प्रिय सुमित

अपनी पढ़ाई पर डटे रहना। यहाँ मैं अपनी जद्दोजहद पर डटी नहीं रह पा रही हूँ। जिन्दगी का पहाड़ चढ़ते-चढ़ते मैं हारने लगी हूँ। साँसें जैसे टूटने लगी हैं। अँधेरा घिर रहा है। इतना याद रखना तुम्हें अपनी रोशनी खुद बनना है। बुद्ध कहते हैं, अप्प-दीपो-भव। हारना मत, मेरी जीत बनकर दिखाना। वापस आना।"

वापस तो मैं आ ही रहा हूँ। वो भी एक ठीक-ठाक सॉफ्टवेयर इंजीनियर बनकर। इसे माँ के लिए रोशनी कहा जा सकता है। आज फिलाडेल्फिया शहर की ये आखिरी शाम है। सारा सामान पैक हो चुका है, कम्पनी का अपॉइंटमेंट लेटर, अपना परिचय-पत्र, पासपोर्ट एक साथ अपने क्रॉस बैग में रख दिया। कमरे में मुआयना करते हुए उड़ती-उड़ती नजर डाली। कहीं कोई चीज छूट तो नहीं रही। ढलते दिन की मद्धम रोशनी में जो दिखाई दे रहा था वो था विदेश का अकेलापन, अपने साँवले रंग का विभेदीकरण, सपने का ताँबई रंग, जिसका एक हिस्सा ही पूरा हुआ है। बाकी अपने वतन लौटकर पूरा किया जाना है। अजनबी शहर के छोटे से कमरे में त्रिभुजाकार रैक में रखे कंप्यूटर साइंस की किताबों के कुछ पन्ने छूट रहे हैं। छूट रही है मेरी उदासी, छूट रही हैं धुआँ-धुआँ शामें। जिसमें मेरे खौफ के वो पल जिन्दा हैं कि कहीं साँवले रंग की वजह से किसी की आतिशबाजी का शिकार न हो जाऊँ। इस कमरे में वो एहसास भी छूट रहा है, जब उस नीली आँखों वाली

लड़की से चन्द घंटों के लिए मुलाकात हुई थी। इस कमरे में वो चोटें भी छूट रही हैं जो वीराने और अकेलेपन के कर्फ्यू में बीतीं। कुछ साथियों की बेहतर यादें हैं, कुछ की चीटिंग भी इसी कमरे में छूट रही है।

'आसान नहीं होता बार-बार नए-नए सपनों के बीज बोना, उन्हें अंकुरित करना फिर पकाकर अपने हिसाब से काटना। सपनों को वक्त ही खूबसूरत बनाता है, वक्त ही रौंद डालता है।'

"काफी कमजोर लग रहा है।" मुझे पनीली आँखों से देखते हुए माँ ने मुझे गले से लगा लिया और मैं उस वक्त फिर से 8 साल का नन्हा बच्चा बन गया। हर माँ को उसकी सन्तान कमजोर और भूखी-प्यासी ही नजर आती है।

"अभी तक खड़े हैं ये दोनों पेड़? माँ, गुलमोहर वहाँ मेरे कमरे के सामने भी था और अकसर मैं खिड़की से देखता और आपको याद करता, पर वहाँ वाले गुलमोहर का रंग और ज्यादा गाढ़ा नजर आता था," कहते हुए मैंने अपनी माँ के कंधे पर हाथ रखा, माँ कॉलोनी के गेट के बाहर देख रही थीं। चौंककर माँ ने मेरी ओर देखा, "आँ...? हाँ, कुछ कहा क्या?" उनके चेहरे पर खिली हुई मुस्कराहट थी जो मैंने पहली बार देखी थी।

धुआँ-धुआँ कम रोशनी वाला मेरा कमरा। मेरी किताबों के रैक में काफी बदलाव थे, जैसे किसी ने उठा-उठाकर कई बार पढ़ा हो, कुछ किताबों में बुक-मार्क लगे हुए थे। यूँ तो बदलाव दुनिया का नियम है पर कुछ बदलाव को स्वीकारना मुश्किल होता है। मेरी कोचिंग के नोट्स को बंडल बनाकर कमरे में किनारे की तरफ रख दिया गया था। बेड पर चादर जैसे थोड़ी देर पहले ही बदला गया हो। फिर भी शिकन नजर आ रहा था, जबकि माँ धुले-शफ्फाफ चादरों की शौकीन हैं और उनके बिछाए चादर पर एक भी सलवट नहीं मिलता। सोचा कुर्सी पर बैठकर जरा खिड़की से बाहर की दुनिया देखी जाए। अपनी स्टडी टेबल से मेरी संघर्ष की तमाम कहानियाँ जुड़ी हैं, अनगिनत यादें हैं। देखा तो मेरी कुर्सी नदारद थी। आँय, टेबल भी, कहीं माँ ने पैसों की किल्लत के चलते टेबल-कुर्सी बेच तो नहीं दी। लेकिन ऐसा कुछ जिक्र तो उन्होंने फोन पर कभी किया नहीं। वैसे भी कितने पैसे मिले होंगे।

"बेटा, एक अंकल हैं। तुम्हारे जाने के बाद बहुत सारी जरूरतों में मेरे साथ

खड़े रहे, उन्हें जरूरत थी टेबल-कुर्सी की।" जैसे सफाई देते हुए माँ ने बिना पूछे ही बताया।

"मुझे अगले दस दिन के अन्दर ही कम्पनी में ज्वाइन करना है। तनख्वाह मिलनी शुरू होगी तो अपनी सारी कठिनाइयाँ दूर हो जाएँगी। फिर आप अपने ये छोटे-मोटे काम छोड़कर आराम करना।" कहते हुए मैं अपना सामान जमाने लगा। मुड़कर देखा तो माँ जा चुकी थीं।

"माँ, भूख लग रही है। क्या बनाया है?" माँ रसोई में मेरे लिए कुछ बना रही होंगी इस गरज से पूछते हुए मैं अपने कमरे से बाहर आ गया, जो रसोई में खुलता था रसोई से सटा हुआ हॉल जो ड्राइंगरूम और माँ का कमरा है। देखा तो मजे से माँ लेटी हुई किसी से हँस-हँस कर फोन पर बात कर रही हैं।

"हाँ-हाँ, याद रखेंगे, ठीक है, हम अब बाद में बात करेंगे। सुमित आ गया है।" उनके चेहरे पर फिर वही मुस्कराहट चिपकी हुई थी जो बिल्डिंग के गेट पर थी और वे चौंक गई थीं। मैं उनके हाथ पर सिर टिकाकर लेट गया। वे थोड़ी देर मेरे सिर पर हाथ फिराती रहीं, फिर धीरे से उठकर चल दीं। कुछ अजब-सा बर्ताव है आज माँ का।

चाचा का घर छोड़कर जब इस घर में हम आए थे तो माँ एक साथ कई छोटे-मोटे काम किया करती थीं। फिर भी महीने के अन्त में पैसों की बड़ी किल्लत होती, कई दिन फाके मारने की नौबत आई थी। कई बार हम गुल्लक तोड़कर अपनी मुट्ठी खुशियों की रेजगारी से भर लेते, पर माँ मेरी पढ़ाई के लिए डटी रहीं। मेरे मन पर स्मृतियों की घटाएँ छाई हैं। फिलाडेल्फिया की चकाचौंध के सामने ये शहर फीका-सा लग रहा है। अजीब-सी वीरानगी सी छाई है। उदासी और वीरानगी से भरे घर को माँ पकवानों की लजीज खुशबू से भर रही हैं।

"अरे वाह दही बड़े।"

"बचपन में तो तू ये भी नहीं खाता था। खाने की हर चीज से मुँह सिकोड़ता। बस वही ले-दे कर पिज्जा-बर्गर, दाल-चावल के बीच सब्जियाँ मैश कर उन्हें छुपाकर खिलाती थी।"

"बचपन में मैं नटखट था?

"एकदम शान्त, सीधा, बिलकुल न बोलने वाला।"

"खेल में रुचि थी मेरी?"

"बिलकुल नहीं, सिर्फ किताबें पढ़ता था।"

तभी डोर-बेल की आवाज टेबल से काँच के ग्लास की तरह कमरे में गिरी और हमारी बातचीत की किरचियाँ इधर-उधर बिखर गईं, सुनहरी बातें ठहर गईं। दरवाजे के सामने लाल टी-शर्ट पहने एक लम्बे कद का आदमी खड़ा था। उसने मुँह में पान मसाला भर रखा था, दरवाजा खुलते ही उसने झपटकर मुझे गले से लगा लिया, जैसे वो मुझे पहले से जानता हो। अन्दर आते ही सबसे पहले वो वाश-बेसिन की ओर गया, शायद पान मसाला थूकने।

तो इसे घर का पूरा नक्शा पता है।

"बेटा, ये मिस्टर त्यागी हैं। तुम्हारी स्टडी टेबल इन्हीं के यहाँ रखी है। ये किताबें पढ़ने, ड्रामा और फिल्मों के बड़े शौकीन हैं।"

'ओह, तो यही बन्दा है जिसने मेरी किताबों को तितर-बितर किया है।'

'सुमित, एक बार इन्होंने ही तुम्हारे लिए मनी-ट्रांसफर किया था। याद है जब मुझे निमोनिया हुआ था, तुम कितने बेचैन थे, ये ही मुझे डॉक्टर के पास ले गए थे।'

माँ जैसे इस बन्दे की तारीफ से मेरे सिर पर एहसानों का पिटारा धरकर मुझे इम्प्रेस करना चाह रही हैं। पर मैं ऐसा ठूँठ कि मेरे ऊपर इन तारीफों का रत्ती-भर भी असर न हुआ और मैं उनसे हाथ जोड़कर अन्दर के कमरे में चला गया।

खिड़की खोल दूर सड़कों पर आती-जाती गाड़ियों को देखने लगा। मुम्बई का छोटा-सा उपनगर। पर भीड़ इस कदर कि मानो एक पूरा शहर बसा है इसमें।

कैसा अजीब शहर है ये! देखने में रोशनियों और भीड़ से भरा है लेकिन भीतर से एकदम निर्जन, अकेला। अजीब सी मनःस्थिति है। वहाँ विदेश में अकेला था तब अकेलेपन का अवसाद था पर यहाँ माँ के पास लौट आया हूँ फिर भी अवसाद से घिरा हूँ। इस कमरे में मैं अपनी उदासी से गुरुतर कर रहा हूँ और उस कमरे में हँसी, खुशी और कहकहों की महफिल सजी है।

पता नहीं कब जाएँगे ये महाशय, खा-पी लिये, अब तो इन्हें चले जाना चाहिए।

"मिस्टर त्यागी, आप कितने बजे सोते हैं?" अपने विदेशी अनुशासन के तहत मैंने बेधड़क सवाल दाग दिया।

"अरे बेटा, आओ आओ, तुम भी ज्वाइन हो जाओ। असल में हम दुर्गा के

रूपों का आधुनिकीकरण कर उनकी चर्चा कर रहे हैं, उनके किस रूप को क्या चढ़ावा चढ़ता है इस पर विमर्श कर रहे हैं।"

"क्यों? और कोई विषय नहीं है क्या? शिक्षा, बेरोजगारी, युवाओं के बढ़ते सुसाइड केस, मेडिकल की सुविधाओं, देश के विकास पर भी विमर्श हो सकता है।"

"हाँ, आपने सोने के बारे में पूछा। मेरा सोने-जागने का कोई फिक्स टाइम ही नहीं है।"

"लोग भूख, लाचारी और मजबूरी से जूझ रहे हैं उस पर विमर्श करने की बजाय यहाँ देवी माता के रूप और चढ़ावे पर विमर्श हो रहा है। ये आदमी तो अक्ल का पहाड़ है।" मैं ऊबकर वापस अपने कमरे में चला गया और नींद से जूझने लगा।

रात में अर्धनिद्रा में मेरे कानों में माँ और मिस्टर त्यागी की बातें निरन्तर आती रहीं, शायद ये लोग पूरी रात जागते रहे। अब तो मेरे घर में मिस्टर त्यागी का आना-जाना इतना बढ़ गया कि उनका लंच-डिनर यहीं होने लगा, बदले में वे माँ और मेरे लिए ढेर सारे तोहफे ले आते, जिन्हें मैं बेफिक्री से इधर-उधर रख देता। कभी उन चीजों का इस्तेमाल भी नहीं करता।

"सुमित वे तेरे लिए बड़े प्यार से ये टी-शर्ट ले आए थे। तूने रद्दी कपड़ों के ढेर में रख दी है।"

"मुझे नहीं पसन्द।"

"क्या? रंग या उनका लाना?"

"दोनों।"

उस रोज मैं अपने पुराने सर्टिफिकेट खोजने की गरज से अपनी किताबें और फाइलें व्यवस्थित कर जमा कर रैक में रखने लगा। पूरा कमरा छान मारा पर वो फाइल ही नहीं मिली। माँ से पूछने पर वही जवाब—शायद मिस्टर त्यागी ने किताबें खोजते हुए कहीं रख दी होगी। तभी एक चमकती हुई चीज पर नजर पड़ी, "अरे ये तो माउथ ऑर्गन है।"

कमरा अब मेरा न होकर मिस्टर त्यागी का हो गया था। पहले घर के हर कोने में मेरी चीजें होती थीं अब मिस्टर त्यागी की उपस्थिति से घर भरा होता है। पहले हर कदम पर माँ को मेरी जरूरत होती थी, पर अब वे मेरे बगैर ही ज्यादा खुश नजर आती हैं। फिलाडेल्फिया में शानदार जॉब का ऑफर था, यहाँ की बदहवासी

और अस्त-व्यस्तता से अलग अनुशासित जीवन होता। डॉलर का पहाड़ खड़ा हो जाता। पर मैं तो माँ के पास लौटकर उनकी मुश्किलें आसान करना चाहता था। इसलिए इंडियन कम्पनी को चुना। सैलरी की तरफ भी नहीं देखा। मुझे क्या पता था कि जलवायु परिवर्तन की तरह माँ का मन भी परिवर्तित हो सकता है और खून से सिंचित रिश्ते में भी पतझड़ आ सकता है। धरती सूरज के चक्कर लगाते-लगाते अचानक चाँद की सैर पर चल पड़ी। मेरे ही घर का मौसम अनजाना हो चुका है।

"माँ, ये मिस्टर त्यागी मेरे कमरे की जासूसी करते रहे हैं क्या? सारी चीजें उन्होंने तहस-नहस कर रखी हैं। मेरे कमरे में वे किस हैसियत से आते रहे और क्यों? किसका माउथ-ऑर्गन है ये? ये अपना घर है या कोई ड्रामा कम्पनी?" मेरे नथुने फूल रहे थे, मैं गुस्से से बेकाबू हो रहा था।

"सुमित।" माँ का चेहरा पहले तो तमतमाया, फिर पता नहीं क्या हुआ कि वे मेरे पास आईं और उनकी ममता का बाँध टूट पड़ा।

"सुमित तुमसे कुछ कहना चाह रही हूँ कई दिन से।"

मैंने उनकी ओर प्रश्नवाचक नजरें टिका दीं पर भीतर से कोई खास जिज्ञासा नहीं थी। मुझे फिलाडेल्फिया से आए हुए हफ्ते भर से ज्यादा हो गया था, पर इत्मीनान से बात करने की फुर्सत ही नहीं माँ के पास। एक अजनबीयत-सी पसर गई है हमारे बीच।

तब तक पीछे से मिस्टर त्यागी की भी आमद हो चुकी थी। उन्हें देखते ही मेरे भीतर की ज्वाला एक बार भड़की।

"त्यागी जी, विल यू प्लीज एक्सक्यूज अस। आप थोड़ी देर बाद आ जाइएगा। हम कुछ जरूरी डिस्कशन्स कर रहे हैं।"

"नहीं सुमित, अरे बैठिये त्यागी जी।" इस बीच माँ की आँखों में जो ममता की नदी उमड़ी थी उसमें प्रेम की कश्ती थरथराती हुई नजर आई, वो कालिदास की शकुन्तला में तब्दील हो गई।

"सु-मि-त! हम शादी करने वाले हैं, जल्द ही।"

"व्हाट?"

"हमने सोचा था तुम्हें सूचित करें और तुम अपनी नौकरी वहीं ज्वाइन कर लो पर तब तक तुम्हारा वीजा वगैरह तैयार हो चुका था। बेटा, जिन्दगी का बोझ

मुझसे नहीं उठ रहा था, थक गई थी अकेले चलते-चलते।" ये कहकर जैसे माँ ने मुझसे माफी माँगी हो।

मैं उनके सामने बुत बना बैठा रहा बहुत देर तक।

"अगले महीने मेरे 'दोस्त' की शादी है। उसने हमें इन्वाइट किया है। बदले में मैं उसे अपनी माँ की शादी में इन्वाइट करूँ क्या?" कहते हुए मैं उठा और अपना कमरा बन्द कर लिया। माँ को आखिर हो क्या गया है, ग्रैंड-सन पालने की उम्र में शादी करने चली हैं। मेरे भीतर समुद्र का उफान थमने का नाम नहीं ले रहा है।

तेज कड़क धूप में अचानक काले-डरावने बादल छा जाते हैं, कॉलोनी के गेट पर खिला हुआ गुलमोहर? झरकर बिखरने लगता है, जैसे वह पेड़ से ठूँठ में बदल गया हो। अब शायद कमरे का कोई कोना मेरा नहीं है। घर का पूरा मंजर बदल चुका है, यहाँ तक कि माँ के दिल का कोना भी मेरा नहीं।

मैं फिर बस-स्टॉप की उस बरसाती शाम की बरसते पानी की धारा में कैद बच्चा बन गया हूँ, जिसके सामने कोई रास्ता, कोई मंजिल नहीं है।

# स्कूबा डाइविंग

मुझे पानी से बड़ा प्यार था, नदी हो या समुद्र...बस पानी पर तैरते रहना बहुत सुहाता। समुद्र की लहरें देखकर पागल हो लहरों में समा जाना चाहती थी। मुझे लोग पानी का कीड़ा कहते।

'मछली के बच्चे को तैरना सिखाने की क्या जरूरत।' बाबा के साथ तैरते हुए गाँव के लोग मुझे देखते और ये स्टेटमेंट पास करते।

सचमुच तैरती तो मैं मछली की ही तरह। मैं पानी के ऊपर होती पर मेरा मन हमेशा पानी के भीतर तैरते हुए यादों के बखिए टाँक रहा होता। तरह-तरह की मछलियों के दिमाग में प्रवेश कर जाती—और तरह-तरह के मछुआरों के फैले जाल के बारे में सोचती।

रंग-बिरंगी डॉल्फिन मछली को देखती तो सोचती, यह शार्क, ऑक्टोपस और ह्वेल से कैसे अपना बचाव करती होगी। समुद्र में तैरकर थक जाती तो पानी के किनारे तलछट पर पैरों को ऊपर की ओर हवा में उड़ाती हुई पानी छपछपाती। पानी का ये खेल मुझे बड़ा अच्छा लगता। उस रोज जब बाजार में मछली का टोकरा बाबा को पकड़ाकर लौट रही थी, तो समुद्र में लहरें उफान पर थीं। ढलती दोपहरिया का सूरज अपनी किरणें पारदर्शी पानी पर ऐसे बिखेर रहा था जैसे चाँदी की पतली-पतली ढेर सारी पायलें तैर रही हों। जी चाह रहा था जगमगाती चाँदी की पायलों को बटोरकर अँजुरी में भर लूँ। समुद्र के दूसरी ओर कहीं-कहीं रेत के ढूहे बने हुए थे। रेतीले रास्ते पर बिछाए गए पत्थर टीले की शक्ल में दूर तक फैले थे। पत्थरों के पीछे लम्बाई में लगी नारियल की कतार। नारियल की कतार को सूरज

अपने सिंदूरी रंग की झालर से छूकर आगे बढ़ा जा रहा था। आसमान नारियल के दरख्त पर जरा और उतर आया था। नारियल के दरख्तों से छनकर आती हवा लहरों की खबर लाती कि अब ये ज्यादा उठान पर रहेंगी या पीछे की ओर जाएँगी।

कुदरत के ये नजारे मेरे खाली मन को सहलाते थे, मेरे ख्वाबों के कैनवस को रँगते थे। मैं इन दृश्यों को अपनी डायरी में छुपाकर रख लेती। कभी-कभार इन नरम पौधों को अपनी लेखनी से सींचती।

'मछुआरे की बेटी का काम है मछलियाँ बेचना और सुखाना।' 'आई' की कही ये बात मेरे पंख को और धारदार बनाती।

उन्हें क्या पता दिन की मछलियों के उबाऊ बाजार के बाद जब मैं नींद की गली में जाती तो सपनों का बड़ा हाट लगता। अपनी नींद के सपनों के हाट से मैं रोज नए-नए सपने खरीदती और अपने मन के रेशमी गिलाफ में एक नया सपना टाँक लेती। वैसे इस गाँव में हर दूसरी-तीसरी लड़की अपनी पीठ पर सपनों का बैग टाँगे, हाथ में फोन लिये, साइकिल चलाती हुई अपना फलक रचती। मैं भी ख्वाबों की एक रंगीन पुड़िया लेकर चल पड़ी थी। पर वो पुड़िया घर और जमाने की रेत तले दब गई थी।

अमूमन लड़कियों के ख्वाब यूँ ही रेजा-रेजा होते हैं। मैंने ख्वाबों की पुड़िया से एक टुकड़ा छिपाकर रख लिया था। छिपाकर रखे उस ख्वाब के टुकड़े को ही रोज सुबह उठकर देखती। ख्वाब का टुकड़ा जैसे ही हथेली पर रखती, कहीं से आवाज आती—'मछुआरे की बेटी'। हड़बड़ाकर जल्दी से उस ख्वाब के टुकड़े को मैं छिपाकर सहेजकर रख लेती। गाँव की तपती जमीन से आसमान की ओर हवा में पींगें मारना मुश्किल है।

'खेती-किसानी कर, मच्छी पकड़कर अपनी आजीविका चलाने वालों के घर में पनचक्की तो हो सकती है न कि हेलिकॉप्टर'। आई का जब पारा चढ़ता तो ये जुमला मुझे जरूर सुनातीं। उनके इस जुमले से मेरा मन हेलिकॉप्टर पर न सही लेकिन पानी के जहाज में जरूर सैर कर लेता।

उस रोज मेरे ख्वाबों की पुड़िया का थोड़ा विस्तार हुआ जब एक रेस्तराँ में देखा कि एक लड़की मुस्कुराकर मेनू कार्ड रखे टेबल पर खाने का ऑर्डर नोट कर रही थी, मुझे थोड़ा अचरज हुआ। लगता है इसके घर में मछली पकड़ने का

काम नहीं होता होगा वरना इसे भी लोग कहते—मछुआरे की बेटी।

अगली सुबह मच्छी का टोकरा बाबा को पकड़ाकर उस रेस्तराँ में मैं उड़ती हुई जा पहुँची।

"तुम गेस्ट को हैंडल कर पाओगी?" काजू कुतरता हुआ काउंटर पर बैठा मैनेजर मुझे घूरता हुआ बोला था। शायद यही रेस्तराँ का मालिक भी था।

"क्यों नहीं कर पाऊँगी?"

"लेकिन पहले कहीं वेटर का काम नहीं किया न।" आँखों पर सिमट आए घने-काले बालों को पीछे झटकते हुए उसने पूछा।

"इस गाँव में रहने वाली हर लड़की कोई काम पहली बार ही करेगी न।"

"अच्छे-बुरे हर तरह के गेस्ट आते हैं, उन्हें हैंडल करना मुश्किल हो सकता है।" इस बार उसकी आँखों की गोलाई मेरी जीवटता को नाप रही थी।

होटल के मैनेजर ने जितनी भी मुश्किलें बताईं सबका हल मेरे पास था। जरूरत होटल के मैनेजर को भी थी और जॉब की दरकार मुझे भी, उम्मीद के विपरीत सौदा जल्द ही पक्का हो गया। सो अगले दिन से मैं होटल में वेटर के रूप में तैनात थी।

चारों तरफ से पेड़ों और फूलों से सजे, चारों ओर से खुले उस रेस्तराँ के सामने केले और नारियल के पेड़ों से ढका घास का छोटा-सा लॉन बना था, जिसके किनारे-किनारे क्यारियों में रंग-बिरंगे फूल उगाए हुए थे। पेड़ों के झुरमुटों के बीच से झाँकते बैगनी फूल मुझे बहुत आकृष्ट करते थे। उस रेस्तराँ में खाना खाने आए पर्यटक वहाँ जाकर तरह-तरह के पोज बनाकर सेल्फी या ग्रुप फोटोज लिया करते।

उस रेस्तराँ के आसपास उस गाँव के मछुआरों या अन्य लोगों के घर थे जिन्हें दोमंजिला बनाकर होम स्टे का रूप दे दिया गया था। इनमें दूर-दूर से सैलानी रहने के लिए आते, समुद्र के ठीक किनारे पर बने ये किसी बीच-रिजोर्ट से कम न थे। दिन में ये होम स्टे ऊँचे दरख्तों की छाया से झिलमिलाते रहते। धूप के टुकड़े इन पर आयताकार शक्ल में आईना-सा चमकते। सामने ठाठें मारता समन्दर, उसकी तेज लहरें अब जैसे उन घरों में आकर कब्जा कर लेंगी। सैलानियों के लिए यही खूबसूरती का सबब और गाँव वालों के लिए आय का जरिया था। कम खर्च में घरेलू सुविधा पाकर सैलानी इन होम स्टे में कई दिन तक टिकान डाल लेते।

वेटर बनना मेरा आकाश नहीं था। मेरे ख्वाबों की पुड़िया का छोटा-सा टुकड़ा

मात्र था। रेस्तराँ के मेनू कार्ड लेकर मैं पर्यटकों के सामने खड़ी होती। खाने के मेनू नोट करते हुए मैं अपने भीतर के समुद्र की लहरों की आवाज सुना करती। मेरे भीतर की आवाज कई बार लोगों के दिए जा रहे मेनू और पानी के ऑर्डर की आवाज से तेज होती। वे बोल रहे होते—वेज पनीर कोल्हापुरी, फिश-करी, भाखरी, पर अगली डिश का नाम सुनने से पहले मैं पानी में चली जाती। एकदम गहरे पानी में। जहाँ लहरों का तेज शोर होता पर उस तेज शोर से भी ऊँची एक आवाज होती जो कानों में दर्द पैदा करने लगती। वो आवाज तेज चीख में परिवर्तित हो जाती, और मैं बेचैन हो जाती। उस दर्दीली आवाज से बचने के लिए मैं अपने दोनों कानों पर हाथ लगाकर वॉशरूम में घुस जाती, पर वो आवाज वहाँ भी पीछा करती। तेज नल चलाने से वो चीख वाली आवाज शायद कम हो जाए, पर पानी से पानी का मेल हो जाता। नल का पानी समुद्र के पानी में परिवर्तित हो जाता। समुद्र के पानी पर तैरती स्टीमर से लगी एक स्त्री के सपनों की किरचें बिखर जातीं। पानी सफेद से लाल हो जाता। इस दृश्य से मैं जितना ही विलग होना चाहती, उतना ही मैं उलझती जाती।

"मैडम, आपकी तबीयत तो ठीक है न? पीछे वाली टेबल के गेस्ट बिल माँग रहे हैं।" मैनेजर सशंकित निगाहों से देख रहे थे।

मैंने अपनी दाईं हथेली से दूसरे हाथ को छुआ। पूरा हाथ पसीने से तर-बतर था। झटपट पसीना पोंछकर खुद को संयत दिखाते हुए खाने का ऑर्डर लिखने वाला नोट-पैड उठा लिया। सीढ़ियों से नीचे बरामदे में जाकर गटागट पानी पी गई। अपनी धड़कनों को सन्तुलित करने के लिए लम्बी-लम्बी साँस लेने लगी। खम्भे से लटकती, एक-दूसरे में उलझी हुई लता को सुलझाने लगी। गोया किसी ने देखा हो तो यही समझे मैं बढ़ आई लताओं को तराश रही हूँ।

"जैसे ही कोई गेस्ट रेस्टोरेंट में प्रवेश करता दिखे, वेलकम करते हुए उन्हें खाली टेबल की ओर इशारा कीजिए। अगर टेबल खाली न हो तो उधर सोफे पर बैठने को कहिए और कहिए कि थोड़ी देर में जगह खाली मिल जाएगी।" कहते हुए मैनेजर मिस्टर तारे डिब्बे से काजू निकालकर कुतरने लगे।

लगता है ये काजू फैक्टरी से ताजा छिलकर आया है। यहाँ सूखे काजू और काजू की सब्जी लोग ऐसे खाते हैं जैसे प्याज और टमाटर। पनीर में भी काजू, वेज कोल्हापुरी में भी। मैंने 'हाँ' में अपना सिर हिला दिया, पर मेरी आँखें वहाँ

स्थिर हो चुकी थीं जिस टेबल पर गेस्ट अभी-अभी आकर बैठे थे। मैं अपने मन के आइसोलेशन से रेस्तराँ के हॉल में आ चुकी थी।

"यहाँ से स्कूबा डाइव करने के लिए क्या तरीका है?"

एक मेल वेटर से एक जोड़ा मुखातिब था, दो बच्चे सीट से उठकर हैय-हैय करते हुए उछलने लगे, 'हम लोग स्कूबा डाइव करेंगे'। मेरे कान चौकन्ने हो गए, ओह, ये काम तो मेरे लायक है।

"मेरा एक दोस्त है जो आपको रिजोर्ट से पिक करेगा और स्कूबा डाइविंग करवाकर रिजोर्ट में वापस छोड़ भी देगा।" मेल वेटर मुझे देखता हुआ अगले गेस्ट से खाने का ऑर्डर लेने लगा। फौरन मैंने अपने मोबाइल में नम्बर सर्च किया और तम्हाणकर को फोन लगाकर उस गेस्ट परिवार से बात करवाई।

"तीन हजार में चार लोगों को करवा दो।" गेस्ट परिवार से पुरुष बोल रहा था।

"नहीं सर, इतने में हमको नहीं परवड़ेगा, एक आदमी का एक हजार।" उधर से फोन पर आवाज छनकर आ रही थी।

"थोड़ा-बहुत कम कर दो।"

ये गेस्ट एक बड़ी-सी लाल गाड़ी में आए थे। इनकी कार बाहर धूप की रोशनी में चमक रही थी, जिसकी काँच पर पड़ रही सूरज की किरण से उलटी रोशनी बरामदे में जैसे आईना चमका रही हो। इतनी बड़ी महँगी गाड़ी रखने वालों के पास भी क्या पैसों की किल्लत होगी? अभी कम-से-कम दो-तीन हजार का बिल आएगा इनके खाने का। खाने में तो कोई कंजूसी नहीं कर रहे, फिर ये कोताही स्कूबा डाइविंग में क्यों?

"साब, हमारी कमाई बस सीजन में ही होती है, उसके बाद बारिश में तो पूरा काम ठप्प रहता है, टूरिस्ट आते भी हैं तो स्कूबा डाइव बन्द रहता है।" फोन के उस पार से आवाज थी ये।

"सर, ये भले लोग हैं, रेट इतना ही है, आपको अच्छे से करवा देंगे ये लोग स्कूबा डाइविंग।" मैंने उन्हें राजी करने की गरज से बोला।

"आपको जानकारी है? कोई खतरा तो नहीं रहता? पानी के अन्दर ह्वेल वगैरह से?" उस परिवार की जिज्ञासु निगाहें मेरे ऊपर चिपकी थीं।

"खतरा हमेशा इनसान से होता है, जानवरों या कीट-पतंगों से बहुत कम।"

कहते हुए मैं वहाँ से अलोप हो गई क्योंकि मैनेजर मिस्टर तारे की प्रश्नवाचक निगाहें मेरा पीछा कर रही थीं। दुबारा मैं वहाँ प्रकट हुई उनके मँगाए हुए व्यंजन के साथ।

"वे मेरे जान-पहचान के हैं, मैं आपको ले चलूँगी स्कूबा डाइविंग के लिए। मैडम मेरे साथ ज्यादा कम्फर्ट फील करेंगी। मैंने कई लोगों को स्कूबा डाइविंग करवाई है। फिक्र न करिए, पानी के अन्दर जाने के लिए एक्सपर्ट गाइड होते हैं। कोई खतरा नहीं रहता।" मेरी आँखें उस परिवार का मन टटोल रही थीं।

अपने इस तरह बोलने के साथ-साथ मेरी आँखों में एक लड़की तैरने लगी। मेरी आँखों से वो समुद्र के पानी में चली गई। वो तैर रही है, वो अपने हाथ-पैर मारती हुई दिखाई दे रही है, पर अचानक कोई शार्क जैसा समुद्री जीव आता है, जो आँखों पर चश्मा चढ़ाये हुए है। चेहरे पर ऑक्सीजन मास्क लगाए है, वो उसे गहरे पानी की ओर ले जा रहा है और जमीं पर घसीटे जाने की तरह पानी में घसीट रहा है। लड़की का लाइफ जैकेट उससे कहीं दूर चला जाता है। वो पानो की सतह पर आकर चीख रही है। पर उसकी आवाज पानी में गुडुप-गुडुप करके गायब हो जाती है। पानी के अन्दर...और अन्दर वो बहने लगती है। मास्क वाली शार्क से बचाने की गुहार करती है। पर उसे क्या पता शार्क बचाती नहीं बल्कि निगलती है। शायद उसके बाद उसके पेट में नमकीन पानी बेतरह भर जाता है। उसकी साँसें घुटने लगती हैं।

"बचाओ," वो चीखने-चिल्लाने की कोशिश करती है। पर पानी के भीतर कोई चीख भी कैसे सकता है...पानी के भीतर की छटपटाने की असह्य पीड़ा से वो खुद को ढीला छोड़ देती है। उसकी आँखों से भी एक समुद्र निकल रहा है। उसकी आँखों का समुद्र इस समुद्र से ज्यादा गहरा हो गया है। आँखों के इस समुद्र में छटपटाहट और पीड़ा की लहरें हैं। शार्क उसे और गहरे पानी में ले जाती है। अचानक कोई तेज लहर आती है और वो लड़की पूरी तरह समन्दर के आगोश में समा जाती है।

अन्तिम समय में उसने जरूर सोचा होगा—'शार्क का निवाला बनने से तो अच्छा है समन्दर की लहरों में तैरते रहना। शायद बाबा जैसा सशक्त कोई मछुआरा आए और उसे बचा ले जाए।'

उसे क्या पता रहा होगा कि उस मास्क वाली शार्क से वो भी इतने गहरे पानी में बाबा के लिए भी बचाना कितना मुश्किल होता।

मैं अपनी मुंडी झुकाकर खुद को देखने लगी, जैसे मैं समन्दर के पानी में भीग कर पूरी तरह गीली हो गई हूँ। मैंने अपने दर्द को आँखों से निचोड़ डाला। मैं जैसे उस लड़की की काया में समा जाती हूँ। मैं खुद को छूकर देखती हूँ, मैं तो पूरी तरह सूखी हूँ लेकिन गीलेपन का एहसास तारी है। मैं कुछ बोलती हूँ, मेरे शब्द तेज समुद्री हवा में विलीन हो जाते हैं।

एक इनसान ही इनसान के लिए खतरे की घंटी है। जब तक इनसान दूसरे इनसान को पहचानता है, वक्त का दरिया बह चुका होता है। मासूम इनसान क्रूरता की वेदी पर कुर्बान हो चुका होता है। अगले दिन मैं उन सैलानियों की अगवानी में हवा की धुन पर गुनगुनाती हुई अपनी साइकिल से समय से पहले ही पहुँच गई थी। वे अपनी गाड़ी से उतरे मैं उनके आगे हो ली। आगे-आगे मैं और पीछे उनका परिवार।

समुद्र की ऊँची लहरों के सामने की सूखी रेत छिटपुट दुकानों से ढकी नजर आती थी। दुकानों के नजदीक जाने पर चप्पल-जूतों में रेत भर जाती फिर पहनकर चलना मुश्किल होता और फिर बोट में चढ़ने के लिए पानी से होकर जाना पड़ता इसलिए सबको अपने जूते और चप्पलें दुकान पर ही उतारनी पड़ीं। तारकरली बीच पर दूर देखने पर एक तरफ ऐसा मालूम पड़ता जैसे आसमान समुद्र की आगोश में समा गया हो। पानी और बादल आपस में मिल गए हों। दरअसल वहाँ से शुरू हो रहा था—देवबाग बीच।

"स्कूबा डाइविंग, पैरासेलिंग, बनाना राइड, जेट-स्की, बम्पर राइड। आइए बुकिंग कीजिए।"

इन आवाजों से तारकरली बीच की फिजाएँ गुलो-गुलजार थीं। तरह-तरह के वॉटर स्पोर्ट्स के लिए दलालों का मेला-सा लगा था। हवा में गुब्बारे उड़ाए जा रहे थे। समुद्र के इसी छोर पर बच्चों की भीड़ लगी थी। तेज स्पीड में पानी उड़ाते हुए स्कूटरनुमा बोट पर बैठे बच्चे और बड़े चिल्लाते हुए पानी का मजा ले रहे थे। हँसी मिश्रित उन रोमांचक किलकारियों में मुझे तेज रुदन सुनाई दे रहा था। लहराते हुए पानी में एक पोशाक जिसका रंग लाल हो जाता है, बहती नजर आ रही थी। पहाड़ी झरनों-सी उसकी हँसी कानों में मिश्री घोलती थी, माउंट एवरेस्ट पर दौड़ लगाने का माद्दा रखने वाली वो न जाने क्यों पानी में अपना आसमान तलाशने लगी। वो खुद सुरमई ख्वाब-सी थी। मैं जब इस बीच पर आती हूँ तो बस मुझे

उसका विलाप कानों के परदे फाड़कर दिल के भीतर तक चीत्कार करने लगता। मेरे अन्तस का कोना उसके बिछोह से भर जाता।

कुछ आवाजें इनसान के भीतर दाखिल होकर दिल को चीर देती हैं। वो गिटार के उदास सुर की तरह बजती हैं। इससे पहले कि उस आवाज का गिटार झंकृत होकर मुझे तड़पाना शुरू करे, मैं जाजिम से बनाई गई दुकान में घुस गई।

"मल्हार! 4 टिकट्स।" मल्हार को उसके नाम से बुलाये जाने पर अचरज हुआ। उसने अपने घोंसलेनुमा घुँघराले बालों को झटकते हुए मुझे देखा और टिकट फाड़ने लगा।

"तुमको किधर तो भी देखा है।"

"जरूर देखा होगा, छोटा-सा गाँव है ये। तुम जैसों की निगाहें लड़कियों पर ही रहती हैं।"

काश देखने और पहचानने की प्रक्रिया एक साथ होती तो लोग इनसान को पहचानने में धोखा न खाते। तमाम मासूम लोग ठगी के शिकार होने से बच जाते। मैंने उसे एकटक देखते हुए पूछा, "सही है न, फर्जी तो नहीं?"

"इधर कुछ भी फर्जी चलता।"

"हुँह, तुम जैसे फर्जी लोगों की वजह से तो खालिस की पहचान बची है।"

मल्हार नाम के व्यक्ति के बगल में एक तिरपाल का ही एक कमरा बना था जिसमें एक कुर्सी डली थी। वहाँ स्कूबा डाइविंग के कारोबार का मैनेजर बैठा हुआ था।

"मुझे स्कूबा डाइविंग में गाइड बनना है।" मेरे इस वाक्य को सुनकर वो मैनेजर जैसे आसमान से गिर पड़ा हो।

"क्या? दिमाग तो ठीक है!" कहते हुए उसने अपना मुँह टेढ़ा करके तंजिया तरीके से अपनी गर्दन दूसरी ओर घुमा ली।

"हेलो मैं बहुत अच्छी तैराक हूँ। समुद्र में बहुत दूर तक कश्ती ले जाकर जाल फैलाती और मछली पकड़ती हूँ।"

"हो हो बगा। अत्ता इकडे कामस नाहीं।" (हाँ-हाँ देखो, यहाँ अभी कोई काम नहीं है)

"स्कूबा डाइविंग भी करवाई है।"

इस बार उसने अचरज से भर निगाह मुझे देखा।

"कापुस बेचैले जाईच, केले च पान काढ़े चे, तुर काढैचे, तुमचा तुम लड़कियों को यहाँ नहीं आना चाहिए। (कपास बेचने जाओ, केले के पत्ते तोड़ो, तूअर दाल निकालो)।" कहते हुए उसने इशारा किया जहाँ बोट लहरों के बीच किनारे आकर खड़ी थी।

पानी के भीतर भी दुनियादारी चलती है, सामाजिक फासले पानी के भीतर भी तय किये गए हैं। फलाँ काम स्त्री कर सकती है, फलाँ काम मर्द। इसका निर्धारण करने वाला मर्द ही है, स्त्री नहीं हो सकती। इसी तरह की आवाज वो उठाती थी, वो भी इस छोटे से गाँव में। इसलिए उसका कोई हमदर्द नहीं था।

उसकी आवाज, आवाजों के बाजार में अब सन्नाटे में डूबी है पर वो आवाज मेरा पीछा करती है दिन-रात। मैं उसी आवाज के पीछे-पीछे चलना चाहती हूँ। समाज की सारी रस्में तोड़कर मैं उस आवाज में समाकर उसे जिन्दा करना चाहती हूँ।

समुद्र की लहरों के बीच हिलोरें लेती नाव झूँ-झूँ की आवाज करती हुई आगे बढ़ी जा रही थी। मेरा मन सपनों के आसमान में उड़ा जा रहा था। मंजिल करीब हो तो आकाश कुछ ज्यादा नीचे सरक आता है। दिल की खरोंच उपटती है तो ख्वाबों की कतरनें जुड़कर एक जामा का रूप ले लेती हैं।

दो सैलानी परिवार नाव में बैठे अपनी-अपनी उड़ानें नाप रहे थे। अपने-अपने मन की सतह पर तैर रहे थे।

"ये देखो, ऑक्सीजन मास्क, इसे पहनकर पानी में जाना होगा।" तेज हवा से गाइड की आवाज लहरा रही थी। गाइड की आवाज सुनकर दोनों सैलानी परिवार के लोग सजग होकर गाइड के निर्देश सुनने लगे।

"पानी में जाने के बाद अच्छा लगे तो अँगूठा नीचे की ओर और डर लगे तो ऊपर की ओर इशारा करने का।"

"अंकल! लेकिन नीचे की ओर अँगूठा दिखाना मतलब तो बेकार होता है।" मेरे लाए हुए गेस्ट के बच्चे के इस सवाल पर नाव में हँसी का झरना फूट पड़ा।

फिर बच्चे के टीथर जैसा कुछ दिखाया। एक बेल्ट जिसमें वजनी पत्थर जड़े थे, वही पहनकर इन सबको पानी में उतरना था।

बोट जहाँ रुकी थी वहाँ दूर-दूर तक पानी ही पानी था, ऊँची लहर आने पर नौका टेढ़ी हो जाती, लोग एक-दूसरे पर गिरने लगते। देखने में ऐसा लगता जैसे

इनमें से एकाध व्यक्ति पानी में गिरकर लहरों में समा जाएगा।

आज के जमाने में गिरना नियति बन चुकी है। इनसानियत, उसूल, वैल्यूज सब कुछ तो गिर रहा है। नाव के दूसरी ओर टेढ़ी होते ही सन्तुलन ठीक हो जाता लेकिन मेरा सन्तुलन नहीं बन पाया था, बन पाया या बनाने नहीं दिया गया था।

एक दूसरी नाव पहले से ही वहाँ खड़ी थी। उसी के थोड़ी दूर पर दो-तीन नाव और थीं जो खम्भे के सहारे रस्सी से बँधी हुई थीं।

गेस्ट परिवार की महिला के चेहरे पर डर का भाव साफ नजर आ रहा था। डर की हद या सीमा एक व्यक्ति से दूसरे व्यक्ति में परिवर्तित करता है। डर के पीछे सम्भावित खतरा छुपा होता है, अगर उस खतरे का एहसास हो जाए तो खतरा टल सकता है। काश उसे भी डर लगता होता। काश मुझे भी थोड़ा डर लगता।

"तुमी कुटे जाणार?" ऑक्सीजन मास्क लगाकर पत्थर वाला बेल्ट लगाते देखकर मुझसे नाव के संचालक ने पूछा जो इस स्कूबा डाइव का इंचार्ज भी था।

"मैं इनके साथ जाऊँगी।" मैंने उस महिला की ओर इशारा किया जो परिवार मेरे साथ आया था।

"तुमाला नईं जाईचे। साथ में सिर्फ गाइड जाएगा।"

"मैं भी गाइड बनने वाली हूँ इसीलिए ट्रेनिंग ले रही हूँ। मैंने तुम्हारे मालिक को इसकी फीस दी है।"

संचालक की भूरी आँखें मुझे घूरती रहीं। फिर सम्मिलित स्वर में जोरदार ठहाका गूँजा, उसमें वहाँ मौजूद कुछ गाइड और नाव चालक के स्वर भी शामिल थे।

इन्हीं कुटिल स्वरों के सामने उस लड़की ने मुकाबले का जोखिम उठाया था। वो हार गई, उसने अपना जीवन दाँव पर लगा दिया, लेकिन मैं ऐसा हरगिज नहीं होने दूँगी, मैं उस गाइड की जिन्दगी दाँव पर लगाऊँगी जिसने उस लड़की से उसकी साँसें छीन लीं।

"इदर खो-खो नईं खेलने का, ये औरतों का काम नहीं है। पानी के भीतर जाना है तो ताकत चाहिए। जिसको पानी में ले के जाने का उसको सही-सलामत वापस ले के आने का। चप्पू तक हाथ में थामना नहीं आता।"

"बन्द आँखों से देखने पर इनसान धृतराष्ट्र होता है। वो उधर देखो।" एक महिला चप्पू चलाते हुए बीच समन्दर में नाव पर जाल रखे मच्छी पकड़ने जा रही

थी। झारखंड के राँची के डैम में महिलाएँ ही चप्पू चलाती हैं, वही मछली पकड़कर पूरे घर की आजीविका चलाती हैं।

"किसी दिन तेज लहर आएगी तो वो सीधा ऊपर जाएगी।"

"वो तो तुम भी जा सकते हो।"

"मच्छी पकड़ने का काम भी औरतों का नहीं हाय मैडम।" कहते हुए वह इंस्ट्रक्टर सैलानी की कमर में पत्थर जड़ा वजनी बेल्ट बाँधने लगा था।

खाँचे में बाँटने की वजह से ही पूरा देश बँट रहा है। कभी मजहब, कभी इनसान, कभी इनसान की हैसियत और ओहदे से बाँटा जा रहा है। अगर हम औरत-मर्द के भेद से बाहर निकल आएँ तो तरक्की ज्यादा कर सकते हैं। पर औरतों की तरक्की यानी औरत-मर्द की बराबरी। समाज को यही डर है जो स्त्री और पुरुष के लिए कभी एक पैमाना नहीं रखने देता।

मैं समाज के बनाए पैमाने को तोड़ने के लिए पैदा हुई। मेरे भीतर एक पहाड़ था जो मेरे हौसले के सामने झुक जाता था, एक नदी थी मेरे भीतर जो मेरे हिसाब से छोटी और गहरी हो जाती थी। एक झरना था मेरे भीतर जो हाहाकारी होकर अपने भीतर सृष्टि को समा लेने का माद्दा रखता था।

उस रोज कुदरत की असीम शक्ति मुझमें समा गई थी, उस शक्ति से सिर्फ आगे बढ़ने का रास्ता मेरे सामने था, पीछे लौटने का नहीं। अगर मैं पीछे लौटती तो दो लोगों की हार होती, मेरी और उसकी...जिसे पानी से प्यार था, जिसे 'जल-परी' कहा जाता था। जिसके सामने पुरुष तैराक भी हार मानते थे। वो गाइड बनना चाहती थी। खास लड़कियों के लिए डाइविंग और पैरासेलिंग स्कूल खोलकर उनके सपनों को परवाज देना उसके सपने का अंकुर था।

इन क्रूर गाइड्स के लिए ये गुनाह था, उसके इस फील्ड में आने से इनकी आजीविका छिन जाती। अपने रोजगार पर कोई असर पड़े इससे बेहतर है—उसे उसकी जिन्दगी से ही बेदखल कर दो। एक लड़की जिसे समाज आज भी कमजोर मानता है, फिर उससे ऐसी गलाकाट प्रतिस्पर्धा क्यों। सवालों के समन्दर में तैरते हुए मैंने ऑक्सीजन मास्क लगाया, लाइफ जैकेट पहनकर नाव से लगी सीढ़ी पर पैर रखा और पानी में छलाँग लगा दी।

इंस्ट्रक्टर मुझे रोकता रहा, पर मैं रुकी नहीं। उसके मुताबिक, उसके मुताबिक

क्या, पूरे स्कूबा डाइविंग की टीम के मुताबिक एक महिला गाइड नहीं बन सकती। सदियों से एक स्त्री के काम की दशा और दिशा पुरुष ही तय करता आया है लेकिन मेरे जीवन का मार्ग मेरे आई-बाबा भी तय नहीं कर पाए तो भला ये इंस्ट्रक्टर मेरे जीवन का काँटा कैसे बन सकता है।

धीरे-धीरे मैं अपने महिला गेस्ट के इर्द-गिर्द तैरने लगी। वो महिला डर रही थी, गाइड उसके लाइफ जैकेट का हिस्सा पकड़े हुए था, उसके डर को खत्म करने के लिए उसे कुछ-कुछ समझा रहा था। वो मुझे पानी के भीतर और सतह पर तैरते हुए देख रही थी। उसके काफी करीब आकर मैंने उसके हाथ को छुआ और इशारे से कहा, 'डरे नहीं बल्कि पानी के भीतर जाकर एन्जॉय करे।'

इस बीच मुझे गाइड बनकर अपनी सफलता का परचम लहराने का रास्ता सूझा। अचानक तैरती हुई मेरे भीतर मछली की नन्ही काया प्रवेश कर गई हो, जो बहुत फुर्ती से पानी में तैर रही थी। फिर अचानक वही छोटी-सी मछली बड़ी मछली। फिर वो ह्वेल का रूप धर लेती है और वो जैसे उस गाइड को खाना चाहती हो और उसमें मैं समा गई हूँ। मैं धीरे-धीरे उस गाइड के करीब जाती हूँ, उससे सटकर तैरने लगती हूँ। फिर बहुत फुर्ती से उसके मुँह में लगा टीथर जोर से खींचती हूँ, उसके मुँह में पानी भरने लगता है, वो साँस रोक मुँह बन्द कर उतनी ही फुर्ती से पानी की सतह पर आकर तैरने लगता है। पता नहीं क्यों मैं उसे सहारा देती हूँ।

उस समय उसे दो लोगों की जानें बचानी थीं, एक खुद की दूसरी उस महिला की। मुझे पता था वो तैराक बहुत अच्छा है और अपनी जान वो खुद बचा लेगा। मुझे उस महिला को डाइविंग करवाकर हिफाजत से नाव तक पहुँचाना है। कई बार इनसान जो सोचता है उसका उलटा हो जाता है। बहुत बड़ी मुश्किल एक छोटी-सी मुश्किल से आसान हो जाती है।

मैं मुश्किल में थी क्योंकि उस अतिथि महिला की हिफाजत अब मेरी जिम्मेदारी थी। आसानी थी मेरी चुनौती, एक लड़की की डाइविंग। मैं पानी के भीतर और अन्दर चली जा रही थी। जहाँ सारी ख्वाहिशों पर विराम लग जाता है। पानी के इतने अन्दर जाकर हमारी दुनिया बदल जाती है। खुद को बैलून से भी हल्का पा रही थी। पानी के भीतर कोई आवाज नहीं थी, चुप्पी थी, सन्नाटा था या फिर लहरों की आवाजें जो उस वक्त सुनाई नहीं दे रही थीं। पर उस आवाज से परे एक आवाज थी। ये

आवाज उस आवाज से अलग थी जो मुझे हरदम सुनाई देती थी। उस रोज, इस आवाज में रुदन नहीं था, इस आवाज में उसकी तड़प नहीं थी बल्कि इस आवाज में उसकी ख्वाहिश पूरी होने की चहक थी। पहाड़ पर हुई बारिश के बाद निखरी हरी घटाओं की तरह उसकी आवाज आई थी। जल तरंग-सी बजी थी इस बार उसकी आवाज। इस आवाज में गूँज थी...आकाश में उड़ते हुए रंग-बिरंगी बैलून, उसकी आवाज में गुँथ गए थे।

जैसे वो जिन्दा होकर सामने आ खड़ी हुई हो।

हम दोनों बहनें एक साथ तैरना शुरू करते। मैं दीदी-दीदी आवाज लगाती रहती, वो मुझसे तेज बहुत दूर पानी में निकल जाती। वो किसी पनडुब्बी की तरह पानी में अलोप हो जाती। फिर सतह पर तैरती हुई ऐसे मुस्कुराती जैसे पानी पर बिखरे मोती पर पड़ी हो सूरज की नर्म धूप।

उसे स्कूबा डाइविंग का बहुत शौक था। वो इन मर्दों के बीच जलपरी के नाम से मशहूर थी पर कोई भी पुरुष उसे गाइड के रूप में स्वीकार नहीं करना चाहता था।

उसे एक बुकिंग एजेंट की तरह ट्रीट किया जाता जो उसे नागवार गुजरता। उस जलपरी ने अपने हालात से हार मानना नहीं सीखा था। शायद यही मिजाज उसकी जान का दुश्मन बन गया। किसी एक रोज स्कूबा डाइविंग के लिए पानी में उतरी तो वो सचमुच की जलपरी बन गई। बहुत खोजबीन के बाद भी उसका अता-पता नहीं चला। आई-बाबा की चीत्कार महीनों समुद्र की लहरों में सुनाई देती। मछुआरे कहते कि जलपरी मरी नहीं है वो इन्हीं लहरों में रहती है। मछली पकड़ते वक्त उसकी आवाज आती है, कभी-कभी वो हाथ में चप्पू चलाती हुई लहरों पर तैरती दिखाई देती है पर जैसे उससे बात करने की कोशिश करो तो वो लहरों में समा जाती है। वो स्कूबा डाइविंग करने आए लोगों को हौले से छूकर निकल जाती है। कभी-कभी समुद्र का पानी उसकी आँखों में समा जाता है फिर उस दिन समुद्र उदास होकर पीछे की ओर लौटता है। लोग ये भी कहते कि देखना एक दिन जलपरी उस गाइड को पानी में अपने साथ जरूर खींच लेगी। अभी जलपरी उस गाइड के लोभ और चालाकियों का घड़ा भरने का इन्तजार कर रही है। कानून उस गाइड को उसके किये की सजा नहीं दिलवा सकता क्योंकि इस बड़ी क्रूरता और अपराध का कोई प्रूफ नहीं है। उस गाइड के तार ऊपर वालों से जुड़े हैं। इसलिए वो जो

भी मनमानी क्रूरता करता है उसके लिए कोई सजा नहीं मुकर्रर होती। वो चुनाव के मौसम में सड़कों पर फूल बिछाकर मौसम का रंग बदल लेता है।

पानी के बुलबुले के बीच मैंने उस अतिथि महिला का लाइफ जैकेट का एक हिस्सा पकड़ लिया था, उसे पानी की सतह पर ले आई, उसका डर भगाया और फिर अपने हिफाजत के कवच से तकरीबन 20 फुट पानी के अन्दर सैर करवाई। वो महिला पानी के भीतर अनोखी दुनिया देख रही थी। रंग-बिरंगी मछलियाँ उसकी हथेलियों को गुदगुदाकर आगे बढ़ रही थीं वो मछलियों को अपनी मुट्ठी में बन्द करना चाह रही थी, अँगूठे से अपनी तर्जनी उँगली को छूकर अपने आनन्द के अतिरेक की अभिव्यक्ति कर रही थी। चश्मे के पीछे छुपी आँखों में वो अपने किसी ख्वाब को रंग रही थी। उसके अभिभूत होने की अभिव्यक्ति से मैं उसे समुद्र के तल तक ले गई, जहाँ उसे अलौकिक आनन्द मिला। उसके दाँत में टीथर था वो बोल नहीं सकती थी। पर उसकी काया बोल रही थी और उसके बहाने मैं खुद को भी अनोखे अंजाम तक पहुँचा रही थी।

उस रोज मैंने एक कामयाब गाइड की भूमिका अदा की थी। पर इतना आसान नहीं होता समाज के बनाए साँचे को तोड़ना। मैं जब भी कोई सैलानी मेहमान लेकर स्कूबा डाइविंग के काउंटर पर जाती तो मैनेजर और एजेंट की निगाहों में मेरे लिए हिकारत होती।

"ये मुस्टंड किसी कोण से मुलगी नहीं लगती, शम्भा गोखले ने मुलगी के नाम पर दोनों ही मुलगा पैदा किया है, क्या मालूम इसका लगन (शादी) कैसा करेगा। दलाल साली, क्या मालूम कैसा सब गेस्ट को अपने जाल में फँसा लेती है। फोकट में हमारे पेट पर लात मारती है।" इस तरह की इबारत से मुझे नवाजते हुए वे मुँह टेढ़ा करके तंजिया हँसी हँसते और कभी-कभी मुझे देख के मुँह घुमाकर थूक देते जैसे मैं कोई गंदी-सी चीज होऊँ।

जब भी कोई लड़की नया काम करती है तो सबसे पहले उसकी अस्मिता पर सवाल उठाया जाता है फिर उसकी काबिलियत पर, कहीं उसकी सत्ता को खतरा न पैदा हो जाए। मेरे साथ भी ऐसा ही हो रहा था। मुझे रोज खुद को प्रूव करना पड़ता, स्कूबा डाइविंग के इंचार्ज को सैलानी और उनसे मिलने वाला पैसा चाहिए था, इसलिए ये काम मुझे मिल गया था। मेरी काया में जलपरी की काया

भी समाहित थी। मेरे दिल के भीतर बदले की धीमी आँच सुलगती रहती। बदले की आग नींव की ईंट बन जाती है। बहुत सारे रोड़े अटकाए गए। मेरी नींव की ईंट बड़ी मजबूत बनी। आई-बाबा को डर था, मेरा भी मेरी बहन जलपरी वाला हाल न हो। कहीं मैं भी एक दिन पानी में न विलीन कर दी जाऊँ। तरह-तरह के संशय ने उन्हें घेर रखा था।

जब मैं घर से निकलती तो आई बेबस कमजोर आँखों से मुझे देखतीं, कुछ पल के लिए उनकी आँखों में समुद्र होता। मैं उनकी हथेलियों को कसकर पकड़ लेती।

मेरी जीवटता से उनका डर कम हो जाता। मैंने धीरे-धीरे उस मल्हार नाम के गाइड की जगह ले ली। पर मेरा मकसद सिर्फ बदला लेना नहीं था। मुझे अपनी बहन के सपनों के हरे पानी को रंगीन बनाना था। मैंने वहीं मल्हार की दुकान के बगल में ही एक ऑफिस बनाया जिसमें सिर्फ लड़कियाँ तैराकी, स्कूबा डाइविंग और पैरासेलिंग सीखने आती थीं।

बदलाव कोई दन्न से नहीं आता। पर आया बदलाव, आज भी जब कोई लड़की कहती है कि मुझे पानी से डर लगता है तो मैं नाव से उसे ऐसी जगह ले जाती हूँ जहाँ लहरें शान्ति से आवाजाही करती हैं, उसे नहीं पता होता और मैं उसे पानी में झोंक देती हूँ...और वो चीख-चिल्ला कर अपनी जान बचाने के लिए तैरना सीख लेती है, मैं ऐसा इसलिए करती हूँ ताकि वो अपनी हिफाजत खुद करना सीख ले और समाज से टक्कर लेना भी। वो खुद की हिफाजत नहीं कर पाती तो मैं उसकी जान की रक्षा करती हूँ। धीरे-धीरे खुद को डूबने से बचाने की उनकी आदत पड़ जाती है। समाज के बनाए ढाँचे को तोड़कर खुद को डूबने देने की बजाय दूसरों को डुबोने का गुर भी आना चाहिए।

जब कोई रोती हुई, मजबूर, लाचार लड़की स्कूबा डाइविंग के मेरे बनाए काउंटर पर आती है और उसे वहाँ काम मिल जाता है। उसे उसका मनचाहा आकाश मिल जाता है तो जैसे मेरी तमन्नाओं की आँच में आग धू-धू कर जलने लगती है। मैं जलपरी बन पानी से निकलकर आसमान में उड़ने लगती हूँ।

# बंकर

प्राची की माँ यानी विनीता टीवी की खबरें देखती हैं या अखबार पढ़ने बैठती हैं कि बस, उनकी आँखों के झरने का बहाव तेज होने लगता है। हफ्ते भर से ज्यादा हो गया प्राची की कोई खबर नहीं मिली है। उनके सैलाब को रोकना अब मुश्किल हो रहा है। रविराज त्यागी भी इस सैलाब में डूबने लगे हैं। विनीता की रुलाई का सुर ऊँचा होता जा रहा है और खिड़की से कूदकर सामने वाली बिल्डिंग के फ्लैटों तक पहुँच रहा है। सामने के फ्लैट के लोग अपने घरों में बैठे अटकलें लगा रहे हैं कि कहीं कुछ अनिष्ट तो नहीं हो गया। टीवी की आवाज म्यूट करके विनीता की रुलाई सुनने की कोशिश कर रहे हैं। जैसे ही पड़ोसी स्त्री को ये समझ में आता है कि विनीता और त्यागी जी अपनी बेटी के लिए आशंकित होकर रो रहे हैं तो फौरन अपना दुःख उड़ेलती हुई बोल पड़ती है—"अच्छा हुआ जो हमने अपने बेटे को पढ़ने के लिए बाहर नहीं भेजा वरना हमारे दिल का भी यही हाल होता।"

विनीता की आँखों की नदी में प्राची का चेहरा तैर रहा है—न जाने किस हाल में होगी बेचारी? पता नहीं खाने का कोई इन्तजाम हुआ होगा या नहीं। न फोन लग रहा है, न ही कोई सन्देश मिल रहा है। विनीता प्राची की किताबों की अलमारी के पास जाकर उसकी किताबें उलटती-पलटती हैं। किताबों के बीच बहुत सारे ग्रीटिंग कार्ड रखे हैं, कुछ पन्नों पर मुरझाए हुए फूलों की पंखुड़ियाँ चिपकी हुई हैं। अलमारी के दरवाजे पर वर्ल्ड-मैप लगा हुआ है। दूसरी ओर दीवार के कोने पर बछेन्द्री पाल की श्वेत-श्याम तस्वीर चिपकी हुई है। शायद अखबार की कटिंग है। प्राची की

किताबों को छू-छू कर वे उसके सपनों को छू रही हैं जिससे वे अब तक अनजान थीं। उन्हें कहाँ खबर थी कि प्राची के दिल में सपनों का विराट पहाड़ है। कॉलेज से आते ही प्राची विनीता की गोद में नन्ही बच्ची-सी चिपक जाती, उनके दुपट्टे से अपनी आँखें ढक कर सपनों के पहाड़ चढ़ने लगती। विनीता माँ की ममता उड़ेलतीं लेकिन उसके सपनों के विराट पहाड़ की खबर उन्हें नहीं लगी।

"किस तरह की सुरक्षा मुहैया की गई है? वापस तो लौट आएगी न? सुना है विमान से भारतीय छात्रों को जैसे-तैसे बचाकर अपने देश लौटाया जा रहा है। प्रधानमंत्री के नाम पत्र लिखिए, उसे वापस अपने देश लौटा लें। हफ्ते भर से उससे कोई सम्पर्क नहीं हुआ है।" ये बोलते हुए विनीता के रोने का सुर मन्द्र सप्तक तक आया लेकिन उनकी आँखों की नदी में बाढ़ कम नहीं हुई।

" हाँ, जैसे प्रधानमंत्री हमारे पत्र का इन्तजार कर रहे हैं कि पत्र मिलेगा और वे स्पेशल विमान से प्राची को इंडिया ले आएँगे। दस हजार से भी ज्यादा छात्र फँसे हैं वहाँ, समझीं।" मिस्टर त्यागी की आवाज में दर्द और खीज थी।

दरअसल इस नए दौर में हर युवा के अपने सपनों के सब्जबाग हैं। वे अपने सपनों की डोर पकड़ उड़ जाते हैं ऊँचे आकाश में। माँ-पिता के लिए छोड़ जाते हैं गहरी खलिश।

उस रोज कार्डियोलॉजी में कार्डियोवैस्कुलर सिस्टम और श्वसन प्रणाली की विशिष्ट समस्याओं पर प्रोफेसर बोर्लोग शाइन लेक्चर दे रहे थे। प्राची ने सोचा थोड़ी अतिरिक्त जानकारी भी ले ली जाए। पल्मनोलॉजी पर गूगल सर्च के लिए उसने जैसे ही की-बोर्ड पर उँगली रखी कि स्क्रीन ब्लैक हो गई।

यूनिवर्सिटी का सायरन बेतहाशा बजने लगा। अचानक कानफोड़ू आवाजों से धरती काँपने लगी। ऐसा लगने लगा जैसे बारिश की तेज आवाज वाली बिजली गड़गड़ाकर सिर पर गिर जाएगी। एहसास बयाँ करने से परे हो गए। डर और अफरा-तफरी एक साथ...हवा में जैसे कोई केमिकल मिल गया हो, घुटन-सी होने लगी। बारूद और जहरीली गंध चारों ओर फैल गई। क्लास से अचानक कुछ छात्र उठकर भागने लगे।

'चलो-चलो, भागो यहाँ से।' ये आवाज उस भयानक आवाज के सामने मद्धम लग रही थी। प्राची का हाथ किसी ने पकड़ा, फिर बहुत जल्द और हड़बड़ी में

एक-दूसरे का हाथ पकड़कर गिरते-पड़ते लोग बेतरतीब भागने लगे। भागते हुए किसी के चेहरे नहीं नजर आ रहे थे, बस इनसान हैं इतना ही पता चल रहा था। कुछ ही देर में पता चला कि ये शोर, ये आवाजें बमबारी की हैं। इस आपदा का अन्दाजा तो था लोगों को, लेकिन आनन-फानन ये घटित होगा और धरती-दीवार हिला देने वाली आवाजों के साए में साँस लेगी, इसके बारे में कहाँ सोचा था।

सारे छात्रों को अंडरग्राउंड हॉल में ले जाया गया, जहाँ कभी-कभी विशेष लेक्चर के लिए बुलाया जाता या कभी कोई फंक्शन होता था। वहाँ दीवारों पर लगे लैंप की मद्धम रोशनी झिलमिला रही थी। किसी ने मोबाइल एप्लीकेशन पर रेडियो लगाया। समाचारवाचक की आवाज की ओर सब लोग मुड़ गए—'रूस ने यूक्रेन पर भयानक हमले किए हैं। रूसी सेना ने दक्षिण के खेरसान शहर को कब्जे में लेने का दावा किया है। जितोमिर में मैटरनिटी हॉस्पिटल और सेना के ब्रिगेड मुख्यालय पर बम फोड़ा गया। खारकीव के पुलिस हेड-क्वार्टर को निशाना बनाकर छोड़ी गई रूसी मिसाइल ने कर्जिन नेशनल यूनिवर्सिटी को तबाह कर दिया है।' अन्तिम वाक्य पूरा होने से पहले ही नेट कनेक्शन टूट गया। शब्द सुनाई देने बन्द हो गए। अब सिर्फ जिनमें कहर की लहर थी, रूह कँपा देने वाली वो आवाजें बन्द होने का नाम ही नहीं ले रही थीं।

अचानक चेर्नोबिल न्यूक्लियर पावर प्लांट की बिजली गुल हो गई। अब सब लोगों की आँखों में सिर्फ खौफ की रोशनी बची थी। कई देशों से आए छात्र अपने-अपने इष्ट को याद कर प्रार्थना करने लगे। प्राची की आँखों में मम्मी का चेहरा स्थायी भाव बन गया, उसे अपनी चिन्ता कम हो रही थी मम्मी की ज्यादा। उसने फौरन मोबाइल में मम्मी-पापा के नम्बर पर ऑडियो सन्देश रेकॉर्ड कर दिया, इस उम्मीद में कि जब भी फोन सर्विस शुरू होगी, उसकी कुशलता का सन्देश उन तक पहुँच जाएगा। दूसरे कई देशों के छात्र समय रहते ही दूतावास के हवाले कर दिए गए थे। बाद में अपने-अपने घर सुरक्षित पहुँचा दिए गए थे।

अब क्या होगा, हम कहाँ जाएँगे? कई आवाजें एक साथ गूँजीं। जिसका जवाब वहाँ उपस्थित प्रोफेसर या यूनिवर्सिटी में मौजूद डीन या वाइस चांसलर के पास भी नहीं था। लचर व्यवस्था में डीन या वाइस चांसलर भला क्या कर सकते हैं।

एक पल की मौत के सामने पूरे जीवन-भर का इकट्ठा दुःख छोटा लगता है।

हॉल में एकत्रित भीड़ की आँखों में एक ही सवाल था, क्या हम सब बच पाएँगे?

मिसाइल और रॉकेट के हमलों से रात भर खौफ की बारिश होती रही। धमाकों की सरसराहट ऐसी हृदय-विदारक हो रही थी कि लगता अगली आवाज दिल की धड़कन बन्द कर देगी। इस काली रात को नहीं पता था कि इसकी आमद बड़ी लम्बी है, सुबह के आने के आसार दूर तक नहीं हैं। इन्हीं खौफनाक लम्हों में कुछ छात्र हॉल से लगे गलियारे में जाकर झिरी से देखकर टोह ले रहे थे। प्राची भी इन्हीं के साथ एक मुक्की में अपनी एक आँख हाथ से दबाकर दूसरी आँख से देखने की कोशिश करने लगी। बहुत दूर तक अँधेरा, अँधेरे के पार आसमान में जलती रोशनियों का समुद्र लहरा रहा था। काली-अँधेरी रात में भी प्राची अपने दिल में उम्मीद का दीया जलाए हुए थी कि शायद सुबह तक या अगली सुबह तक सब ठीक हो जाए और उसके सपनों को खाद-पानी मिलता रहे जबकि ये मनहूस रोशनियाँ उम्मीद के दीये को ध्वस्त करने का काम कर रही थीं और इनसान की क्रूरता बयाँ कर रही थीं। एक देश की दूसरे देश के प्रति नफरत की ज्वाला थीं ये रोशनियाँ, जो पूरे के पूरे शहर को खाक में मिलाने को तत्पर थीं। कुछ लोग हॉल में रखी कुर्सियों पर बैठे-बैठे ऊँघने लगे, कुछ जमीन पर अधलेटे, कुछ उकड़ूँ-मुकड़ूँ बैठे, हर शोर और आवाज पर चिहुँक जा रहे थे। आँखों में नींद भरी थी पर वे सो नहीं पा रहे थे।

अगली सुबह सूरज का प्रकाश कुहासा लेकर आया, फिजाएँ छिन्न-भिन्न हुई थीं। आसमान से आग में लिपटी निरंकुश क्रूरता बरस रही थी।

"खबर मिली है कि रूसी पैराट्रूपर लैंड कर गए हैं। खारकीव पर कब्जा कर लेने की मुहिम चल रही है," कहते हुए प्रोफेसर एरिना रुकती हैं, उनके भीतर का दर्द उनकी आवाज में आकर अटक गया था। उनके चश्मे के भीतर से सफेद मोती झिलमिला रहा था, खुद को संयत करने की भरसक कोशिश कर रही थीं, पर उनके काँपते हाथ और थरथराते पैर उनके भीतर का दर्द बयाँ कर रहे थे।

बहुत सारे रूसियों के रिश्तेदार यूक्रेन में रहते हैं। यूक्रेन के निवासियों के रिश्तेदार रूस में बसे हैं। किसी को किसी की खबर नहीं मिल रही। महाभारत के युद्ध की तरह सब अपनों को नष्ट कर रहे हैं।

"भारतीय दूतावास ने एडवाइजरी जारी की है—आप सब पैदल रवाना हो जाएँ। किसी भी हालत में खारकीव छोड़ दें।"

लेकिन कैसे जाएँ? पैदल? प्राची, एलीना और कई छात्रों के समवेत स्वर की अनुगूँज दीवारों से टकराकर ईको के रूप में, फिजाओं में विलीन हो गई। प्राची को बचपन में पढ़ी लोक-कथाएँ याद आ रही हैं। उन काल्पनिक लोक-कथाओं में जिन्दगी की हकीकत नजर आती थी। उन कहानियों में कहीं कोई युद्ध नहीं होता था। काश, उन कहानियों के अन्त की तरह सब कुछ खुशगवार हो जाए।

बहुत सारे रूसियों के रिश्तेदार यूक्रेन में रहते हैं। यूक्रेन के निवासियों के रिश्तेदार रूस में बसे हैं। महाभारत के युद्ध की तरह सब अपनों को नष्ट कर रहे हैं।

"सर! इस एडवाइजरी से क्या हम सुरक्षित पहुँच जाएँगे? किस रास्ते से हम हवाई-अड्डे तक पहुँचेंगे? हर रास्ते में धुएँ का गुबार है।"

पहले ही कोई व्यवस्था हो जाती तो कुंदन अभिषेकी और उसकी टीम की जान बच जाती। न जाने कितने छात्र यूक्रेन के इन शहरों में इंजीनियर और डॉक्टर बनने का रेशमी ख्वाब लेकर आते हैं। आर्थिक तंगी की आँच पर कितने कष्ट से उनके सपने पकते हैं।

'क्या हम सब जिन्दा बचेंगे?' व्यवस्था का नाद चारों ओर गूँज रहा था, कठिनाई से निजात दिलाने के लिए लोगों के घरों में दीये जलाए जा रहे थे पर उससे क्या लोगों की जानें बच रही थीं? जब रोम जल रहा था तब नीरो भी बाँसुरी बजा रहा था।

तकरीबन 20 हजार भारतीय छात्रों के ग्रुप से प्रोफेसर फाल्कोवस्की मुखातिब थे। एक घटना बताते हुए वो चिन्ता व्यक्त कर रहे थे। पंजाब इंडिया का एक छात्र घर से निकलकर पास की दुकान से ब्रेड-बटर लाने गया था और मौत का निवाला बन गया।

तमाम देशों ने रूसी सेना से अपील की है कि सीजफायर का पालन किया जाए। रूसी टैंकों का लम्बा काफिला राजधानी कीव की ओर बढ़ रहा है। बुरे हालात देखते हुए भारतीय दूतावास ने फिर एक एडवाइजरी जारी की है कि 'भारतीय जैसे भी हों कीव और खारकीव से निकलें। विशेष विमानों की व्यवस्था की गई है।'

इर्पिन, बुचा, गोस्तोमेल से लोगों को सुरक्षित निकालने की कोशिश कामयाब हुई, जिनमें बहुत सारे भारतीय हैं लेकिन लोग मरने से बचते तब हैं जब बचाव की मुहिम कामयाब हो। ये व्यवस्था कागज पर ही सार्थक हो रही थी, हकीकत इसके काफी उलट थी।

'पर विमान तक कैसे पहुँचा जाए?' सबकी सूनी आँखें एक-दूसरे से कुछ कहती हुई खारकीव से निकल भागने का रास्ता खोजने लगीं। रास्ते तो हैं लेकिन उन रास्तों से जाया नहीं जा सकता। आखिरकार दो दिन के यातना भरे इन्तजार के बाद यूनिवर्सिटी का वो जत्था भागने और अपनी जान बचाने के लिए चल पड़ा। सुरक्षा के मद्देनजर छात्रों के समूह ने कच्चा और गुमनाम रास्ता पकड़ा। तीन घंटे तक पैदल चलने के बाद ही भूख-प्यास ने हौसले पस्त करने शुरू कर दिए। सबने आपस में जूस और पानी बाँटा। आगे न कोई दुकान, न कोई सीधा रास्ता जिस पर चलकर पोलैंड या हंगरी के किसी शहर के एयरपोर्ट पर पहुँचकर अपने देश वापस लौटा जा सके। इस जत्थे के साथ किनारे-किनारे फैले हरे पेड़ों का रंग सिलेटी हो चुका था, वे बर्बादी का शोक मना रहे थे। मिट्टी का रंग काला पड़ गया था। आसमान से कहर बरस रहा था। काफी दूर चलने के बाद पेड़ों के झुरमुटों में पूरा झुंड बैठकर सुस्ताने लगा। कुछ छतनार पेड़ भी थे जिनकी पत्तियाँ खूब बड़ी-बड़ी थीं, ऐसी पत्तियों पर पुराने जमाने में सन्देश लिखकर भेजे जाते थे। प्राची पेड़ से गिरा हुआ एक बड़ा-सा साबूत पत्ता उठाकर उस पर उँगली से लिखने लगी—'मम्मी, मैं यहाँ ठीक हूँ, चिन्ता न करना।' आँखों में उतरे जज्बात वो अपनी पलकों से ढकने लगी।

"हम्म...जैसे तुम्हारा ये पैगाम मम्मी तक पहुँच ही जाएगा।" एलीना ने उसके हाथ से पत्ता अपने हाथ में लेते हुए कहा।

"काश ये जादुई पत्ता बन जाए और मम्मी-पापा तक पहुँचकर बता दे कि उनकी प्राची फिलहाल एकदम ठीक है।"

अभिषेक ने उन दोनों से पत्ता अपने हाथ में लिया और फूँक मार के उड़ा दिया। जैसे कुछ पल के लिए वो अपने वतन उड़ गया। इस काल्पनिक उड़ान से दिल को सुकून भी न मिल पाया कि बादलों में जोरदार गड़गड़ाहट होने लगी। देखते-देखते नीला नभ काले भयावह रंग में तब्दील हो गया। दूर कहीं चिंगारियाँ उठ रही थीं, मशीनगन की आवाजें तेज होने लगी थीं। प्राची की आँखों के सामने धरती गोल-गोल घूमने लगी, मिचली और सिरदर्द से जैसे वो अब एक कदम भी आगे न बढ़ पाएगी। एलीना ने अपने हाथ में लिये जूस का स्ट्रॉ उसके मुँह में लगा दिया। प्राची की आँखों के सामने अँधेरा गहराने लगा और उसके कदम लड़खड़ाने

लगे। अगर चिंगारियाँ उठनी बन्द नहीं हुईं तो पूरा जत्था रूसी आग की चपेट में आ जाएगा। फौरन रास्ता बदलकर बंकर की तलाश होने लगी। रास्ता बदलने पर एक जगह पगडंडी के किनारे एक ग्रामीण औरत ईंटे की भट्ठी जलाकर, मोटी-मोटी रोटियाँ सेंक रही है, उसके सामने उसका छोटा बच्चा बेखौफ बैठा खेल रहा है। माँ-बेटे शायद युद्ध की इस विभीषिका से अनजान हैं। छात्रों का समूह याचक की मुद्रा में वहाँ जाकर बैठ गया। उस औरत ने सबको एक-एक रोटी और आग में भुना हुआ आलू, जिस पर नमक और मिर्च लगा हुआ था, दे दिया। तेज भूख में एक सूखी रोटी भी अमृत-समान थी।

प्राची की आँख खुली तो उसने देखा, अँधेरा-सा छाया हुआ है, दिन है या रात ये समझना मुश्किल हो रहा था। बाहर का अँधेरा उसके मन पर काबिज हो रहा था। पथरीली जमीन, न कोई खिड़की, न कोई दरवाजा दिख रहा है। एक कोने में बिछी चटाई पर एक लड़की सिर में दुपट्टा लपेटे अपनी दोनों हथेलियों को जोड़कर इबादत कर रही है। वीरान और पथराई आँखों से प्राची इधर-उधर देख रही है, उसे भी नहीं पता वो क्या देख रही है।

"वो लड़की नमाज पढ़ रही है।" एलीना ने प्राची के चेहरे को पढ़ते हुए कहा। "मैंने अपने क्राइस्ट से कहा है, वे हमें हिफाजत से अपने घर पहुँचा देंगे। मुसीबत के पल में ऐसे भरोसे उम्मीद जगाते हैं। सचमुच, अपने सपने को अंजाम देना मझधार में तैरती कश्ती की तरह होता है।"

"अपने इस झुंड में से बहुत कम लोग दिख रहे, बाकी लोग कहाँ गए?" प्राची की निगाहें अर्नव और दूसरे साथियों को खोज रही थीं।

"तुमसे जो बातें कर रहा था अर्नव, तेज धूप और लू बर्दाश्त नहीं कर पाया। उसे रास्ते में बुखार, फिर निमोनिया हो गया था, न पानी मिला, न कोई डॉक्टर उपलब्ध हो पाया, डीहाइड्रेशन हो गया, दो दिन तक तड़पता रहा। उसकी जीभ तालू से चिपक गई थी, हाथ-पाँव शिथिल...और फिर वो अगली सुबह जमीन से उठ नहीं पाया। वो शायद बेंगलुरु से आया था। एक हैदराबादी जिसकी उल्टियाँ नहीं रुक रही थीं।" प्रोफेसर फाल्कोवस्की ने कहा था—"उसे लू लगी है, वो बहुत रो रहा था, कह रहा था उसकी माँ ने अपने गहने गिरवी रखकर उसे डॉक्टर बनाने का

सपना देखा था, मेरी माँ मेरे न होने का सदमा नहीं बर्दाश्त कर पाएगी, उसका कोई और नहीं।" टूटे-फूटे शब्दों में उसका ये आखिरी वाक्य उसके हलक में ही अटक गया था। बताते हुए एलीना अपने पैरों को अपने ही हाथों से दबाती हुई, तलवों में पड़े छालों को सहला रही थी। उसकी आँखों की नमी जैसे सूखे में बदल गई हो।

एलीना प्राची की हथेलियाँ अपने हाथ में लेती हुई आगे बोलने लगी—"कच्ची पगडंडियों पर चलते हुए एक तालाब से हम सबने पानी पिया था, बिना ये विचार किये कि पानी गन्दा है या पीने लायक...रास्ते में एक जगह एक औरत आड़ू और अनार लिये जा रही थी, सबने वही खाकर भूख मिटाई। वो आसमान से आई फरिश्ता-सी थी।"

"मुझे तो कुछ भी याद नहीं आ रहा, मैं यहाँ कैसे पहुँची।" अनगिनत सवाल प्राची के मन में उमड़-घुमड़ रहे थे।

"मैंने तुम्हें नींद की दवा दे दी थी जब तुम्हारे पेट में दर्द हो रहा था, अपनी डॉक्टरी की पढ़ाई का ये पहला प्रयोग था, बुरा लगा ये प्रयोग करके, लेकिन क्या करते, मजबूरी थी। वायुमंडल में धुएँ का जहर घुल गया था, सबके पेट में दर्द और सबको मचली-सी आ रही थी। दवा मैंने भी ली थी और हम लोग चलते रहे अपनी तकलीफें भूलकर। जाने कितनी दूर तक और देर तक चलते रहे। आगे जाती हुई एक लॉरी जिसमें गैस सिलेंडर,बर्तन, गेहूँ, चावल की बोरियाँ, पानी के केन और भी तमाम चीजें ठुँसी हुई थीं, उसे रोका और उसी के एक कोने में तुम्हारे सिर पर गीला चादर लपेटकर तुम्हें बिठा दिया गया था।" एलीना बोल रही थी और प्राची अपनी वीरान आँखों से बंकर की उधड़ी दीवार को देख रही थी। असल में प्राची की आँखें सिर्फ एक दीवार पर टिकी थीं, वो कुछ भी नहीं देख रही थी। अचानक निर्विकार बनी प्राची के मुँह से अजीब-सी आवाज निकलने लगी। ऊँ ऊँ आँ आँ की आवाज ऊँची होने लगी, उसके मुँह से निकलती विचित्र-सी आवाजें विलाप में बदलकर बंकर की गोलाकार दीवारों से टकराकर ईको पैदा करने लगीं।

उसकी आँखों की पुतलियों में वो दिन तैरने लगा—एक रोज जब वो स्कूल में खेलती-खेलती मैदान से कच्चे बीहड़ मैदान में चली गई थी और पैर में काँच का टुकड़ा चुभ गया था और खून की धारा देखकर वो बहुत रोई-चिल्लाई थी। मम्मी-पापा को स्कूल आना पड़ा था। मम्मी की गोद पाते ही दर्द आधा हो गया था। पुतलियों

से दृश्य गायब हुआ तो वो अपने पैर में पड़े छाले को दबाकर उसमें चुभी फाँस निकालने लगी। 'मम्मी मम्मी...' काँपती आवाज में कहती हुई उसने अपने जबान से सूख गए तालू को तर किया। फिर औचक एकदम चुप, निर्विकार, जैसे उसके शरीर में अब प्राण ही न बचे हों। प्राची का विलाप वहाँ मौजूद छात्रों की आँखों में सुनामी बन गालों से बह रहा था। कितनी-कितनी मुश्किलों को धकेलकर ये छात्र डॉक्टर और इंजीनियर बनने का सपना लेकर आए थे। अब सपनों की टूट-फूट के साथ उनके दिल के भी टुकड़े हो रहे थे।

बंकर में आने के बाद इन छात्रों की जिन्दगी तो काफी हद तक सुरक्षित हो गई लेकिन मन और ज्यादा असुरक्षित हो गया। मन में एक अलग तरह का युद्ध चल रहा था—'अब हमारे सपनों का क्या होगा, वापस अपने देश पहुँच भी गए तो क्या इंजीनियरिंग और डॉक्टरी की पढ़ाई जारी रह पाएगी...? यूक्रेन-रिटर्न छात्र को कौन इंस्टीट्यूशन एडमिशन देगा और कौन कम्पनी नौकरी देगी? माँ-पिता ने इन बड़े-बड़े सपनों में पैसे इन्वेस्ट किये हैं, क्या वो रकम वापस मिलेगी? सन्तान का घर छोड़कर परदेस जाने पर उनके दिल का खालीपन लौटाया जा सकेगा? क्या उन्हें लौटाए जा सकेंगे कतरा-कतरा इन्तजार के लम्हे?

इनसान को जब ये पता चल जाए कि वो मरने वाला है और उसे मरने से बचाने वाला कोई नहीं। तो फिर मरने का डर, मर जाने से भी ज्यादा पीड़ादायक होता है। चारों तरफ युद्ध की विभीषिका मची थी। बंकर में रहना भीड़ के साथ भी उस एकाकीपन का एहसास है जैसे तूफान आने के बाद महासागर में निर्जन टापू में खड़ा एक अकेला व्यक्ति। खुद की हिफाजत करने में असमर्थ। बंकर के गलियारों में ही कमरेनुमा वर्गाकार दीवारें थीं जिसके बीचोबीच, चटाई डालकर लोग सो सकते थे। कमरेनुमा एक और जगह थी जहाँ खाने की चीजें—ब्रेड, बिस्किट, मठरियाँ, खजूर और कुछ फल रखे रहते थे। पर अब वो जगह खाली हो गई थी। पानी के केन खाली होकर इधर-उधर लुढ़क रहे थे जैसे ये खाली बर्तन भी युद्ध में मरे लोगों का शोक मना रहे हों। लुढ़के हुए खाने के बर्तन देखकर अपनी माँ के हाथ का खाना बहुत याद आता है। बहन का इसरार करके खिलाना याद आता है और पिता का सिर पर हाथ रखकर ये कहना—'चिन्ता न करो, मैं हूँ न...' पानी

का खाली केन बचपन के उस संसार में ले जाता है—जब पौधों के सिंचाई के लिए लगे पानी के पाइप वाले शावर से खुद को गीला करके पौधों के बीच मस्ती की जाती थी। आँगन की नाली बन्द कर पानी इकट्ठा कर उसमें नहाना और छपक-छपक खेलना। इनसान को जब जो चीज नहीं मिलती तब उसकी जरूरत बड़ी शिद्दत से महसूस होती है।

भूख-प्यास का सहारा अब पानी, जूस या कुछ नट्स थे। सुनने में आ रहा था कि दूतावास से खाने-पीने के पैकेट्स भिजवाए जाएँगे। पर कहाँ, कब, और कैसे? खाने के और जरूरी सामान के डिब्बे सिर्फ खबरों में ही थे। असल में तो बहुत सारे लोग भोजन, पानी के बगैर दम तोड़ रहे थे। जो लोग जिन्दा बच रहे थे वो अपनी उत्कट जिजीविषा के सहारे।

खबरों के गर्म बाजार में 'ऑपरेशन गंगा' यूक्रेन में फँसे भारतीयों को वहाँ से निकालने का काम कर रहा है। 48 स्पेशल फ्लाइट से 10000 से ज्यादा भारतीय नागरिकों को वतन पहुँचा दिया गया है। कई भारतीय नागरिक अपने निजी प्रयास से भी बाहर आए हैं। हर दिन की रिपोर्ट टीवी चैनल वाले पेश कर रहे हैं कि कितने घंटों में कितने विमान यूक्रेन से भारतीय नागरिकों को ले आए। पर सवाल ये कि जहाँ रूसी मिसाइलें लगातार यूक्रेन को तहस-नहस कर रही हैं ऐसे में नागरिक एयरपोर्ट तक पहुँचें कैसे? जो जिन्दा नहीं बच रहे, जो अपनी जान बचाने और अपने वतन लौटने के लिए छटपटा रहे हैं, उनके बारे में शायद कोई खबर नहीं बन रही है। उनकी वीरान आँखों में सिर्फ इन्तजार है कि शायद सब ठीक हो जाएगा और उनके सपनों का महल भरभराकर गिरने से बच जाएगा। न जाने कितने युवा डॉक्टर, इंजीनियर बनने का रेशमी ख्वाब लेकर खारकीव शहर आए थे। उन्हें क्या पता था कि उनके ख्वाबों का जहाँ इस कदर तहस-नहस हो जाएगा।

इनसान का अतीत उसके साथ साए की तरह चलता है। मुश्किल घड़ी में अतीत मन की परतों को खुरचता भी है। प्राची भी अपने अतीत की गलियों में हौले-हौले टहलने लगी।

"झोंपड़ी में रहने वाले महलों के ख्वाब नहीं देखते।" इसी जुमले से प्राची की मम्मी ने उसे हकीकत का कड़वा घूँट पिलाया था। ख्वाबों की दुनिया से जलती जमीन पर ला पटका। प्राची खिड़की से बाहर देखती रही जैसे उसने कुछ सुना ही न

हो। सुनकर अपनी प्रतिक्रिया देने का मतलब अपनी बात मनवाने का ऑप्शन खत्म।

"हम लोग तुम्हारे बगैर कैसे रहेंगे, तुम हमारी इकलौती सन्तान। उल्हासनगर के इस दड़बे से निकलकर तू कैसे उतनी दूर रहेगी। यूक्रेन कैसा देश है, हमें तो ये भी नहीं पता, वहाँ कोई अपना नहीं होगा।" प्राची के ख्वाब के खिले फूल मुरझा डालने के लिए इस तरह के तमाम बातों के तीर उन्होंने चलाए।

"इतने कम खर्च में कोई शहर एमबीबीएस नहीं करा सकता। मम्मी! मेरे साथ अन्य लड़कियाँ भी हैं, कुछ लड़कों का भी सिलेक्शन हुआ है। रिद्धिमा की माँ तो कुक हैं, पापा कारपेंटर हैं, वो भी जा रही है। अभय भी मेरी तरह एमबीबीएस करने जा रहा। आप सिर्फ रुपयों का बन्दोबस्त कर दीजिए, बाकी मैं सँभाल लूँगी।"

प्राची के लिए इतना आसान न था अपने मम्मी-पापा को समझाना। पापा तो मान भी जाएँ पर मम्मी को बस यही लगता है कि उनकी उँगली छूटी कि बेटी मुसीबत में फँसी। वो हर वक्त ममता की छतरी ताने खड़ी रहती हैं।

"बैंक अकाउंट में 40 लाख रुपये की श्योरिटी दिखानी है। उसके अलावा आने-जाने का खर्च, रहने का बन्दोबस्त, कहाँ से हम इतनी रकम लाएँगे। घर के लोन चुकाने के लिए तेरे पापा जीपीएफ से पहले ही पैसे निकाल चुके हैं।" विनीता यानी प्राची की मम्मी मेथी की पत्तियाँ तोड़ने लगीं।

"यहाँ रहकर पढूँगी तो खर्च ज्यादा आएगा। मम्मी! दरअसल आपको खर्च से ज्यादा दिक्कत मेरे खारकीव जाने से है। आप अपने एकाकीपन से डर रही हैं। ये कहिए, मेरे बिना आप रह ही नहीं सकतीं। पर कब तक आप अपने आँचल से मुझे बाँधकर रखेंगी?"

"सुना है कोरोना की दूसरी लहर बहुत खतरनाक है, बाहर के कंट्री में लोग मर रहे हैं।"

"अब केसेज कम हो गए हैं, और फिर कोविड तो किसी भी जगह किसी को भी हो सकता है।"

इस तरह के वाद-विवाद का सिलसिला विनीता और प्राची के बीच कई दिन तक चलता रहा। पहले दोनों में विमर्श, फिर बहस और फिर शीत युद्ध होता। प्राची के भीतर का हौसला टूटता और फिर-फिर बुलन्द होता रहा। घर में उदासी का कोहरा पसरा रहने लगा। शाम ढले रविराज त्यागी थके-हारे दफ्तर से जब घर लौटते

तो शाम की चाय के साथ तीनों बैठते और कड़क चाय के स्वाद में प्राची दिन भर की तल्खी भुला देती। उतरती साँझ के साथ घर में सौहार्द का नारंगी रंग भर जाता। बस, ये थोड़ी देर के लिए। रात की आमद के साथ ही आसमाँ से झरते अँधेरे से दोस्ती कर वो खुद को खामोशी के दरिया में डुबो लेती। उसका मन विकल होने लगता कि अगर सच में पैसों का इन्तजाम नहीं हुआ, मम्मी ने हामी नहीं भरी तो क्या होगा? उसका एमबीबीएस बनने का सपना खाक में मिल जाएगा। पापा का मन टटोलना मुश्किल हो रहा था कि वे क्या चाह रहे हैं। तकनीक ने कोई ऐसी एमआरआई मशीन बनाई होती जिसके जरिये किसी के दिल की स्कैनिंग करके जाना जा सकता कि उसके मन के भीतर क्या चल रहा है, तो वो जान जाती कि पापा उसे पढ़ने के लिए खारकीव भेजना चाह रहे हैं या नहीं।

टेक्नोलॉजी युवाओं के ख्वाबों को सुनहरे पंख देती है तो उन्हें साकार करने के लिए जुझारू बनाकर रास्ते भी दिखाती है। व्हॉट्सएप के जरिये और सोशल मीडिया के माध्यम से प्राची ने कुछ क्राउड-फंडिंग की। एनओसी और वीजा के लिए अच्छी-खासी मशक्कत की। कोशिश करने वालों के लिए रास्ते खत्म होने से पहले कहीं किसी कोने से एक पगडंडी फूटकर निकल आती है। मुश्किलों के गट्ठर से प्राची मुश्किलों के एक-एक टुकड़े निकालकर दूर कर रही थी तभी मोबाइल की स्क्रीन पर चमका—'मौसी कॉलिंग'। बस, फिर क्या था प्यासे को जैसे कुआँ मिल गया।

प्राची के कई दिनापें का पसीजता दुःख बह निकला। काँपती आवाज से वो ये भी कह गई—"अपनी मेडिकल की पढ़ाई के बाद आपको ये रकम लौटा दूँगी।" कई दिनों की छल-छल आँखों की नदी गालों पर बह गई। उस रोज एक फरिश्ते की तरह मौसी का फोन आया था। प्राची की समस्या सुनकर मौसी 20 लाख रुपये उसके अकाउंट में डालने को राजी हो गईं। इतने पर तो प्राची जैसे बादलों के बीच पहुँच गई, रुई से धुने शफ्फाफ बादलों को चीरती हुई वो उड़ने लगी।

कुछ रकम अपनी दोस्त से उधार ली, कुछ बैंक लोन, बची-खुची रकम मम्मी-पापा ने डाली। किसी तरह से बीस लाख रुपयों का और इन्तजाम हो गया था। प्राची के लिए इतनी बड़ी रकम का इन्तजाम करना सूखी नदी में बाढ़ लाने जैसा कठिन था। कई दिन की हाँ-न और तमाम जद्दोजहद के बाद, जब बैंक अकाउंट

निर्धारित अमाउंट से भर गया, तो विनीता यानी प्राची की माँ का दिल खालीपन से भर गया। उनकी आँखों की कोरों पे हर वक्त एक मोती चमकता रहता, अपनी बेटी को सामने देखते ही वे पलकें झपकातीं कि वो मोती गालों पर टप से ढुलक जाता। प्राची को माँ-पिता से बिछुड़ने का गम जरूर था लेकिन वो अपनी आँखों में सजे डॉक्टर बनने के फूल से ख्वाब की पंखुड़ियों को जरा भी मुरझाने नहीं देना चाहती थी। मेडिकल कॉलेज को जब ये भरोसा हो गया कि कैंडिडेट अपनी पढ़ाई का खर्च उठा सकती है तो कॉलेज से अप्रूवल आ गया कि जल्द आकर कॉलेज में एडमिशन ले लें।

माँ-बेटी के बीच के तर्क-वितर्क अब संकल्प और ममतामयी संवाद में बदल गए। घर में ड्राइ-फ्रूट लड्डुओं के थाल सजने लगे। प्राची के लिए नए-नए ड्रेस लाए गए। और फिर एक रोज विनीता की आँखों में समन्दर भर गया और प्राची समन्दर पार उड़ गई।

एक तरफ ख्वाबों का जहाँ तो दूसरी तरफ मुश्किलों का जहाँ होता है, दोनों की गहरी दोस्ती है। कुछ घंटों में घड़ी की सूई पीछे करनी पड़ी, रात, शाम में ढल गई। हवा का रुख बदल गया, देश बदल गया, जलवायु बदल गई। अजनबी चेहरों का महासागर। सबसे पहला झटका लगा जब प्राची हिन्दी-अंग्रेजी मिक्स बोल रही थी और टैक्सी वाला टंग-ट्विस्ट कर देने वाली भाषा बोल रहा था, "गिदै ते खोचिस्पैथी।"

"खारकीव नेशनल मेडिकल यूनिवर्सिटी," प्राची ने अन्दाजा लगाया कहाँ जाना है, और जवाब दे दिया।

होस्टल के एक कमरे में दो बेड लगे थे, खिड़की से अजनबी हवाओं की आमद हो रही थी, रूम में एक अजनबी नीग्रो लड़की से परिचय करने की कोशिश कर रही थी।

अगली सुबह प्राची की नींद खुली तो मन जैसे मुंबई के उल्हासनगर में छूट गया हो। बदन परदेस की नई आबो-हवा सहने में नाकाम रहा। बड़ी मुश्किल से खुद को उठाकर खिड़की तक ले गई। सूरज का सिन्दूरी रंग जँगले से झर-झर के कमरे में बिखर रहा था, दिल किया कमरे में झरती कणिकाओं को अपनी हथेली पर रोपती हुई यूँ ही बैठी रहे। पर बदन पर जैसे भारी बोझा लाद दिया गया हो।

वो फिर से जाकर बिस्तर पर पड़ गई। लगता है बुखार तेज हो रहा। थर्मामीटर निकालने की गरज से सूटकेस खोला तो पता चला कि फर्स्ट-एड-बॉक्स तो है ही नहीं। थोड़ी देर अधलेटी-सी बिस्तर पर पड़ी रही। घर याद आया। मम्मी का हाथ अपने सिर पर महसूस हुआ।

रसोई में बोझिल कदमों से जाकर पानी गर्म कर अपने लिए कॉफी बनाई, अपनी रूम-मेट को इशारे से ऑफर की। उसने पहले तो एकदम ब्लैंक लुक दिया, शायद वो समझ नहीं पाई, फिर न और हाँ के बीच सिर हिलाया। प्राची ने उसे 'न' समझा और खुद कॉफी के मग में अपनी उदासी घोलने लगी।

मेडिकल कॉलेज जाकर रजिस्ट्रेशन करवाना था, पर तेज होता बुखार स्पीड ब्रेकर की तरह अड़चन पैदा कर रहा था। इशारे से अपनी रूम पार्टनर से थर्मामीटर माँगा तो उसने फिर वैसा ही ब्लैंक लुक दिया और टिशू पेपर में लिपटा चिकन बर्गर खाने लगी। खाते वक्त वो अपने बालों को झटकती तो उसके बालों के घूँघर छितराकर छाते की तरह खुलकर फिर जस के तस हो जाते।

'इससे तो दवा या डॉक्टर के लिए पूछना भी बेकार है' सोचते हुए ऑनलाइन मेडिकल स्टोर और ब्रेड-दूध की दुकान सर्च करने लगी। जलती और बोझिल पलकों में कब नींद का पहरा लग गया, कब मोबाइल हाथ से छूटकर बिस्तर के कोने में गिर गया उसे कुछ खबर नहीं लगी।

प्राची की नींद खुली तो पेड़ों की झुरमुटों पर साँझ उतर रही थी। उसकी आँखों में अँधेरा उतर रहा था। 'लगता है मम्मी-पापा खूब याद कर रहे हैं, उन्हें अगर अपने तबीयत खराब होने का बताया तो बस। मम्मी तो वापस लौट आने की बात करेंगी जैसे पड़ोस का ही कोई शहर हो।' फीकी-सी मुस्कुराहट की दर्दीली रेखा प्राची के चेहरे पर तिर आई। पराए मुल्क की ये पहली सीढ़ी थी, आगे न जाने कितनी दुश्वार सीढ़ियाँ चढ़नी हैं। अकेलेपन का कड़वा एहसास बड़ी शिद्दत से हो रहा था लेकिन वो यादों के झुरमुट को छूने से कतरा रही थी, घर का एहसास उसे अपने सपनों में छलाँग लगाने में बाधा बन सकती है। उसने जैसे-तैसे एक डॉक्टर का क्लीनिक खोजा। डॉक्टर ने फौरन कोविड टेस्ट करने को कहा। जिसका प्राची को सन्देह था वही हुआ, कोरोना पॉजिटिव। 'सिटी काउंसिल-खारकीव' से कोरोना प्रोटोकॉल पालन करने का फोन आया तब उसका दिमाग

झनझनाया कि अभी तो पूरी तरह से रूम में सेटल भी नहीं हुई है। आइसोलेटेड रहकर खाने-पीने की बेसिक व्यवस्था कैसे करेगी? बिस्किट का पैकेट तक नहीं है उसके पास।

"क्या तुम्हारे पास ब्रेड या पास्ता होगा? या फिर कोई फोन नम्बर जहाँ से कुछ खाने की चीज मँगवा सकूँ?" प्राची ने अपनी विवशता और मायूसी को बाहर धकेलने की कोशिश की।

रूमी ने अपनी काली आँखें उस पर ऐसे ठहरा दीं जैसे वो कोई अजूबा हो। जबकि अजूबा वो खुद थी। छोटी नाक गहरे सिलेटी रंग की त्वचा, आँखों के नीचे गहरा कालापन जैसे गालों के ऊपर भी काजल लगा रखा हो।

'अजीब लड़की है, किसी बात का जवाब ही नहीं देती। कॉलेज ज्वाइन करने के बाद सबसे पहले अपना रूम मेट चेंज करूँगी।' सोचते हुए प्राची तूअर की दाल और बासमती चावल का पैकेट खोलने लगी जिसे मम्मी ने आते समय जिद करके रख दिया था। बस वही खाकर कोरोना से लड़ना है। ये उसने अपने मन को समझा लिया। नए शहर में आते ही उसने ऑनलाइन फूड की व्यवस्था की थी, लॉकडाउन के कारण वो भी बन्द हो गया था। सब्जियों के नाम पर उसने कई दिन तक अंडे की भुर्जी बनाई। थोड़ा बुखार कम होता तो काँपते हाथों से वो रसोई में जाकर किसी दिन खिचड़ी तो किसी दिन दाल-चावल बनाती लेकिन यादों की नमी से पेट भर लेती। खाना रखा रह जाता।

आइसोलेशन के दसवें दिन अपार्टमेंट की रसोई में थोड़ी खटर-पटर सुनकर प्राची रसोई के दरवाजे पर खड़ी ही हुई थी कि उसे देखते ही रूम मेट। जो खाना बनाने में तल्लीन थी, इशारे से कुछ कहती हुई, कमरे में जाकर उसने पार्टीशन का मोटा परदा पूरा खींच दिया, मास्क लगाकर शायद वो यही कहना चाह रही थी कि तुम्हें अभी आराम की जरूरत है और सोशल डिस्टेंसिंग रखनी चाहिए। कितनी निर्मम बीमारी है ये। कोविड का खौफ उसके चेहरे पर इस कदर हावी था कि प्राची को देखने मात्र से जैसे वो भी कोरोना की चपेट में आ जाएगी।

वक्त के दरिया ने धीरे-धीरे रूमी के दिल में जज्बात का पानी भर दिया। लेकिन बस इतना ही कि वे दोनों टूटी-फूटी भाषा में थोड़ी बातें कर लेती थीं। एक तो नाम भी गजब 'अडेसिना' वो एकाध शब्द बोलकर खामोशी से प्राची की ओर

देखती। उसका रंग काला होने से उसकी आँखें और बड़ी-बड़ी लगतीं और जबान की बजाय आँखों से वो बोलती, जिसे प्राची अन्दाजे से समझती। अच्छी बात ये कि सर्विस अपार्टमेंट था।

सर्विस अपार्टमेंट की यादों से वक्त की सूई ने उसे फिर बंकर के जलते हकीकत में ला पटका। उसने देखा कि उसकी हथेली पसीने से तर है और बेचैनी महसूस हो रही थी। उसने पानी के केन के नीचे ग्लास लगाया तो दो-तीन बूँद पानी ही टपका, उसने केन को टेढ़ा किया तो देखा वो सिर्फ केन है पानी नहीं है उसमें। ये वैसे ही है जैसे वहाँ के छात्रों को निकालकर वतन पहुँचाने की व्यवस्था तो की जा रही है लेकिन लोग वतन पहुँच नहीं पा रहे।

प्राची ग्लास के दो-तीन बूँद पानी अपनी जीभ पर रखकर होंठों पर फिराते हुए नम कर रही थी तभी एक अनजान चेहरा दिखाई दिया, उसके हाथ में आधी खाली पानी की बोतल थी, उसने प्राची को बोतल थमाई और बंकर के गलियारे में कहीं गुम हो गया। इसके बाद अचानक चीखने-चिल्लाने और दूर से धमाकों की आवाजों से बंकर जैसे थरथराने लगा। 'भाग प्राची! चल जल्दी, रूस की सेना को इस बंकर की खबर लग चुकी है।' एलीना की हस्की और बेस वाली आवाज एकदम पतली होकर चीं-चीं कर रही थी। बंकर में पनाह पाए तमाम छात्र एक-दूसरे के ऊपर गिरते हुए, एक-दूसरे को बचाते हुए इधर-उधर भाग रहे थे, कुछ फौजी उन्हें सहारा देते हुए बंकर के दरवाजे की ओर धकेल रहे थे। कुछ लम्बे छात्रों के सिर बंकर की छत से टकरा रहे थे, चोट की परवाह किये बगैर ये छात्र भाग रहे थे। इनकी साँसें धौंकनी-सी चल रही थीं, आँखों में डर की चिंगारियाँ धधक रही थीं।

प्राची बंकर का एक कोना पकड़कर चुपचाप भागते हुए लोगों को देख रही थी पर उसकी आँखें कुछ और ही खोज रही थीं। तभी उसकी निगाह एक चमकती हुई वस्तु पर पड़ी। अरे ये तो रिवाल्वर है। वो भी किसी फौजी की...क्या ये उस अजनबी फौजी की होगी? वो उसे उठाने को हुई कि तभी एलीना लगभग भागती हुई आई और उसका हाथ पकड़कर घसीटते हुए दरवाजे की ओर ले जाने लगी।

"मरना है क्या तुझे? जल्दी चल यहाँ से। सब लोग लॉरी में भरकर जा रहे हैं। किसी भी वक्त या तो हम लोग रूस के कब्जे में आ जाएँगे या तो बंकर को मिसाइल से नष्ट कर दिया जाएगा।"

"जहाँ जा रहे हैं वहाँ क्या हम सब मरने से बच जाएँगे? खारकीव की कोई जगह अब सुरक्षित नहीं है।" कहते हुए प्राची लॉरी के विपरीत बंकर की ओर चलने लगी।

"प्राची, तुम पागल हो गई हो। उलटी तरफ क्यों जा रही हो? चलो हमारे साथ।"

"उलटी नहीं, सीधी तरफ जा रही हूँ।" सामने बुलेट प्रूफ आर्मर पहने एक फौजी खड़ा था, जिसकी आँखें नम थीं, इसी शहर में उसकी माँ भी रहती हैं। हैं नहीं अब, थीं। पर वो उनके पास आखिरी दर्शन के लिए नहीं जा सका।

एलीना ने आकर फिर से प्राची का हाथ पकड़ लिया लेकिन इस बार फिर उसने अपना हाथ छुड़ा लिया।

"मैं यहाँ से इसे छोड़कर नहीं जाऊँगी। मेरी साँसें धौंकनी की तरह चल रही थीं, हलक सूख रहा था, प्यास से बेचैन थी तो इसी व्यक्ति ने मुझे पानी दिया था।" प्राची की आँखें फौजी की आँखों से जुगलबन्दी कर रही थीं। एलीना की आँखों में गुस्से की ज्वाला थी, "युद्ध के समय जज्बात निहायत मूर्खता है।"

ड्राइवर ने लॉरी स्टार्ट की। एलीना की चिचियाती आवाज प्राची के कानों में गूँजती रही—चल भागें यहाँ से, वरना हम सब मारे जाएँगे। पता नहीं प्राची खारकीव में है या नहीं, कोई नहीं जानता। वो बंकर बचा है या रूस के सैनिकों के हाथों भेंट चढ़ गया, कोई नहीं जानता। प्राची की मम्मी रोजाना न्यूज चैनल देखती हैं और उम्मीद का दीया जलाती हैं कि आज के समाचार में शायद उल्हासनगर की लड़की की खबर मिल जाए, पर उनकी उम्मीद की लौ कब तक जलेगी, कब इसमें रोशनी भभकेगी या इन्तजार का ये चिराग बुझ जाएगा, ये कोई नहीं जानता।